KNAUR

Über die Autorin:
Jessica Potthast, 1978 geboren, ist IT-Coachin und studierte Management-Referentin. Seit ihrer Kindheit gehören Gesang und Musizieren als fester Bestandteil zu ihrem Leben, sowohl als Solokünstlerin als auch in diversen Bands. Die Liebe zur Literatur als auch die Begeisterung für das Schreiben vollziehen sich gleichermaßen parallel. Sie lebt in Brandenburg, wo Weite und Ruhe einen großen Raum für kreatives Schaffen bieten.

JESSICA POTTHAST

Wilde Hoffnung

ROMAN

KNAUR

Besuchen Sie uns im Internet:
www.knaur.de

Aus Verantwortung für die Umwelt hat sich die Verlagsgruppe Droemer Knaur zu einer nachhaltigen Buchproduktion verpflichtet. Der bewusste Umgang mit unseren Ressourcen, der Schutz unseres Klimas und der Natur gehören zu unseren obersten Unternehmenszielen. Gemeinsam mit unseren Partnern und Lieferanten setzen wir uns für eine klimaneutrale Buchproduktion ein, die den Erwerb von Klimazertifikaten zur Kompensation des CO_2-Ausstoßes einschließt. Weitere Informationen finden Sie unter: www.klimaneutralerverlag.de

FSC www.fsc.org MIX Papier aus verantwortungsvollen Quellen FSC® C014496

Originalausgabe September 2022
Knaur Taschenbuch

Ein Imprint der Verlagsgruppe
Droemer Knaur GmbH & Co. KG, München

Redaktion: Nina Hübner
Covergestaltung: FAVORITBUERO, München
Coverabbildung: Collage unter Verwendung von Motiven von Shutterstock.com
Abbildung im Innenteil: Oleksandra Klestova/Shutterstock.com
Satz: Adobe InDesign im Verlag
Druck und Bindung: GGP Media GmbH, Pößneck
ISBN 978-3-426-52780-1

2 4 5 3 1

Für B., der mir immer jene Hoffnung gibt.

»Blumen sind das Lächeln der Erde.«

Ralph Waldo Emerson

Prolog

SOMMER 2022

Emilia hob den Blick von den purpurnen Trauben des Lavendels und blickte sich im Garten um. Sonnenflitter tanzte glitzernd vor ihrer Nase und wurde nur durch einen zarten Marienfaden durchbrochen. Der Himmel an diesem Julitag schien durchsichtig zu sein, so als ob man ihn mit einem Diamanten geschliffen hätte. Die Schönheit, die diese Welt zu bieten hatte, umgarnte sie und schmeichelte allen ihren Sinnen. Sie nahm einen tiefen Atemzug. Die Goldmargerite war auf dem Zenit ihrer Blüte angekommen, ihr gelbes Kleid erschien fast wie gelackt neben den prächtigen hellblauen Blüten des Rittersporns.

Emilia fuhr sich mit den Händen durch ihr sonnenbeschienenes Haar. Je näher sie den lichtblauen, verzweigten Blütenrispen kam, desto mehr wollte sie ihre Wange an die zarten, glänzenden, ausgebreiteten Kragen schmiegen. Bienen und Schmetterlinge umtanzten die hohen, kräftigen Stiele. Ein Satz, den sie einmal in einem Kalender gelesen hatte, kam ihr plötzlich in den Sinn: Wie musste es wohl sein, mit Bienenlippen von Blüten zu saugen?

Als sie aufsah, kamen ihr die glühenden Flammenblumen bereits entgegen, und sie ließ ihre Fingerkuppen sanft über die lanzenförmigen Blätter tanzen. Seidenzart, durchfuhr es sie. Später, in der Abenddämmerung, würden sie noch immer leuchten und mit ihrem betörenden Duft die Schwärmer der Nacht anziehen. Und vielleicht auch Lars, dachte Emilia. Wir könnten gemeinsam den Nachthimmel bewundern.

Sie seufzte wohlig bei dem Gedanken und setzte sich auf die alte schmiedeeiserne Bank, die sie zusammen mit einem passenden feingliedrigen Tisch über eine Kleinanzeige gefunden hatte. Vera verbrachte hier oft ihre Nachmittage und schwärmte davon, wie sehr ihr die Mischung aus Schatten, den ihr das Blätterdach der Platane bot, und dem warmen Sommerwind gefiel.

Odin, der Dackel, lag ihr entspannt zu Füßen, und Emilia kraulte sein löwengelbes Sommerhaar. Aus der Ferne drangen fröhliche Kinderstimmen an ihr Ohr. Polly und Ludwig, die Zwillinge, waren eifrig damit beschäftigt, die Außenwände des Gartenhäuschens, das Hannes am letzten Wochenende aus alten Holzbrettern zusammengezimmert hatte, mit bunten Farben anzustreichen. Noch waren sich beide darüber einig, dass eine Seite in Apfelgrün erstrahlen sollte, aber schmunzelnd fragte Emilia sich, wie lange der Frieden wohl anhalten würde.

Neben dem Häuschen rankten Johannisbeersträucher in die Höhe, ihre Äste schwer vor Früchten, die bald reif sein würden, und inmitten all der zartroten Fahnen erblickte sie die kleine Dilara. Rosenwangig und fröhlich murmelnd, schien sie mit den Beeren zu sprechen, um sie zu einer guten Ernte anzuspornen. Eine Welle von Glück durchströmte Emilia. Was für eine Wohltat, diese Oase mitten in Berlin erschaffen zu haben, was für ein unsagbares Glück. Sie wanderte weiter durch den Garten, der ein beachtliches Ausmaß hatte, in etwa so groß wie ein Fußballfeld, jedenfalls hatte Lars ihr das erklärt. Doch viel entscheidender als die Größe war die Gemeinschaft, die zwischen zwei benachbarten Häusern gewachsen war. Und war es nicht immer so, dass Glück erst dann von Bedeutung war, wenn man es teilen konnte?

Emilia ging vorbei an der verwitterten Biertischgarnitur, auf der noch zwei leere Weinflaschen vom gestrigen Abend standen und an der sie schon so häufig miteinander gegessen hatten. Und gekocht, dachte Emilia. Die frühe Ernte in diesem Gartenjahr war üppig ausgefallen, und sie war froh, dass ihr Projekt, die »Kantine für alle«, so gut in der Nachbarschaft angenommen wurde. Es hatte sich eine verlässliche Routine im Bepflanzen und Ernten entwickelt.

Im ersten Hochbeet rechts neben den Sitzbänken reflektierten die Blätter der Zucchinipflanzen golden das Sommerlicht und wucherten munter über das Beet. Einen Teil der Pflanzen hatten sie an Holzpflöcken hochgebunden, um ihnen das Wachsen zu erleichtern und um mehr Platz im Beet zu schaffen. Darunter sprießten Ringelblumen Hand in Hand mit Kapuzinerkresse. Die lilafarbenen Kohlrabiköpfe dazwischen sahen wild aus, mit ihren gestielten Blätterhaaren und den violetten Adern, die ihnen vom Haupt wuchsen. Kurz dachte Emilia an einige Nachbarn, die ihre Haare ähnlich trugen, und lachte auf. Die Natur und die Menschen waren eben untrennbar miteinander verbunden.

Im zweiten Beet reiften Radieschen, Lauch und Brokkoli. Verträumt ging Emilia weiter zu den Bohnen, die sie an Bambusstangen in die Höhe gezogen und zeltförmig in einer Rabatte angepflanzt hatte. Die Feuerbohnen umschlangen mit ihren herzförmigen Blättern die Stäbe und waren bereits auf eine beachtliche Höhe geklettert. Bewundernd streifte sie kurz die weißen Schmetterlingsblüten, die wechselständig in Trauben standen. Daraus wuchsen marmorierte Hülsen, von denen einzelne jetzt schon einige Zentimeter lang waren. Bald würden sie mit der Ernte beginnen können.

Unter den Feuerbohnen gediehen Bohnenkraut, Kohl und Gurken. Sie wusste um die Vorzüge dieser Mischkultur, denn ihre Oma hatte es ihr in ihrer Kindheit unzählige Male erklärt. Emilias Blick wanderte zu einer alten Schubkarre, die Franz in seinem Keller gefunden hatte. Sie hatten sie mit guter Erde gefüllt und Kartoffeln vergraben, ein Experiment. Bis zur Ernte würden sie sich allerdings noch gedulden müssen, denn die Blüte war zwar beendet, das lindgrüne Kraut jedoch noch lange nicht abgestorben. Erst dann würden sich die Erdäpfel eine harte Schale zulegen, eine dicke Haut. Dann war der richtige Zeitpunkt gekommen, um die reifen Knollen aus ihrer wohligen Erdhöhle zu entnehmen und ihnen das Leben über Tage zu präsentieren. Seufzend rief Emilia sich den erdigen Geruch in Erinnerung, mit dem sie herrliche Momente verband.

Bevor sie sich in Gedanken verlieren konnte, zupfte eine Kinderhand an ihrem meergrünen Kleid, und sie drehte sich um. Strahlend sah Dilara sie an und zog sie zur Gartenseite, die an die Straße grenzte und durch einen Bretterzaun vom Gehweg getrennt war.

»Hast du Lust auf Erdbeeren?« Emilia zeigte auf das kleine Feld, in dem unter niedrigen Blütenblättern die rot glänzenden Früchte hingen. Erdbeeren kamen so bescheiden daher in ihrem flachen Wuchs, und dabei waren sie eine der größten Kostbarkeiten im Garten. Und Köstlichkeiten. Dilara stürmte los. Als sie kurz darauf zurückkehrte, hatten ihre Wangen kleine Ausbeulungen. Mit ihren zarten Händen hatte sie ein Körbchen geformt, in dem sie weitere Beeren transportierte. Wie ein kleines süßes Eichhörnchen, das sich für den Winterschlaf rüstet, dachte Emilia amüsiert.

Das Mädchen ließ die Nussfrüchte vorsichtig ins Gras fallen. Emilia schnupperte an einer Frucht und genoss ihren kräftigen, süßen Duft, bevor sie sich gleich zwei auf einmal in den Mund steckte. Das Fruchtfleisch war weich und schmeckte süßlich-blumig nach Akazie. Der Geschmack erinnerte sie an Walderdbeeren. Sie hatten eine alte Sorte angepflanzt, und alle waren begeistert. Niemand wollte mehr Erdbeeren aus dem Supermarkt essen, und so war dieses Beet eines der am meisten umhegten geworden.

Emilia sah sich erneut im Garten um. Die bunte Wimpelkette, die Dennis und Shenmi von der Platane bis zum Vordach der Terrasse gespannt hatten, flatterte schnalzend im Wind. Emilia richtete den Blick in den Himmel. Einige weiße Wolken wurden durch graue überlagert. Vielleicht hatte Lars recht und es würde heute doch ein Gewitter geben, überlegte sie.

»Komm, Dilara.« Mit einem Ruck stand sie auf und schlug sich das Kleid aus. »Wir räumen noch ein bisschen Krimskrams weg, falls es noch windiger wird.«

Das Mädchen nickte und folgte ihr. Gemeinsam sammelten sie einige Gläser ein, nahmen zwei alte Plastikgießkannen mit, die jemand an den Rand der Beete gestellt hatte, und verstauten sie in einer Holzkiste, die Lars extra für diese Zwecke gebaut hatte. Odin trottete schnüffelnd hinter ihnen her, als sie die Decken und Kissen von den Paletten räumten. Die Wolken verdunkelten inzwischen die Sonne, die ersten dicken Regentropfen trafen Emilias Unterarm. Der Himmel leuchtete kurz auf, dann war ein leises Donnern zu hören. Das Unwetter schlich sich an, aber sie wusste, dass es gleich ganz schnell gehen würde. Dilara umschlang ängstlich ihr Bein, und sie strich ihr über das kurze Haar.

Besorgt sah sie zu Polly und Ludwig, die keine Anstalten machten, ihre Malerarbeiten zu unterbrechen. Gerade wollte sie zu ihnen laufen, als ein lauter Schrei den Garten durchzog.

»Emilia! Schnell!«

Erschrocken drehte sie sich um. Vera stand mit zerzausten Haaren unter dem kleinen Dach der Hoftür. Mit einer Hand stützte sie sich auf ihren Gehstock, und mit der anderen wedelte sie mit einem Blatt Papier. Irritiert sah Emilia zu ihr. Energisch rief sie den Zwillingen zu, sofort ins Haus zu gehen, die das zu ihrer Erleichterung auch ohne Widerspruch taten. Ob es an ihrem Tonfall oder an dem beeindruckenden Blitz lag, der sich eben gezeigt hatte, spielte keine Rolle.

Dann eilte sie mit Dilara an der Hand zu Vera, die bereits Odin in Empfang genommen hatte. Der Regen platzte nun mit voller Wucht auf die Erde. Endlich erreichten sie das rettende Wellblechdach. Emilia strich Dilara eine triefend nasse Strähne aus der Stirn, und erst jetzt bemerkte sie den ängstlichen Ausdruck in Veras Gesicht. Ihre Haut wirkte noch blasser als sonst. Stumm hielt ihr die alte Dame das Papier unter die Nase, und eilig las sie die Zeilen, bevor sie den Brief sinken ließ. Entsetzt sah sie ihre Vermieterin an.

»Die wollen uns den Garten wegnehmen?« Selten war es Emilia so schwer gefallen, eine Frage zu stellen.

Wieder zuckte es über ihnen, und das graue, unwirkliche Licht, in das der Sommertag plötzlich getaucht worden war, leuchtete für einen kurzen Moment taghell.

Vera nickte langsam.

Ein weiterer Donnerschlag ließ Emilia ängstlich zusammenfahren und löste gleichzeitig etwas in ihr aus. Trotzig und entschlossen lächelte sie der alten Dame zu.

»Nein, Vera. Nicht unser Garten. Wir haben doch schon ganz andere Schlachten gewonnen.«

1

NEUN MONATE ZUVOR

Die Gepäckausgabe war überraschend schnell erledigt. Ihr verbeulter Alukoffer erschien als einer der ersten auf dem Rollband, und beim Zoll wurde sie auch nicht kontrolliert. Sie versuchte, Max durch die Glasscheiben zur Empfangshalle zu erkennen, doch da waren zu viele Menschen, und er war nicht sonderlich groß, sodass er aus der Menge herausgeragt hätte. Aufgeregt fuhr sie sich durch die Haare, bevor sie die Ausgangstür passierte. Tausendmal hatte sie sich in den vergangenen Monaten vorgestellt, wie er sie willkommen heißen würde, vielleicht mit einem lustigen Schild (*Taxi für Emmie* oder *Hugs for free*) oder mit Blumen. Margeriten waren ihre Lieblingsblumen, das wusste er. Irgendeine Überraschung würde er sich ausgedacht haben, sie spürte es einfach.

Emilia seufzte. Sie setzte ihren Rucksack ab. Hatte ihr Handy vielleicht geklingelt und sie hatte es überhört? Das Display zeigte tatsächlich eine Nachricht von Max an: *Kannst du bitte zum Taxistand kommen? Die Parkgebühren hier sind Wucher.*

Die Parkgebühren? Sie kam nach einem halben Jahr aus Australien zurück nach Berlin, und er dachte an die paar Euro für den Parkplatz? Das kam ihr wie eine Szene aus einem schlechten Film vor. Max konnte man zwar nachsagen, sparsam zu sein, aber ganz sicher nicht geizig.

Emilia fühlte Wut in sich aufsteigen. Sie waren seit einer halben Ewigkeit zusammen, genau genommen seit der Oberstufe. Während dieser Zeit hatte es schon einige Abschiede und Wiedersehen gegeben, nur so hatte Max sich noch nie verhalten.

Suchend sah sie sich auf dem Vorplatz um. Sein alter Volvo stand bereits mit laufendem Motor in zweiter Reihe vor dem Taxistand. Zwei Fahrer machten verächtliche Handbewegungen in seine Richtung. Das alles kam ihr eher wie ein Fluchtversuch und weniger wie ein herzliches Willkommen vor.

Sie versuchte, einen Blick auf Max' Gesicht zu erhaschen, doch die Oktobersonne stand tief, und die Windschutzscheibe zeigte nur einen gleißenden Fleck. Emilia musste schlucken. Das war ihre mit Abstand längste Zeit ohneeinander gewesen, ein halbes Jahr hatte sie in Melbourne verbracht, um an einer bedeutenden Studie teilzunehmen. Und er hielt es nicht für nötig, aus dem Auto auszusteigen?

Als ob er ihre Gedanken gelesen hätte, öffnete sich in diesem Moment die Fahrertür, und Max stieg aus. Augenblicklich entspannte sie sich. Er sah gut aus mit seinen blonden Haaren und der Bräune des Sommers auf der Haut. Allerdings machte er keine Anstalten, seine Sonnenbrille abzunehmen oder zu lächeln, als sie auf ihn zuging. Was zur Hölle war hier los?

Emilia versuchte, tief durchzuatmen. Im Auto war es so stickig und heiß wie in einem Gewächshaus an einem heißen Julitag. Keine Klimaanlage und die Fenster geschlossen, denn der Wagen stand, und somit standen auch alle seine elektronischen Funktionen.

Eine Fliege hatte sich verirrt und unterstrich ihre sinnlosen Fluchtversuche mit irrem Surren. Noch jemand, der offenbar dringend wegwollte, dachte sie bitter.

»Max, kannst du mir mal sagen, was du hast? Weißt du eigentlich, wie es ist, anzukommen und …« Ihre Stimme erstickte in Tränen. »Ich habe mich so auf dich gefreut. Was ist denn los?« Sie warf ihm einen flehenden Blick zu. Wieso hatte er nicht längst etwas Erlösendes gesagt oder ihr das Gesicht geküsst?

»Emilia. Es ist einfach passiert. Und das hört sich so blöd und unvollständig an. Es tut mir unendlich leid.« Sein schweres Ausatmen erfüllte den ganzen Innenraum des Wagens.

Emilia hatte das Gefühl, in ihrem Sitz zu schweben. Ihr Körper hatte jeglichen Kontakt zur Außenwelt verloren. Max starrte weiterhin geradeaus, er schien die Menschen auf dem Parkplatz zu beobachten. Noch immer waren sie am Flughafen, aber nachdem ein Taxifahrer sie weggehupt hatte, standen sie jetzt im Abholbereich, um sie herum ein stetes Kommen und Gehen. Sie hatte ihn dazu gedrängt, anzuhalten, nachdem er sie nur flüchtig auf die Wange geküsst und danach gleich wieder weggesehen hatte.

»Was tut dir leid? Ich verstehe nicht, was du meinst.« Ihre Stimme war nur noch ein Krächzen.

»Felicitas und ich ... Wir haben uns verliebt.« Er stockte kurz, bevor er weitersprach. Dabei vermied er jeglichen Blickkontakt. »Ich hatte plötzlich so viel Stress im Studium, dazu die Probleme mit meiner Mutter, und auf einmal keine Ahnung mehr, ob unsere Zukunftspläne noch die richtigen sind. Und du ...« Jetzt warf er ihr einen kurzen Blick zu, der eine Mischung aus Vorwurf und Selbstmitleid enthielt. »Ich habe mir so oft gewünscht, dass wir darüber reden können. Aber du warst so weit weg. Am anderen Ende der Welt.« Seine Stimme überschlug sich fast.

Kopfschüttelnd starrte Emilia auf ihre Hände und konnte keinen Sinn in seinen Worten finden. Es war nur eine Aufzählung für sie, wie das Wiederholen von Punkten einer Einkaufsliste. Eier, Brot, Marmelade. Stress, Probleme, Einsamkeit. Und das reichte, um die letzten zehn Jahre für beendet zu erklären? Sie waren doch immer noch Max und Emilia, sie hatten eine Zukunft geplant, die auf ihrer gemeinsamen Vergangenheit beruhte. Sie hatten einen Plan, zu dem auch ihr Aufenthalt in Australien gehörte. Er konnte doch jetzt nicht alles aufgeben!

Ihre gemeinsame Zukunft war in greifbarer Nähe. Zukunft. Ein Wort wie eine Wolke, überlegte Emilia. Undurchsichtig, vorüberziehend, unstet. Nie wusste man, ob es aus ihr regnen oder schneien würde oder ob sie zerfasern würde in ein Nichts.

Nein! Energisch schob sie ihre Gedanken zur Seite. In einem Jahr würden sie beide nach Oldenburg zurückkehren, um den Hof ihrer Eltern zu übernehmen. Der Plan war langsam gereift. Auch Max' Eltern waren in der Landwirtschaft tätig gewesen. Ihre Kindheit auf dem Land hatte sie zutiefst geprägt. Auf der einen Seite das ständige Versorgen der Tiere, das Ernten, der Verzicht auf gemeinsame Familienurlaube, auf der anderen die große Freiheit, die Abenteuer in den Wäldern und der Geruch von Kälbchen an den Händen. Sie erinnerte sich noch genau an die vielen Nachmittage, die sie gemeinsam mit ihrer Oma Frieda in deren Bauerngarten verbracht hatte. Besonders geliebt hatte sie die Ernte der Schalerbsen, wobei davon mehr in Emilias Bauch als in ihrem Korb landeten.

Genau dieses Leben wünschte sie sich für ihre Kinder.

»Wann …« Sie musste sich räuspern. Ihr Mund war staubtrocken. »Wann ist das passiert? Und warum? Ich versteh einfach nicht, warum. Liebst du mich nicht mehr?« Ihre Stimme brach. Sie wollte seine Antwort nicht hören, und doch musste sie es. Durch irgendetwas musste sie sich vergewissern, dass sie nicht bloß träumte.

»Ich weiß nicht mehr genau, wann. Das spielt auch keine Rolle. Das war doch nicht geplant. Und es tut mir auch leid, dass ich dir nicht früher gesagt habe, was los ist. Aber, Emmie, ich wollte dir Australien nicht verderben. Du wärst doch sofort nach …«

Nicht geplant. Das Echo seiner Worte hallte in ihr nach. Sie weinte, aber sie fühlte und schmeckte die Tränen nicht. Etwas in ihr zerbarst. Emilia wollte ihn anschreien, an ihm zerren. Sie wollte sich in seine vertrauten Arme schmiegen und sich von seinen sanften Worten trösten lassen. Max war ihr Hafen und ihre Heimat.

»Wir können alles schaffen, was wir wollen.« Ihre Stimme war nur noch ein Flüstern.

»Was?«

»Das haben wir uns früher immer gesagt. Alles, was wir wollen …« Emilias Stimme versagte vollends.

Max zog die Augenbrauen zusammen. Seine Lippen waren fest aufeinandergepresst, und doch konnte sie sehen, wie sie zuckten. Sie erkannte die Entschlossenheit in seinem Gesicht. Diese Entscheidung und seine Worte standen nicht erst seit Kurzem fest.

Übelkeit stieg in ihr hoch. Er setzte zu einer weiteren Erklärung an, aber sie hob die Hand und schüttelte den Kopf. Er verstummte.

»Fahr mich zu Anne.«

Etwas überrascht, aber ohne Widerstand zu leisten, setzte er das Auto in Bewegung, und sie verließen den Flughafen. An einer roten Ampel sah sie ein kleines Mädchen mit seiner Mutter. Das Kind hielt eine Eiswaffel mit viel zu großen Kugeln in seiner kleinen Hand. Sie streckte ihre Zunge raus, um an dem Eis zu lecken. Ein Lkw hupte laut und dröhnend. Die Kleine erschrak und ließ ihr Eis fallen. Alles Glück hält nie, dachte Emilia noch, bevor sie zu schluchzen begann.

2

Emmie?«

Eine wohlvertraute Stimme unterbrach ihre kreisenden Gedanken. Anne.

»Bist du wach, Emmie? Ich habe dir dein Lieblingsessen gekocht.«

Emilia strich sich durchs Gesicht und zog dabei ihre Augenlider nach unten.

»Meine Augen sind schwer wie Blei.«

Ihre Freundin balancierte gerade ein Tablett mit einem Riesenteller Mac 'n' Cheese darauf. Daneben steckten in einer schlanken Vase zwei violette Gerbera. Gerbera, dachte Emilia. Die Blumen der Freundschaft. Was hätte sie in den letzten Tagen nur ohne Anne gemacht?

»Deswegen heißen die Dinger darunter auch Tränensäcke.« Anne sah sie aufmunternd an.

Emilia wollte lächeln. Vielleicht weniger für sich selbst als für Anne. Sie wollte ihr etwas zurückgeben. Irgendetwas, das ihr versichern würde, dass ihre Fürsorglichkeit nicht umsonst gewesen war. Der trockene Humor ihrer Freundin tröstete sie seit Jahren und in allen möglichen und unmöglichen Situationen. Aber in ihrem Inneren fühlte sie eine Taubheit, unter der ihre Verzweiflung brodelte wie Wasser, das überzukochen drohte. Schwer und mutlos ließ sie sich wieder zurück in die Kissen sinken. Würde sie dieses lähmende Gefühl je wieder verlassen?

»Ich habe mit Max geschrieben.«

In Emilias Bauch zuckte es, als sie seinen Namen hörte. »Wegen der Wohnung?« Die Frage kam ihr automatisch über die Lippen. Um was sollte es auch sonst gehen.

Anne ließ sich neben sie aufs Bett sinken und streichelte langsam über ihre Hand. »Am Wochenende ist er oder, besser gesagt: sind er und Felicitas nicht da. Da könnten wir deine Sachen holen. Wir nehmen den Transporter meines Bruders.«

Emilia stiegen wieder Tränen in die Augen. Ihre Sachen abholen, warten, bis niemand da war. Unfreiwillig fühlte sie sich wie eine feige Diebin. Dabei war er es doch gewesen, der ihr das Hier und Jetzt und die Zukunft gestohlen hatte. Sie begann zu schluchzen.

»Mir tut alles so weh, Anne. So weh.«

Ihre Freundin strich ihr mit ernster Miene über den Kopf und drückte sie an sich.

»Du musst nicht mitkommen, Emmie. Ich kann das auch allein übernehmen. Es ist kein Problem, ehrlich.«

Emilia antwortete nicht auf ihren Vorschlag. In ihrem Kopf tauchten unaufhörlich Fragen auf. Wohin sollte sie jetzt gehen? Wo sollte sie wohnen?

»Anne?« Flehentlich sah sie ihre Freundin an, und ihre Blicke trafen sich. »Anne, wie soll mein Leben nur weitergehen?«

Kastanien. Der halbe Gehweg war von grünen, stachligen Kugeln übersät, die scheinbar nur darauf warteten, geöffnet und weiterverarbeitet zu werden. Einige waren beim Aufprall auf den Asphalt aufgeplatzt, die braunen Früchte glänzten um die Wette. Kastanien hatten ihr eigenes Tempo, um aus ihrer Haut zu rutschen und sich in voller Pracht der Welt zu zeigen.

In der vergangenen Nacht hatte der Wind getobt und die beiden großen Bäume ihrer Früchte beraubt. Die Kinder freuen sich bestimmt, dachte Emilie und bückte sich, um eine aufzusammeln. Wenigstens ein bisschen Natur in der Stadt. Es war nun drei Wochen her, seit sie aus Australien zurückgekehrt und bei Anne eingezogen war. Emilia war heilfroh gewesen, als sie ihre Sachen aus der Wohnung geholt hatten, in der jetzt Max und Felicitas wohnten.

»Hey!«, rief Anne von ihrem kleinen Balkon herunter. Sie hatte sich eine bunte Strickjacke um den Körper gewickelt.

Emilia winkte mit der Brötchentüte zu ihr hoch.

»Ich habe vielleicht eine Wohnung für dich gefunden. Besser gesagt ein Zimmer.«

»Oh!« Mehr fiel Emilia dazu nicht ein. Die vergangenen Wochen mit Anne waren Balsam für ihre Wunden gewesen, sie konnte sich schwer vorstellen, wieder allein zu wohnen. Und was hieß auch wieder? Seit dem Auszug von ihren Eltern hatte sie immer mit Max zusammengelebt.

»Ich komme hoch!« Der Türsummer ertönte prompt, und Emilia eilte die Treppe hoch. Anne empfing sie aufgeregt im Flur. Sie hielt ein Stadtmagazin in der Hand und machte damit eine eilige Bewegung.

»Ich habe eine Wohnung für dich gefunden! Ein super Angebot. Schau doch mal!«

Emilia streifte sich den Mantel ab und warf einen Blick auf die Annonce, die ganz oben im Zu-vermieten-Teil des Stadtmagazins stand. Laut begann sie zu lesen:

»Ältere Dame bietet 1 Zimmer (18 qm) in sehr gepflegtem Altbau am Paul-Lincke-Ufer. KOSTENFREI. Sie helfen mir im Haushalt, betreuen meinen Hund und übernehmen Einkäufe. Nur an ruhige Studentinnen, zeitlich befristet.«

»Na, was hältst du davon?« Anne sah sie erwartungsvoll an.

»Hm.« Emilia seufzte. »Ich weiß nicht so recht.«

Ihre Freundin musterte sie. »Ich wünschte, wir könnten ewig zusammenwohnen, aber ich befürchte, mein Vermieter steigt mir aufs Dach.« Sie verdrehte die Augen. »Der Typ ist ein Idiot, aber ich werde nie wieder so wenig bezahlen für 31 Quadratmeter.«

Zustimmend sah Emilia zu ihr. »Na klar, das ist hier ein echtes Schnäppchen. Außerdem geht das Leben ja weiter.« Sie konnte ihren Worten selbst kaum glauben.

»Das hört sich an wie ein Sinnspruch von Pinterest.« Anne lachte. »Ich meine, kostenfrei, Emilia. Kostenfrei. Das ist ein magisches Wort.« Ihre nassen langen Haare fielen ihr über die Schultern, und mit ihren großen Ohrringen sah sie wie eine Zauberin aus, die sie besprechen wollte.

»Und bestimmt ist die alte Dame lieb. Das hört sich doch wirklich nett an.«

Emilia brütete immer noch über der Wohnungsanzeige.

»Klar, das ist mega. Aber ob ich das alles so kann mit dem Haushalt und dem Hund?«

Anne legte den Kopf schräg. »Daran zweifle ich keine Sekunde. Wer kocht denn hier seit Wochen?« Sie schlug sich scherzhaft gegen ihre Schenkel. »Ich habe bestimmt schon zwei Kilo zugenommen von deinem köstlichen Zitronenkuchen.«

Grinsend zeigte Emilia ihr einen Vogel. Mit der Wohnung allerdings hatte Anne recht. Vielleicht war das Ganze eine Fügung des Schicksals. Eine freundliche, ältere Dame, bei der sie sich nicht allein fühlte und in aller Ruhe ihr Studium zu Ende bringen konnte. Außerdem liebte sie Hunde! Und ganz eventuell würde diese alte Dame ihrer Oma Frieda ähnlich sein. All das könnte und würde sie trösten.

»Weißt du was? Ich mache es. Gib mir mal mein Handy, ich rufe da gleich an.« Entschlossen tippte sie die Nummer ein.

Es klingelte bereits zum sechsten Mal, als sie sagte: »Da geht keiner dran. Vielleicht hat sich jemand einen Scherz erlaubt.«

»Glaub ich nicht. Ruf doch später noch mal an«, rief Anne ihr vom Sofa zu.

»Ich habe Angst, dass das Zimmer dann …« Jäh unterbrach sie ihren Satz, als sich am anderen Ende einer Leitung jemand meldete.

»Professor Rosentreter.«

Die Person klang außer Atem und hauchte eher, als dass sie sprach.

»Ja, äh …« Emilia fühlte sich überrumpelt.

»Kommt da noch was?« Die eben noch zart wirkende weibliche Stimme strotzte plötzlich vor Kraft. Und Lautstärke. »Ich habe mich jetzt mühevoll vom Sessel zum Telefon geschleppt, dafür dass Sie sich melden mit ›Ja, äh‹?«

Emilia hielt das Handy einige Zentimeter von ihrem Ohr weg. Anne legte ihr Buch zur Seite und malte ein Fragezeichen in die Luft. Ratlos zuckte sie mit den Schultern und beschloss, einfach weiterzureden. Sie brauchte dieses Zimmer.

»Entschuldigen Sie bitte, Professor Rosentreter. Ich dachte nur …«

»Sie dachten was? Dass hier eine alte gebrechliche Frau sitzt, die man einfach so hochscheuchen kann, wie es einem passt?«

Emilia war kurz davor, aufzulegen. Sie war bereit, vieles für ein Dach über dem Kopf auf sich zu nehmen, aber es gab Grenzen. Gerade warf sie Anne einen genervten Blick zu, als die Stimme am anderen Ende weitersprach.

»Falls Sie wegen des Zimmers anrufen, ja, es ist noch frei. Kommen Sie heute Nachmittag um 15 Uhr an das Paul-Lincke-Ufer 23. Wo Sie klingeln müssen, wissen Sie ja wohl.« Frau Rosentreter machte eine Pause. Nicht um sich zu beruhigen, wie Emilia erfahren musste, sondern um ihrem letzten Satz mehr Ausdruck zu verleihen. »Und kommen Sie bloß nicht auf die Idee, irgendwelche Supermarkt-Leckerlis für meinen Hund mitzubringen. Odin ist allergisch!«

Das letzte Wort betonte sie derart übertrieben, dass Emilia fast lachen musste. Mühsam unterdrückte sie den Impuls und nickte. Dann gab sie einen zustimmenden Laut von sich, bevor sie auflegte. Ein allergischer Hund, das hörte sich kompliziert an. Ganz so wie seine Besitzerin.

3

Sie war wie immer zu früh. Emilia konnte sich bei aller Anstrengung nicht daran erinnern, jemals zu spät gekommen zu sein. In ihrer Schulzeit, vor jedem Arzttermin, jeder Prüfung, einfach immer war sie gut eine halbe Stunde früher da gewesen. Nur wenn Max sie gebracht hatte, war sie ohne lange Wartezeit ausgekommen, denn er hatte immer so viel Sicherheit ausgestrahlt, und sie hatte ihm bei der Zeitplanung vertraut. Ihre kleine Macke fand er witzig. Max. Ich wünschte, er wäre jetzt bei mir, dachte sie, als sie aus der U-Bahn-Station trat. Sie atmete tief durch.

Die Novemberluft war kühl, die Stadt hing in einer dicken Nebelwolke. Wenn sie doch nur nicht nach Australien gegangen wäre. Dann würden sie jetzt gerade beide eingekuschelt im Bett liegen und sich über irgendeine Netflix-Serie lustig machen. Hätte, wäre, wenn. Die Realität, ihre Realität, war ein Sonntagnachmittag mit ungewissem Ausgang. Max lag wahrscheinlich mit Felicitas unter einer Decke, und vermutlich war der Laptop ausgeschaltet. Hör auf, dich fertigzumachen, Emmie. Versuch, dich auf das Positive zu konzentrieren, ermahnte sie sich. Das Paul-Lincke-Ufer ist eine super Gegend, das Zimmer kostet nichts, und es ist nur eine Übergangslösung. Auch so ein blödes Wort. Ein Übergang wohin?

Fröstelnd zog sie die Schultern hoch und trat in einen kleinen Blumenladen, der auch am Sonntag geöffnet hatte. Vielleicht konnte sie die Professorin mit einem herbstlichen Strauß überzeugen oder zumindest besänftigen. Emilia entschied sich für eine Kombination aus Gerbera, Nelken, Chrysanthemen und Inkalilien, die in den schönsten Farben leuchteten. Genau der richtige Kontrast zum trüben Wetter, dachte sie, als sie kurz darauf die Straße entlangging. Der herbe, intensive Duft der Chrysanthemen, zugleich fein und unschuldig, beruhigte sie. Vielleicht würde sich doch alles zum Guten wenden. Sie bog in das Paul-Lincke-Ufer ein, und nach einigen Metern stand sie vor der Hausnummer 23. Ein gepflegtes Mehrfamilienhaus, ohne Graffiti an der Hauswand und mit einer dicken alten Eichentür. Neben der Tür hingen die Klingelschilder, die alle gleich aussahen. Messingplaketten, auf die in schnörkeliger Schrift die Namen eingraviert waren. Sie klingelte, und nach einer längeren Wartezeit ging der Türsummer, ohne dass sich jemand an der Sprechanlage gemeldet hätte. Emilia lehnte sich gegen die Tür und ging hinein. Bereits im Treppenhaus hörte sie das aufgeregte und schrille Bellen eines Hundes. Da ist aber jemand nicht gut drauf, dachte Emilia, während sie die Treppe mit dem roten Läufer hinaufging. Der Geruch von Reinigungsmittel lag in der Luft. Ein gepflegtes Haus. Ein bisschen spießig vielleicht, dachte sie, als sie auf die Klingel drückte. Darüber war ein Schild angebracht: *Bernd Rosentreter & Prof. Vera Rosentreter*. Ein Mann?

Emilia rätselte noch, ob der Mann verstorben oder die Ehe geschieden war, als die Tür geöffnet wurde. Prof. Vera Rosentreter war eine zierliche Frau, die ihre grauen Haare zu einem Zopf zusammengebunden trug. Ihr rechter Fuß steckte in einer Schiene, und sie stützte sich auf eine Krücke. Der Hund neben ihr wedelte aufgeregt mit dem Schwanz und machte keine Anstalten, mit seinem Gebell aufzuhören. Ein Dackel mit braunen Augen und drahtigem, hellbraunem Fell sah sie misstrauisch an.

Vera Rosentreter bellte zwar nicht, verfügte aber über ähnlich gute Laune wie ihr Hund. Skeptisch zog sie die linke Augenbraue hoch.

»Jetzt sagen Sie bloß, die Blumen haben Sie für mich mitgebracht?«

Emilia bemerkte einen spöttischen Ausdruck in den wachen Augen. Was konnte falsch an Blumen sein?

»Und ich dachte schon, Sie sind die Interessentin für das Zimmer. Anscheinend habe ich mich geirrt.« Sie machte eine Pause und nahm ihr den Strauß aus der Hand. »Sie sind vom Blumenlieferdienst.«

»Nein, ich komme schon wegen dem Zimmer ...« Emilia stand immer noch vollkommen verdattert im Flur. Der Dackel hatte mittlerweile aufgehört zu bellen und bearbeitete laut schmatzend einen Knochen. Ratlos ließ sie die Schultern sinken. Das war alles so verrückt und sinnlos. Sollte sie sich doch einen anderen Blöden suchen, mietfrei hin, mietfrei her. Gerade wollte sie sich wortlos umdrehen, als der Hund auf sie zustürmte und sich an ihrem Hosenbein festklammerte. Mit rhythmischen Bewegungen hinderte er sie am Gehen. Emilia schreckte zusammen und sah zu der alten Dame. Vera Rosentreter wirkte wenig erstaunt und auf eine seltsame Art hilflos. Wie angewurzelt beobachtete sie die Szene.

Emilia verspürte keine Angst, dass der Dackel sie beißen könnte. Dafür hatte sie in ihrem Leben zu viele brenzlige Situationen mit Hunden erlebt. Das war keine. Er war ungezogen, aber sie konnte anhand seiner Körpersprache erkennen, dass er es nicht sonderlich ernst meinte. Anscheinend gab er hier den Ton an. Sie beugte sich zum ihm herunter und schob ihn energisch zur Seite. »Stopp!«

Ihre Ansage schien den Hund zu beeindrucken, er trollte sich in die Küche. Seine Besitzerin sah ihm nach. »Odin ist nicht an fremde Leute gewöhnt.« Sie warf Emilia einen trotzigen Blick zu. »Sie wussten ja, dass Sie sich auch um einen Hund kümmern müssen.«

Müssen? Emilia traute ihren Ohren kaum. Sie würde hier weder einziehen noch einen Hund betreuen. Überhaupt, wer nannte seinen Dackel Odin? Odin, der Göttervater. Alles klar. Hier lag etwas ganz gewaltig im Argen, und sie hatte selbst genug Probleme.

»Ich werde jetzt gehen, Professor Rosentreter. Das mit dem Zimmer ist doch nichts …«

Vera Rosentreter machte einen Schritt auf sie zu, als Odin aus der Küche geschossen kam. Sie wich mit der Krücke aus und verlor dabei den Halt. Unter lautem Poltern stürzte sie auf den Perserteppich, der über den alten Dielen ausgelegt war. Wie ein Häufchen Elend und ohne einen Laut von sich zu geben, blieb sie liegen.

Emilia eilte zu ihr und zog sie vorsichtig nach oben. Die alte Dame war nicht so leicht, wie sie es vermutet hätte. Sie griff ihr unter die Schultern und setzte sie vorsichtig auf einen Stuhl, der in der Diele stand. Erschöpft ließ sich die Professorin darauf sinken.

»Danke.« Ihre Stimme war jetzt ein Flüstern, und Emilia sah das Zittern in ihren Händen.

»Ich hole Ihnen ein Glas Wasser.«

Als Emilia aus der Küche zurückkam, stand Odin an der Wohnungstür und winselte.

»Odin muss raus. Eigentlich sollte heute die Hundesitterin mit ihm gehen, aber es ist einfach kein Verlass mehr auf irgendwen.« Professor Rosentreter sprach leise, aber die vertraute Grimmigkeit lag schon wieder in der Luft. Sie ist wirklich nicht sympathisch, dachte Emilia. Kein Wunder, dass ihr niemand hilft. Odins Fiepen wurde lauter. Die alte Dame saß immer noch zitternd auf dem Stuhl und setzte mit größter Mühe das Glas auf einem Regal ab. Emilia kniff kurz die Augen zusammen und traf eine Entscheidung.

»Wo ist denn seine Leine?« Suchend besah sie sich die Garderobe.

Diese Frage schoss wieder Blut in die bleichen Wangen der Besitzerin. »Die hängt rechts an der Seite. An einem eigenen Haken.«

Emilia beeilte sich, den Dackel anzuleinen. »Bis gleich.«

Professor Rosentreter keuchte heiser auf. »Odin darf auf keinen Fall mit anderen Hunden in Kontakt kommen. Er ist ängstlich und regt sich zu sehr auf.«

Emilia drehte sich zu ihr, um sich zu vergewissern das es sich um einen Scherz handelte. Doch die alte Dame verzog keine Miene. »Haben Sie das verstanden?« Sie saß jetzt wieder aufrecht auf dem Stuhl und bemühte sich um Würde.

Emilia nickte, und Odin zog sie aus der Tür heraus. Unvermittelt fiel ihr ein oft gebrauchtes Sprichwort ihrer Oma ein: Hunde, die bellen, beißen nicht.

Vera Rosentreters Wohnung war in keinerlei Hinsicht das, was Emilia sich vorgestellt hatte. Das Einzige, was sowohl Fantasie als auch Wirklichkeit gemeinsam hatten, waren Unmengen von Büchern, die sich bereits im kleinen Flur auf zierlichen Kommoden stapelten. Emilia versuchte, einen Blick auf die Titel zu erhaschen, aber einige der Deckenstrahler waren kaputt, sodass der fensterlose Raum nahezu im Dunkeln lag. In den angrenzenden Zimmern brannte kein Licht, und draußen dämmerte es bereits. Sie war mit Odin eine Runde um den Block gelaufen, glücklicherweise waren ihnen keine anderen Hunde begegnet. Emilia hatte keine Ahnung, wie sie dann reagiert hätte. Dabei kam Odin ihr nicht sonderlich ängstlich vor. Wahrscheinlich war das einfach nur ein Spleen seiner Besitzerin.

Interessiert sah sie sich um. Die Wohnung war sehr groß, nach den Türen im Flur zu schließen vermutlich vier Zimmer, Küche, Bad. Hohe Stuckdecken und überall alte Holzdielen. Wirklich schön, sagte sie sich in Gedanken.

»Sie könnten uns einen Tee kochen.«

Emilia zuckte zusammen. Vera Rosentreter saß auf einem großen roten Sofa im Wohnzimmer und versank förmlich zwischen den orientalisch anmutenden Kissen. Die einzige Lichtquelle war eine kleine Tiffany-Lampe auf einem Beistelltischchen.

»Wo ist denn der Tee?«

Emilia bekam ein Stöhnen zur Antwort.

»Ja, wo ist denn nur der Tee? Vermutlich im Küchenschrank. Und bevor Sie weiterfragen: Ich trinke Kamille. Ohne Zucker.«

Wenig später balancierte Emilia zwei dampfende Tassen auf den niedrigen Wohnzimmertisch. Der Raum war ungewöhnlich eingerichtet. Der komplette Sitzbereich ausgelegt mit Fellen, Sitzkissen und kleinen Perserteppichen. Odin hatte es sich nach seinem Spaziergang gemütlich gemacht und lag eingerollt und leise schnarchend auf einem Lammfell. In einer Ecke gab es einen alten Kachelofen, auf dem Bilderrahmen drapiert waren. Emilia erkannte Professor Rosentreter mit einem Mann, der vermutlich *ihr* Mann war. Die Aufnahme musste viele Jahre alt sein. Beide strahlten in die Kamera, auf einer Torte prangte eine Dreißig aus Sahne. Emilia schätzte die Dame auf Anfang siebzig.

»Schauen Sie sich ruhig um. Und bevor Sie sich fragen, wie alt ich bin: neunundsechzig.«

Immer wenn sie die Stimme ihrer Vermieterin hörte, war Emilia nicht klar, ob es sich um eine Einladung oder einen Vorwurf handelte. Sie fühlte sich ertappt, entschloss sich aber zur Flucht nach vorn.

»Welches wäre denn mein Zimmer?«

Vera Rosentreter zeigte nach links. »Dort. Gleich daneben gibt es ein Gästebad, das Sie nutzen können. Ich schlafe vorne, neben dem großen Badezimmer, und möchte nachts nicht gestört werden.«

Emilia lächelte. Natürlich nicht. Mit dieser Regelung konnte sie leben. Sie trat auf den Flur und drückte die Tür auf. Ihr Zimmer war mit einem recht modernen Bett ausgestattet und einem schönen Schreibtisch aus Kirschholz. Sie strich mit der Hand über die glatte Oberfläche. Den Tisch würde sie direkt vor das Doppelflügelfenster stellen. Draußen gab es sicherlich einen Garten oder einen Hof, und den Ausblick würde sie sich nicht entgehen lassen. Außerdem lag der Landwehrkanal direkt vor der Haustür, grüner wurde es mitten in Berlin nicht.

»Zu Ihren Aufgaben gehören Einkaufen, einmal täglich Kochen, wöchentliches Putzen und, am wichtigsten: die Versorgung von Odin«, ertönte es hinter ihr. »Und ich dulde keinerlei Alleingänge. Ich kenne ihn am besten und kann auf jegliche Tipps verzichten.« Das Wort »Tipps« betonte sie unangenehm genau.

Emilia hatte keine Ahnung, wie Vera Rosentreter es mit ihrem lädierten Fuß geschafft hatte, lautlos bis zu ihrem Zimmer zu gelangen, doch da war sie. Ja, einerseits waren die Lage und das Zimmer traumhaft schön, andererseits war das Zusammenleben mit der Professorin ein großes Wagnis. Einfach würde es nicht werden. Warum konnte sie nicht ein wenig netter sein?

Emilia riss sich zusammen, um nicht loszuheulen. Erst löste sich die Beziehung mit Max in Luft auf, ihre berufliche Zukunft war plötzlich überhaupt nicht mehr klar, und jetzt *das* hier. Aber hatte sie eine Wahl? Hat man jemals eine Wahl, wenn man verzweifelt ist? Wahrscheinlich nicht.

»Ich habe Ihnen bereits notiert, was Odin wann frisst und wie er seine Medikamente zu bekommen hat.«

Emilia nickte. Sie würde das hier jetzt durchziehen. Ein Jahr ging schnell vorbei.

»Wann kann ich einziehen, Professor Rosentreter?«

»Am besten morgen. Sie sehen ja, wie es mir geht.« Bedeutungsschwanger zeigte sie auf ihre Fußschiene. »Und hören Sie mit diesem Professor auf. Vera reicht. Aber kommen Sie nicht auf die Idee, mich zu duzen.«

Humpelnd verließ sie den Raum und löschte das Flurlicht. Ratlos blieb Emilia im Dunkeln stehen. Kurze Zeit später ertönten Stimmen aus dem Wohnzimmer. Der Fernseher. Selten war sie sich so einsam und verloren vorgekommen.

4

Und? Wie ist dein Tag bis jetzt?« Annes Stimme klang warm und weich.

»Ziemlich anstrengend. Odin musste heute zum Tierarzt.«

»Dieser Name.« Anne lachte. »Wie läuft es mit Vera? Ist sie immer noch so unfreundlich?«

Emilia erinnerte sich an die Sache mit dem Blumenstrauß. »Ich habe ihr doch Blumen geschenkt, zu meinem Antrittsbesuch. Und ich habe mich schon die ganze Zeit gefragt, wo sie die hingestellt hat. Heute will ich den Müll runterbringen, und was finde ich darin?«

Anne seufzte. »Oh, Mann. Was ist denn nur los mit ihr? Hast du sie gefragt, was das soll? Ich glaube, ich hätte nicht ruhig bleiben können.«

»Ich musste sie gar nicht fragen. Sie stand mal wieder plötzlich hinter mir und meinte, die Blumen wären verwelkt. Dabei strahlten mich die Inkalilien nur so an. Der Strauß steht jetzt in meinem Zimmer. Vielleicht hat er ihr einfach nicht gefallen. Es gibt sowieso keine einzige Pflanze in der Wohnung. Das ist doch komisch, oder? Vera ist eine merkwürdige Person.«

»Meinst du, du schaffst es mit ihr?«

Emilia zuckte mit den Schultern. »Keine Ahnung. Ich hoffe einfach, dass es besser wird.«

»Emilia!«

Veras Stimme schallte durch die Wohnung, selbst die geschlossene Zimmertür konnte sie nicht aufhalten.

»Einen Moment!« Emilia nahm ihr Handy zurück ans Ohr. »Anne, ich melde mich später noch mal. Irgendwas ist mal wieder los.«

»Emmie, denk daran, du bist nicht ihre Leibeigene.« Anne hörte sich besorgt und ein wenig genervt an.

»Ich weiß. Aber sie ist alt und im Moment ziemlich lädiert. Irgendwie muss ich doch immer an meine Oma denken.«

»Hm.« Anne klang wenig überzeugt. »Neunundsechzig ist noch nicht besonders alt. Wahrscheinlich war sie schon immer so.«

Vera rief sie ein weiteres Mal.

»Bis gleich, Anne.«

Genervt schmiss Emilia das Handy auf ihr Bett. Sie fand Vera in der Küche. Auf den Fliesen lagen die Reste einer Käseverpackung verteilt, und Odin schnüffelte wie wild an ihnen herum. In seinen grauen Barthaaren konnte sie Goudastückchen erkennen.

»Können Sie mir das erklären?« Vera zeigte fuchsteufelswild auf die Fetzen der Plastikverpackung.

»Ich muss den Käse in der Einkaufstasche vergessen haben. Das wird Odin schon nicht umbringen.« Emilia war eher amüsiert als besorgt über die Situation und musste ein Grinsen unterdrücken.

Vera schnappte vor Ärger nach Luft. »Nicht umbringen? Er ist krank, Emilia, schwer krank! So etwas darf nicht passieren!«

Emilias schlechtes Gewissen meldete sich. »Vera, es tut mir leid. Woher soll ich denn wissen, dass Odin eine ganze Packung Käse frisst?«

»Wenn Sie nur langweiliges Trockenfutter für nierenkranke Hunde bekämen, würden Sie sich dann nicht auch auf jede verfügbare Käsepackung stürzen?« Sie war außer sich. »Herrgott noch mal, das kann doch alles nicht so schwer sein. Wenn ich mich in meinem Leben einmal so angestellt hätte …«

Schnell sammelte Emilia die Plastikstücke von den Dielen und strich Odin die verbliebenen Essensreste aus dem Fell. Vera humpelte zurück ins Wohnzimmer, sie und der Dackel folgten ihr.

»Mein armer Odin. Mein armer kranker Odin.« Mit bestürzter Miene streichelte sie ihn und deckte ihn mit einer kleinen Decke zu. Er brummte laut auf. »Ich glaube, ihm ist schlecht. Finden Sie nicht auch, dass er sehr flach atmet?«

Emilia musste sich ein Grinsen verkneifen. Vera hatte den Hang, alles zu überdramatisieren. Doch sie tat ihr den Gefallen und trat nah an den Dackel heran. Odin grunzte zufrieden. Er wirkte vollkommen gesund und quicklebendig.

»Er sieht entspannt aus. Ich könnte mit ihm aber noch mal zu Doktor Weber gehen, wenn es Sie beruhigt.«

»Doktor Weber. Pfff.« Veras Verachtung war nicht zu überhören. »Der kann vielleicht Krallen schneiden, aber alles darüber hinaus übersteigt seine Fähigkeiten.« Sie schüttelte den Kopf. »Nein, nein, wenn überhaupt, dann Doktor Niemann. Die ist wenigstens auch Chirurgin.«

Emilia war immer wieder fasziniert von dem Wandel, sobald es um Veras Hund ging. Professor Vera Rosentreter war herrisch, scharfzüngig und blitzschnell im Hirn, aber in Bezug auf Odin schienen diese Grundfesten in sich zusammenzufallen. Wenn sie mit ihm sprach, wurde ihre Stimme weich wie Butter und jeder rationale Gedanke zur Seite geschoben. Emilia war selbst mit Hunden aufgewachsen und kannte diese besondere Liebe. Für Vera schien Odin viel mehr als ein Haustier zu sein.

Der Dackel war zwischenzeitlich Veras Hand entkommen und schnüffelte fröhlich zwischen den Sofakissen.

»Wie alt ist Odin eigentlich?«

Veras Blick fiel auf ein Bild, das ihn als Welpen zeigte. »Zwölf Jahre. Er war gerade zwei, als mein Mann verstarb. Mehr ist mir nicht geblieben.«

Versteinert sah sie zu Odin, der in diesem Moment verzweifelt versuchte, einen Knochen unter dem Sofa hervorzuholen. Der Käse würde wohl nicht der letzte Snack des heutigen Tages sein.

Emilia wusste nicht, wie sie reagieren sollte. Vera machte nicht den Eindruck, als ob sie ihr Mitgefühl bräuchte oder überhaupt hören wollte.

»Bernd hat Odin geliebt.« Sie schluckte schwer, und Emilia war sich nicht sicher, ob es wirklich um den Dackel ging. Diese Offenheit hatte sie nicht erwartet.

»Das tut mir sehr …«

Sie schnitt ihr das Wort ab. »Genug jetzt mit der Jammerei. Wir sollten zu Mittag essen.« Emilia nickte und holte das Geschirr aus dem Küchenschrank. Sie deckte den mächtigen Eichentisch im Esszimmer auf und dachte darüber nach, was nur in Veras Leben passiert sein konnte, dass sie so grantig und menschenunfreundlich geworden war. War es wirklich nur ihr Alter? Aber im Jahr 2022 war eine fast Siebzigjährige doch ein anderer Schlag als 1980! Ihre Oma, die vor zehn Jahren verstorben war, war fast immer fröhlich und aktiv gewesen. Vera verbrachte die meisten Tage vor dem Fernseher, und Besuch bekam sie auch keinen. Komisch, dachte Emilia.

»Die Suppe kocht über!« Da war sie wieder.

»Oh, danke, ich bin schon auf dem Weg.«

Emilia zog den Topf vom Herd, füllte die bunte Minestrone in die tiefen Suppenteller und trug sie ins Esszimmer. Odin wich ihr dabei nicht von der Seite.

»Wissen Sie, Emilia, ich bin beruhigt, dass Sie studieren und keine Hausfrau geworden sind.«

Sie überhörte Veras Gemeinheit geflissentlich und pustete den heißen Suppenlöffel an.

»Ich wünsche Ihnen auch einen guten Appetit. Was haben Sie eigentlich gelehrt?«

Vera war gerade damit beschäftigt, kleine Möhrenstückchen an Odin zu verfüttern. Der Dackel hatte einen Extraplatz auf einem kleinen Bänkchen neben ihr. Wenig begeistert kaute er auf einer Möhre und spuckte sie wieder aus.

»Maschinenbau. Die besten Jahre hatte ich an der Technischen Universität in Magdeburg. Natürlich vor der Wende.« Seit die Teller auf dem Tisch standen, hatte Vera nicht einmal zu Emilia herübergesehen. Stoisch schob sie dem Hund sein Essen zu.

»Sie sind in der DDR geboren? Das hätte ich gar nicht, ähm, vermutet.«

Emilia verfluchte sich für den letzten Teil ihres Satzes. Mit diesen ganzen Ost-West-Klischees hatte sie gar nichts zu tun. Beim Mauerfall war sie noch nicht mal geboren.

»Das tut mir natürlich leid, dass ich nicht Ihre Erwartungen erfülle, Emilia.« Veras Stimme war so schneidend wie das Blatt einer Agave. Sie war immer so schnell gekränkt.

»So habe ich das nicht gemeint. Ich wollte nur …«

Vera sah sie jetzt direkt an und unterbrach sie barsch. »Im Goldenen Zeitalter wurde ich ausgetauscht. Da kamen jüngere Westdeutsche, die sogar Englisch sprachen. Das gefiel den Damen und Herren der Fachkommissionen besser.« Sie lachte bitter auf. »Da stand ich ziemlich allein da mit meinem *За нашу дружбу!*«

Emilia sprach kein Russisch, aber die Bedeutung konnte sie erahnen.

»Und dann habe ich als Privatdozentin an der TU Berlin gelehrt. Natürlich auch nur über Vitamin B. Da hatten die BRD und die DDR viel gemeinsam.« Sie hielt inne und nahm einen Schluck Wasser. »Gut genug war ich denen eh nie. Der einzige Lichtblick in dem ganzen Getümmel war Bernd. Aber das hat ja auch nicht lang gehalten.«

»Was ist mit ihm passiert?«

Vera holte gerade Luft, als Odin einen Satz von seiner Bank machte und mit einem Jaulen auf dem Teppich landete.

»Odin! Mein Spatz! Hast du dir wehgetan? Mein armer kleiner Schatz!« Vera beugte sich so tief nach unten, dass Emilia dachte, sie würde wegen ihrer schweren Fußschiene das Gleichgewicht verlieren.

»Vera, ich …« Emilia war aufgestanden und näherte sich dem Hund.

»Schluss jetzt mit dem Verhör. Es ist längst alles vorbei.« Sie erhob sich und humpelte ins Wohnzimmer zu ihrem Sofa. »Wenn Sie mit Odin rausgehen, denken Sie an die gelbe Schleife.«

Emilia sah sie fragend an. »Die gelbe Schleife? Für was brauchen wir eine gelbe Schleife?«

»Ganz einfach. Für die Aktion ›Gelber Hund‹. Damit signalisiert man anderen Hundebesitzern, dass der eigene keinen Kontakt wünscht. Das ist ja wohl das Einfachste der Welt.« Abschätzig zog sie die Augenbrauen hoch. »Odin war schon immer lieber für sich. Und für seine Nierenwerte ist der Stress gar nicht gut.«

Emilia fiel eine lange Reihe von Fragen ein. Zum Beispiel, wer sich in Wirklichkeit keinen Kontakt mit anderen wünschte. Oder ob Odin nicht auch das Herumtollen vermisste. Sie dachte an Annes Worte: »Häng dich da nicht so rein und hinterfrag nicht alles. Sie ist eine verschrobene Professorin. Du kannst nicht die ganze Welt retten.«

Das fiel ihr zunehmend schwer. Man konnte nicht so eng zusammenleben und gar nichts hinterfragen oder sich für den anderen interessieren.

»Haben Sie mich gehört, Emilia?«

»Ich binde die gelbe Schleife um. Bis später.«

Ihr Bedarf an Gesprächen mit Vera war für den heutigen Tag ausgeschöpft. Sie freute sich auf eine ruhige halbe Stunde am Maybachufer und befestigte die Leine und die Schleife an Odins Geschirr.

»Komm, Odin, wir schauen mal, was die Welt macht.« Emilia öffnete die Tür und wartete geduldig, bis Odin über die Schwelle getapst kam. Der Hund war lieb, aber wahnsinnig stur. Emilia dachte belustigt, dass er die Sturheit wohl von Vera haben musste. Als sie endlich die Wohnung verlassen hatten, nahm sie ihn auf dem Arm und ging die Treppe hinunter.

Drei Tage wohnte sie nun schon bei Professor Rosentreter, und in der Zeit hatte sie noch keine Nachbarn zu Gesicht bekommen, was ihr selbst komisch vorkam. Hier waren offenbar alle sehr beschäftigt. Aber nun stürmten ihr zwei Kinder entgegen, die sich unglaublich ähnlich sahen. Odin zappelte unruhig und wollte auf den Boden gesetzt werden.

»Hallo!« Das Mädchen blieb eine Stufe unter ihr stehen und beobachtete neugierig den Hund.

»Was hat der da?« Sie zeigte auf die gelbe Schleife. Ihr Bruder blieb stumm, aber er schaute mindestens genauso interessiert.

Emilia überlegte kurz, ob es in Ordnung war, Kinder anzulügen. Das war viel leichter als alles, was kompliziert war, erklären zu müssen. Sie entschied sich dennoch dagegen. Ihre Tante hatte ihr früher einmal erzählt, dass sie nicht zu nah am Teich spielen solle, da im Wasser Piranhas leben würden. Einige Jahre lang hatte Emilia einen großen Bogen um das Becken gemacht, bis sie dummerweise einem älteren Jungen aus der Nachbarschaft davon erzählte. Sein Lachen hatte sie heute noch im Ohr.

»Damit wissen die anderen, dass er nicht mit ihnen spielen will.« Etwas Schlaueres fiel ihr auf die Schnelle nicht ein.

Das Mädchen machte große Augen. »Cool. Wie hat er das den anderen Hunden gesagt?«

Emilia dachte erneut über das Lügen nach und beschloss, abzulenken.

»Wie heißt ihr denn? Ich bin Emilia. Und das ist Odin.« Sanft griff sie nach einer seiner Vorderpfoten und tat so, als würde er winken.

Der Junge lächelte. »Ich heiße Ludwig.«

»Und ich Polly. Darf ich den mal streicheln? Die böse Frau lässt uns immer nicht.«

Emilia nickte, und Odin hielt still.

»Ist das deine Mama?« Auch Ludwig hatte sich jetzt nach vorne getraut und strich dem Hund vorsichtig über den Rücken.

»Nein, ich wohne bei ihr. Jedenfalls eine Zeit lang.«

Polly machte keine Anstalten, weiterzugehen. »Ist sie zu dir auch so gemein?«

Da hatte Vera offensichtlich ganze Arbeit geleistet. Wie konnte sie nur fies zu diesen Kindern sein? Bei dem Gedanken fiel ihr auf, dass sie gar nicht wusste, ob Vera eigene hatte.

»Nein, sie kann auch nett sein.« Jetzt hielt sie eine Lüge für durchaus angebracht.

»Können wir mitkommen? Wir lieben Hunde!« Polly zog das i einige Sekunden in die Länge. Ludwig nickte eilig im Hintergrund.

»Von mir aus schon, aber wir müssen eure Eltern fragen.«

»Die sind gar nicht da. Papa ist zurück ins Büro, und Mama ist vor Gericht.«

Emilia zuckte kurz zusammen.

»Es heißt zu Gericht, Polly. Das hat uns Mama doch tausendmal erklärt.«

Polly verdrehte die Augen, und ihre feinen blonden Haare wirbelten ihr um den Kopf. »Dann eben zu. Also, können wir jetzt mit?«

»Einverstanden. Aber ihr müsst auf mich hören und aufpassen, okay? Und heute Abend spreche ich mit euren Eltern. Die kennen mich ja gar nicht.«

Die Zwillinge brummelten zustimmend und sprangen die Treppe hinunter. Emilia war ganz froh über die Gesellschaft während ihrer Hunderunde. Sie unterbrachen ihr Gedankenkarussell, das sich nach wie vor um ihre Vergangenheit und um ihre Zukunft drehte. Kinder lebten im Hier und Jetzt.

Leise zog Emilia die Zimmertür hinter sich zu. Vera sah sich in gewohnter Manier Telenovelas an und hatte nicht einmal aufgeschaut, als sie an ihr vorbeigeschlüpft war. Jetzt versuchte sie, sich auf ihre Masterarbeit zu konzentrieren. Auf der Fensterbank landete eine Meise und sah ins Zimmer, bevor sie sich wieder auf den Weg zu der prächtigen Platane im Hof machte. Die Blätter des Baumes leuchteten in den herrlichsten Rot- und Gelbtönen, und draußen dämmerte es bereits. Der November war in großen Schritten gekommen. Aus ihrem Fenster hatte Emilia einen großzügigen Blick in den Hof, der einen verwilderten Eindruck machte. Farne wucherten unter dem Baum, und ein kleines hellblaues Kinderfahrrad lag auf den Betonplatten, die einen kleinen Streifen vor der Kellertür bildeten. Daneben konnte sie ein kleines Rasenstück des Nachbargrundstücks erkennen. Rasen, grüne Wiesen. Die Sehnsucht nach zu Hause durchfuhr Emilia mit einer Wucht, die sie auf das Bett sinken ließ. Mit Max waren die Herbstmonate auch in Berlin schön gewesen. Sie waren oft am Schlachtensee und auf dem Kreuzberg gewesen. Das Rascheln der Blätter, die Laubhaufen und die Friedlichkeit inmitten von Hunderten Menschen genießen zu können war eine Besonderheit dieser Stadt. Emilia, du hängst in der Vergangenheit fest, dachte sie und drückte ihr Lieblingskissen noch fester an ihren Bauch. Jetzt lebte sie auch mit jemandem zusammen und fühlte sich einsamer denn je. Wenn Alleinsein nicht die Definition von Einsamkeit war, dann war Gesellschaft ebenso wenig das Gegenteil davon. Das stellte sie gerade fest.

Sie war froh, wenn sie sich von Vera zurückziehen konnte. Jedes Gespräch endete damit, dass sie sich gekränkt fühlte, und so langsam ging Emilia die Puste aus. Ich muss mich zusammenreißen, sagte sie sich. Heute in einem Jahr sieht die Welt schon anders aus. Aber wie um ihr Versprechen zu sabotieren, tauchte Max vor ihrem inneren Auge auf und begleitete sie in einen unruhigen Schlaf.

5

Das heißt, du kannst gar nicht rausgehen?« Emilia saß im Schneidersitz auf dem gemütlichen Küchensofa ihrer Nachbarn und hatte gerade das letzte Stück Brot mit Tomatenbutter verspeist, als Franz einige Kerzen auf den Tisch stellte.

Anette stupste ihren Mann an. »Schenk Emilia noch was ein. Und mir auch.«

Er grinste. »Alter Schluckspecht.«

Emilia lachte. Bei Anette und Franz Lenhardt fühlte sie sich so willkommen wie lange nicht mehr. Alles war so unkompliziert und herzlich, dabei war noch keine Woche vergangen, seit sie Franz' Einladung, doch einmal vorbeizuschauen, spontan gefolgt war und im vierten Stock geklingelt hatte. Er hatte eines Morgens mit einem riesigen Blumenstrauß vor Veras Tür gestanden, um sich bei ihr zu entschuldigen. Franz hatte den Unfall ihrer Vermieterin durch eine Unachtsamkeit verursacht und versuchte ihr bereits zum wiederholten Mal sein Bedauern auszudrücken und ihr seine Hilfe anzubieten. Doch Vera hatte sich nicht erweichen lassen und ihn rüde abgewimmelt. Auf Emilia hingegen hatte Franz einen sympathischen Eindruck gemacht, und deshalb saß sie nun hier, vollgefressen und glücklich wie nach einem Festmahl.

Anette nahm einen großen Schluck Rotwein, wobei ihr Messy Bun fröhlich wackelte, dann strich sie sich über die Hosenbeine ihres Overalls.

»Doch, ich kann rausgehen. Aber nur für kurze Zeit und nicht in der prallen Sonne. Und natürlich nur vermummt.« Sie verdrehte die Augen. »Hip ist anders.« Anette überlegte kurz. »Wobei. Wir sind in Berlin. Wahrscheinlich reicht es mit meinem Look sogar für die Fashion Week.«

»Auf ihrer Haut bilden sich Quaddeln, die brennen und jucken. Manchmal führt das auch zu Verbrennungen. Und einmal, weißt du noch, da war sogar deine …«

Anette beendete seinen Satz. »Da war sogar meine Zunge verbrannt. Seitdem habe ich Superkräfte. Ich kann besonders gut küssen.«

Alle lachten, aber Emilia konnte sich kaum vorstellen, wie einschränkend diese Krankheit sein musste. Und schmerzhaft.

Anette schien ihre Gedanken zu lesen. »Ja, ich muss auf vieles verzichten. Urlaub am Strand, Wandern, Fahrradfahren und so weiter und so weiter. Am meisten vermisse ich unsere kleine Gartenparzelle im Fliegerviertel. Die hatten wir damals mit viel Glück pachten können.« Nachdenklich zündete sie sich eine Zigarette an. »Ich hatte sogar ein Gemüsebeet. Kannst du dir das vorstellen?« Sie blies kleine Ringe in die Luft. »Jetzt ziehe ich Kräuter am Küchenfenster. Das Gute ist, dass die Krankheit so plötzlich wieder verschwinden kann, wie sie kam. Meine Ärztin hat da Hoffnung. Immerhin habe ich mir dreißig Jahre lang die Sonne auf den Pelz scheinen lassen.«

Sie strahlte, und Emilia bewunderte sie für ihre positive Einstellung. Seit fünf Jahren lebte Anette bereits mit der Lichtdermatose.

»Im Übrigen …«, wieder griff sie nach der Weinflasche, »nennt man Menschen wie mich ›Mondscheinkinder‹. Und das hat doch auch etwas Mystisches. So, genug über mich. Was hat dich eigentlich zu Captain Sunshine verschlagen?«

Emilia zögerte kurz. Sollte sie ihr wirklich etwas von ihrer Trennung von Max erzählen? Andererseits gehörte der Teil der Geschichte unweigerlich dazu. Sie fasste sich ein Herz und schilderte Anette in aller Offenheit vom Ende ihrer Beziehung und der Hölle der vergangenen zwei Wochen mit Vera. Danach weinte sie etwas und fühlte sich freier. Jedenfalls für diesen Abend, und das reichte ihr für den Anfang.

»Vera ist wirklich ein harter Knochen. Du hast es ja auch erlebt. Wir haben ihr alles angeboten: Ihre Versorgung, mit dem Hund rausgehen, eine Putzfrau, aber es war nichts zu machen. Sie lässt nicht mehr mit sich reden.«

Emilia nickte. Vera konnte verdammt stur sein.

»Zum Glück war in den ersten zwei Wochen nach dem Unfall Alex da. Das hat mich ziemlich verblüfft. Hast du ihn schon kennengelernt?«

»Nein, wer ist Alex?« Emilia hatte den Namen noch nie gehört.

»Typisch Vera.« Anette kicherte betrunken. »Alex ist der verlorene Sohn. Wir leben seit acht Jahren in diesem Haus, und Alex haben wir so ziemlich genau acht Mal gesehen. Zu ihrem Geburtstag traut er sich in die Höhle des Löwen. Der Löwin.« Sie hickste. »Sorry, von Rotwein bekomme ich jedes Mal Schluckauf.«

Einen Sohn. Emilia hatte nicht ein Foto von ihm auf dem Kaminsims gesehen. Zwischen den beiden musste es wohl auch geknallt haben.

»Woher wisst ihr eigentlich, wann sie Geburtstag hat?«

»Das ist ganz einfach.« Anette hickste erneut. »In unserem ersten Jahr hier hatte Frau Professor wohl noch eine Freundin. Und die traf ich, als sie mit einem Geschenk in der Hand vor Veras Haustür wartete. Nachmittags standen wir dann mit einem Kuchen vor ihrer Tür, um zu gratulieren.«

Franz seufzte. »Da kannten wir sie auch noch nicht. Natürlich hat sie uns nicht reingebeten. Trotzdem klingeln wir jedes Jahr bei ihr, und dann ist immer Alex da.«

»Sie tut mir irgendwie leid.« Anette gähnte und stand vom Sofa auf. Emilia fischte unter dem Tisch nach ihren Schuhen und wankte dann Richtung Tür.

»Danke für den schönen Abend.«

Franz und Anette folgten ihr. »Wenn es dir mal wieder zu viel werden sollte, komm einfach vorbei.« Anette umarmte sie. »Oder natürlich auch einfach so.«

Emilia spürte ihre Wärme und freute sich auf das nächste Mal. Vielleicht war sie doch nicht so einsam, wie sie dachte.

6

»Ich werde mich ganz sicher nicht in diesem Ding von Ihnen rumschieben lassen. Frische Luft habe ich auch auf dem Balkon.«

Es war ein scheußlicher Berliner Novembertag, grau und nasskalt, und die Sonne war nur noch hinter dicken Wolkenwänden zu vermuten, doch Emilia konnte es nicht länger mit ansehen, wie Vera mit dem Sofa verschmolz.

»Aber Sie gehen doch nie auf den Balkon.« Emilia warf einen Blick auf den kahlen Anbau, der noch nicht einmal mit Pflanzkästen ausgestattet war. »Den könnten wir ja auch ein wenig verschönern. Um die Ecke gibt es einen Blumenladen, der gerade Rote Teppichbeere anbietet. Dazu könnten wir ein paar Gräser pflanzen, vielleicht Blauschwingel. Kennen Sie den, Vera? Der glänzt immer so schön silbrig.«

Emilia war mit guter Laune aufgewacht. Den gestrigen Abend hatte sie mit Anne erst im Zoopalast und dann in einer neuen Bar in Friedrichshain verbracht. Mädelsabende waren einfach die besten. Zwei Typen wollten ihnen einen Gin Tonic ausgeben, und Anne war nicht abgeneigt gewesen, das hatte sie an ihrem Lächeln erkannt, aber Emilia hatte sie flehend angesehen. Sie war nicht bereit für einen Flirt oder überhaupt für Männer. Ihr Herz war nach wie vor verschlossen wie eine Knospe im Winter, die hoffte, im Frühjahr wieder austreiben zu können. Frühling. Jetzt hieß es erst mal, den nahenden Winter zu überstehen.

»Sind Sie jetzt fertig mit Ihrem Vortrag? Ich weiß nicht, was die ganze Welt mit Blumen hat. Wie Ihnen ja sicherlich schon aufgefallen ist, brauche ich keine. Wozu auch? Sie sehen mir beim Sterben zu und ich ihnen.« Vera blickte stur auf den Balkon. »Hier wird gar nichts gepflanzt. Wenn Sie in Ihrem Zimmer Pflanzen aufstellen wollen, bitte schön. Dagegen wehre ich mich nicht, wenn Sie sie später beim Auszug auch wieder mitnehmen.«

Na, das war ja fast eine Liebeserklärung von dir, Vera, dachte Emilia enttäuscht. Schade, sie konnte sich den Balkon in Herbstfarben deutlich vorstellen. Seitlich hätte sie sogar eine Berberitze klettern lassen können. Und zu Weihnachten könnten sie Lichterketten … Sie unterbrach sich selbst in ihrem Gedankenstrom. Sie war hier nur Mieterin. Diese Frau ist keine Familie.

»Also, Vera, kommen Sie jetzt mit Odin und mir raus? Der arme Odin erleichtert sich sonst auf dem Teppich.«

Vera schaute verdutzt und zog dann ihren Mantel aus der Garderobe. Emilia wusste nicht, ob es an ihrem entschlossenen Tonfall gelegen hatte, dass sie nun doch mitkam. Sie hatte unten im Hausflur bereits den Rollstuhl vorbereitet, sodass einem Spaziergang nichts mehr im Weg stand.

»Ich möchte aber nicht zu weit gehen.« Emilia drückte auf den Knopf des Aufzugs und war einfach nur glücklich darüber, dass es in diesem Haus einen gab. Sie wollte sich gar nicht vorstellen, wie es wäre, die zeternde Vera mit dem geschienten Fuß die Treppen sicher hinunterzubringen. Und bevor die Schiene abgenommen werden konnte, würde es vermutlich Weihnachten sein. Jedenfalls hatte Vera das angedeutet.

Der Aufzug öffnete mit einem leisen Zischen die Türen. Emilia half Vera in die Kabine. »Und kommen Sie nicht auf die Idee, mir eine Decke über die Beine zu legen. Ich bin derzeit lädiert, ja, aber kein Fall für das Seniorenheim.«

Emilia grinste. Nein, das war sie wirklich nicht, dachte sie, während sie nach unten fuhren. Als sich die Tür wieder öffnete, war der Hausflur leer, nur Odin schnüffelte an dem Rollstuhl auf dem roten Läufer. Emilia half der grummelnden Vera hinein, dann zog sie die schwere Haustür auf und fröstelnd die Schultern hoch. Fast bereute sie ihre Idee zu einem Spaziergang, aber jetzt wollte sie keinen Rückzieher machen. Schweigend schob sie die Professorin am Nachbarhaus vorbei. Davor stand eine schmiedeeiserne Bank, deren Streben bunt angemalt waren, und darunter zwei leere Bierflaschen.

»Vandalen«, sagte Vera verächtlich.

»Die Bank ist doch ganz hübsch. Nicht so trist. Kennen Sie jemanden aus diesem Haus?«

Sie hörte Vera in ihrem Rollstuhl keuchen. »Nein. Und darauf bin ich sehr stolz. Diese Leute …«, das letzte Wort betonte sie so angewidert wie nur irgend möglich, »haben zu viel Freizeit. Wenn sie studieren oder arbeiten würden, gäbe es wohl auch weniger Anlass für Bier.«

Emilia kannte auch niemanden aus dem Nachbarhaus. Aber »diese Leute«, das war für Vera im Prinzip jeder außer ihr selbst. Und ihrem verstorbenen Mann. Sie war die verbohrteste und konservativste Person, die Emilia jemals getroffen hatte. Manchmal war das amüsant, aber meistens nervig.

Sie schob Vera einmal das Paul-Lincke-Ufer rauf und runter. Es war eine Qual. Sie meckerte pausenlos über rücksichtslose Radfahrer, zu laute Autos, unebene Gehwege, den Müll und das Wetter. Emilia schob zu schnell, zu langsam oder einfach nur falsch. Beim Café Augenblick hielt Emilia an, um sich einen Kaffee zu kaufen. Ihre Begleitung wollte natürlich nichts.

Emilia parkte sie neben der Hauswand. »Ich bin gleich wieder da.«

Vera winkte ab. »Lassen Sie sich Zeit. Odin und ich genießen die Aussicht auf den Mülleimer.«

Emilia verdrehte die Augen. Der ganze Ausflug war ein riesiger Fehler gewesen.

Auf dem Rückweg kamen ihnen eine große, kräftige Frau in Turnschuhen und ein Mädchen mit kurzen Haaren entgegen, einige Strähnen türkis gefärbt. Haarkreide, dachte Emilia. Mit Grauen erinnerte sie sich an ihre eigenen Versuche damit.

Das Mädchen lief freudestrahlend auf sie zu.

»Dilara, bleib hier. Dilara!«, rief die Frau energisch.

Das Mädchen ignorierte sie und ging vor Odin in die Hocke. Der Dackel schleckte ihre Wange ab und winselte vor Freude. Dilara strahlte, aber Emilia konnte nicht verstehen, was sie sagte.

»Die hat mir heute noch gefehlt zu meinem Glück.« Veras Brummeln ging fast unter zwischen dem Geschrei der Mutter und dem mysteriösen Zwiegespräch von Odin und Dilara.

»Frau Tekin!« Jetzt schrie auch Vera. »Können Sie nicht *ein* Mal auf Ihre Tochter aufpassen? Ich will nicht, dass sie meinen Hund immer so aufregt. Das wissen Sie doch ganz genau!«

Die Angesprochene hatte inzwischen zu ihrer Tochter aufgeschlossen. Sie strich Dilara zärtlich über die Schulter und deutete ihr mit einem Handzeichen an, den Hund in Ruhe zu lassen. Sie nahm ihre Hand und fuhr ihr über das Haar. Die Mundwinkel des kleinen Mädchens zeigten nach unten, als sie Odin losließ. Sie deutete mit dem rechten Zeigefinger auf ihre Brust, schloss die Augen und lächelte. Dabei streichelte sie mit der Hand über ihre Wange und zeigte anschließend auf das Tier.

Ihre Mutter lächelte, bevor sie sich Vera zuwandte. »Sie sind eine derartig garstige Person, Frau Rosentreter, dafür fehlen mir die Worte. Einem Kind nicht zu erlauben, einen Hund zu streicheln. Machen Sie sich doch nicht lächerlich. Schlimm ist das!« Dann musterte sie Emilia von oben bis unten. »Entschuldigen Sie meinen Tonfall. Ich bin Zeynep Tekin, Dilara kennen Sie ja bereits. Und wer sind Sie?«

»Ich bin Emilia, Professor Rosentreters Untermieterin.« Ihr war die ganze Situation sehr unangenehm. Veras rüpelhaftes Verhalten war zum Fremdschämen.

Frau Tekin nickte. »Da kann ich Sie ja nur bemitleiden. Und Sie, Frau Professor, sollten Gott auf Knien danken, dass Sie jemanden gefunden haben, der Sie aushält.« Sie warf ihr einen vernichtenden Blick zu.

Vera gab sich unbeeindruckt. »Ihren Gott können Sie für sich behalten. Versuchen Sie erst mal, Ihr Kind zu erziehen. Auch wenn es keinen Vater gibt. Wie heißt es doch so schön? ›Alleinerziehend …‹«

Emilia war kurz davor, Vera mitsamt dem Rollstuhl auf dem Gehweg stehen zu lassen. Es war kaum zu glauben. Frau Tekin zog Dilara am Arm an ihnen vorbei. »Ihre Gehässigkeiten können Sie sich sparen, oder beschränken Sie sich beim Beleidigen auf mich. Mir ist das so was von egal. Aber lassen Sie meine Tochter da raus. Dilara ist stumm, aber nicht taub.« Wie eine Naturgewalt rauschte sie davon.

Emilia sah in den sonnigen Novemberhimmel und entdeckte ein Elsterpärchen, das in die große Kastanie flog. Sie wirkte wie ein Fels in der Brandung. Wie lange mochte sie schon hier stehen? Fünfzig, sechzig Jahre? Mit stoischem Gleichmut hatte sie alles hingenommen und dadurch alles überstanden. War das das Geheimnis des Lebens? Die Elstern würden hier wahrscheinlich ihr Nest bauen, für den Nachwuchs im kommenden Jahr.

Augenblicklich verspürte Emilia Neid. Als Kind hatte sie sich mit einigen Freunden auch ein Baumhaus im Wald gebaut, um einen Rückzugsort vor den Eltern und einen geheimen Platz für sich zu haben. Genau das brauchte sie jetzt auch. Was ist nur aus mir geworden?, dachte sie. Ich bin achtundzwanzig Jahre alt, und kein Land ist in Sicht.

Mit Max hatte sie eine Bucketlist geführt und regelmäßig Punkte abgehakt. Zwei Bier exen, ohne dass sie einem aus der Nase rauskommen? Check. Auf Bali Mountainrafting ausprobieren? Check. Freiwillig im Görli Müll aufsammeln? Check. Zur Uni nur noch mit dem Rad fahren? Check. Und jetzt? Nach Australien gehen und danach verlassen werden? Check. Die unfreundlichste Vermieterin aller Zeiten haben? Check. So viel heulen, dass sie ernsthaft überlegte, Influencerin für Taschentücher zu werden? Check. Ihr musste irgendetwas einfallen, denn so wie jetzt konnte es nicht weitergehen.

7

Alles drängte sich im Erdgeschoss. Maja und Hannes, die Eltern der Zwillinge, die Emilia inzwischen kennengelernt hatte, wohnten im Parterre und hatten sich bereit erklärt, ihre Küche für das alljährliche Adventsfest zur Verfügung zu stellen. Auf dem Glastresen standen bereits einige Salate, Dips und Kuchen. Franz hatte eine Kürbissuppe gekocht, Anette eine Kiste Wein beigesteuert. Emilia hatte Früchtebrot gebacken. Vera, die natürlich von dem Fest wusste, hatte ihre Vorbereitungen geflissentlich ignoriert und sich vor den Fernseher verkrochen. Emilia hatte sie erst gar nicht gefragt, ob sie mitkommen wollte, da sie die Antwort bereits kannte. In Veras Leben wurde das Wort Nein hundertmal häufiger genutzt als das Ja. Hartnäckig war Emilia zwar, aber mehrfach gegen geschlossene Türen zu laufen verursachte nicht nur eine blutige Nase, sondern auch Kopfschmerzen.

Am Nachmittag hatte Emilia geholfen, Bierzeltgarnituren im Flur aufzustellen und weiße Tischdecken aufzulegen. Maja hatte ihr währenddessen erzählt, dass es vor einigen Jahren einmal die lockere Überlegung gegeben hatte, im Sommer ein Nachbarschaftsfest zu organisieren. Sie und einige andere Mieter hatten sich vorgenommen, dafür den Garten ein wenig auf Vordermann zu bringen, doch das war im Sande verlaufen. Es war bei einem »Müssten wir eigentlich echt mal machen« geblieben. Es war einfach zu viel Arbeit für alle, und niemand hatte eine Vision.

»Und wir haben ja eh wenig Zeit.« Maja hatte entschuldigend die Hände gehoben. Emilia hatte nur genickt, doch in ihr machte sich ein Gedanke breit: Was, wenn sie eine Vorstellung hätte und die anderen mitreißen könnte? Ach, Emilia, schimpfte sie sich. Sie sollte sich erst einmal um ihr Leben kümmern, da gab es genug Baustellen.

»Kommen denn überhaupt alle Nachbarn?« Emilia stand jetzt mit einem Glas Wein neben Anette, die ein langärmliges schwarzes Kleid trug und sich eine markante Sonnenbrille auf die Stirn geschoben hatte.

»Mal so, mal so. Der harte Kern ist immer dabei. Also wir, Frau Tekin, Maja und Hannes natürlich und manchmal der Wagner, so ein Lokalpolitiker, und sein Sohn. Die kenne ich aber nicht gut. Und es gibt einen amerikanischen Anwalt, der neben uns wohnt. Der ist aber nur so zwei, drei Monate im Jahr hier. Scheint nett zu sein. Na ja, und dann stoßen manchmal noch Nachbarn aus den anderen Häusern dazu. Wir machen das jedes Jahr im Dezember, und bislang hat es noch keinen gestört.«

Emilia war insgeheim erleichtert. Sie traute Vera sofort zu, dass sie die Polizei anrufen würde, wenn es nach 22 Uhr zu laut wäre. Wenigstens das blieb ihnen also erspart.

»Kommen auch Leute von links neben uns vorbei?«

Anette grinste. »Du meinst, einer von den Bunten? Ne, ich glaube, wir sind denen zu konservativ.«

Bevor sie Anette fragen konnte, warum sie die Bunten hießen, wurde sie überschwänglich von hinten umarmt.

»Los, wir müssen endlich mal anstoßen!« Maja hielt ihr einen Drink hin, der verdächtig nach Mojito roch. »Vielen Dank, dass du Polly und Ludwig so oft mitnimmst. Die Kids sind ganz verknallt in Odin und dich.«

Emilia musste lächeln. Sie genoss die Runden mit den Zwillingen und Dilara, die sich ab und zu anschloss, auch sehr. »Nichts zu danken, so viel nette Gesellschaft habe ich ja sonst nicht.« Sie winkte ab, dann deutete sie auf das Getränk. »Hast du den jetzt zubereitet?«

»Machst du Witze? Cocktail-Lieferservice. Für irgendwas muss ich das ganze Geld ja ausgeben.« Sie brachen alle drei in Lachen aus.

»Na dann, auf einen schönen Abend!«

Die Musik wurde immer besser. Emilia amüsierte sich köstlich mit Hannes und Anette. Beide gaben viele witzige Anekdoten aus ihrem Alltag zwischen Homeoffice, Büro und Gericht zum Besten. Dann zog Maja sie zu Aretha Franklin auf die Tanzfläche im Eck, die sie mit einer Lichterkette dekoriert hatten.

»*R-E-S-P-E-C-T!*« Sie sangen mit größter Hingabe mit.

»Ich komme gleich wieder.« Maja verschwand in ihrer Wohnung, und Emilia tanzte allein weiter.

Sie war nicht gerade extrovertiert, aber heute Abend war das etwas anderes. Der Alkohol hatte auf jeden Fall auch ihre Hüften gelockert. Mit tänzelnden Bewegungen näherte sie sich dem Tisch, auf dem die Rieslingflasche stand, als sie plötzlich stolperte. Bevor sie fiel, fing sie ein Unbekannter auf, der wie aus dem Nichts herbeigeeilt war. Emilia kam wieder zum Stehen, und der Fremde löste seinen Griff. Er sieht gut aus, schoss es ihr durch den Kopf. Sie strich sich die Haare von der verschwitzten Stirn und kicherte. Was für eine absurde Situation.

»Hi, Nachbarin. Ich bin Tom. Ich glaube, ich habe dich schon mal gesehen. Übergestern.«

Er sprach mit einem breiten amerikanischen Akzent, der Emilia zum Lachen reizte. Übergestern? Das war so gut, das konnte man sich nicht ausdenken.

»Warum ist das so witzig?« Er lachte jetzt auch laut auf.

»Du hast ein neues Wort erfunden!«

Er sah sie immer noch verständnislos an.

»Los, wir tanzen.« Sie nahm seine Hand und zog ihn auf die Tanzfläche.

Eine gefühlte Ewigkeit später saß Emilia neben Tom auf der Treppe, ihr Kopf an seine Schulter gelehnt. Sie wusste nicht genau, wie spät es war. Alle anderen waren längst in ihre Wohnungen zurückgekehrt. Sie war ziemlich hinüber, und doch wollte sie nicht allein sein. Die vergangenen sechs Wochen waren furchtbar gewesen, sie wollte sie einfach nur vergessen. Nur für eine Nacht, einen Wimpernschlag lang, der nichts war gegen das Gedankenkarussell, das schon morgen früh wieder Fahrt aufnehmen würde. Tom war so witzig und zuvorkommend, und er war *da*.

»Und dann er hat dich einfach so verlassen? *Why?*« Toms Stimme war dunkel und weich.

»Tja, *why*.« Emilia seufzte. »Das würde mich auch mal interessieren. Vielleicht, weil sein neues Girlfriend besser küssen kann.«

»No, no, no. Don't say that.« Tom nahm ihre Hand und sah sie an. Sie konnte das Begehren in seinen Augen sehen, und sie spürte es auch in sich. Er kam ihrem Gesicht näher, sah ihr tief in die Augen, bevor sein Blick an ihrem Mund hängen blieb. Zärtlich strich seine Hand erst über ihre Wange und dann hinunter zu ihrem Hals. Er zog sie an sich und legte den Kopf schräg.

»This is one thing I can't imagine.«

Emilia spürte seine Lippen auf ihren, und wie eine Ertrinkende fand sie Halt. Atemlos hielt er nach einer Weile ihr Gesicht zwischen den Händen.

»Emmie. *So, let's get a little bit more* privat.« Zärtlich, aber bestimmt umfasste er ihre Hüfte und schob sie sanft in seine Wohnung.

Am nächsten Morgen erwachte Emilia mit einem irrsinnigen Klopfen an ihren Schläfen. Sie brauchte drei Anläufe, um ihre Augen zu öffnen. Das Bett, in dem sie lag, war nicht ihres, und diese Wohnung kannte sie genauso wenig. Aus einem anderen Raum hörte sie eine männliche Stimme.

»Yeah, I know, Jake. I told you, it's really worth the price.«

Tom! Natürlich, sie war bei Tom. Sie schloss die Augen wieder, um sich die Erinnerungen an den gestrigen Abend, vielmehr an die letzte Nacht, zusammenzusetzen. Einiges fiel ihr wieder ein. Was machte Tom noch mal beruflich? Ach ja, er war Anwalt. Und international unterwegs. Das fand sie immer noch sehr spannend. Und er konnte wirklich so gut küssen. Wohlig rekelte sie sich unter dem weißen Laken.

»Babe? Bist du wach?« Tom kam nackt ins Schlafzimmer zurück. »So, ich kann dir machen ein *breakfast, if you want to eat.*«

Emilia lächelte nur. Tom lächelte zurück und musterte sie wissend, als sie die Decke anhob.

»Das ist ein klarer Fall von After-Party-Depression.« Anne hörte sich wie eine Fernseh-Therapeutin an. Sie hatten sich im Botanischen Garten verabredet und hockten auf einer verwitterten Bank. Neben ihnen dampften zwei Matcha Latte, und sie kauten an Roggenbrötchen mit Gouda, Gewürzgurken und Zwiebeln. Die hatte ihre Freundin mitgebracht. Anne war gebürtige Kölnerin, und da war so ein Brötchen eine Nationalspeise.

Wie auf Kommando bestätigte Anne Emilias Gedanken: »Halve Hahn. Das ist mein Für-immer-Seelentröster.«

»Warum musst *du* denn getröstet werden?«

Anne grinste. »Entschuldige mal. Wer von uns beiden hatte denn eine heiße Nacht und wer nicht?« Sie pikste Emilia in die Seite. »Also, hast du jetzt so eine Depression, oder was? Warum willst du ihn denn nicht wiedersehen?«

Emilia pulte eine Gurke aus dem Brötchen und kaute darauf herum. »Ich weiß auch nicht so richtig. Tom ist süß und interessant, aber er will, glaub ich, mehr.«

Anne knüllte die leere Brötchentüte zusammen. »Na, wat 'ne Tragik. Ein super Typ will eine Beziehung mit dir und nicht nur Sex. Schlimm, diese Welt.«

»Ich will keine Beziehung. Nicht mit ihm oder sonst wem. Max geistert einfach immer noch so sehr in meinem Kopf rum. Vielleicht war die Nacht ein Fehler. One-Night-Stands sind nicht so mein Ding.«

Anne sah sie an. »Hattest du überhaupt schon mal einen? Du warst doch gefühlt schon immer mit Max zusammen.«

»Doch schon, einmal. Das war natürlich vor Max, und es ist mit dieser Sache auch nicht zu vergleichen. Ich habe Tom ganz schön angemacht. Das kam schon ziemlich verzweifelt rüber, glaub ich.« Emilia aß den letzten Rest des Brötchens auf.

»Ach, ach. Du hattest Spaß, und, Emmie ...«, sie umarmte sie fest, »das finde ich fantastisch. Dass du eine gute Zeit hattest. Du hast das so sehr verdient, endlich wieder mal zu lachen.«

Emilia schossen die Tränen in die Augen. »Und warum sitze ich dann hier und heule?«

Anne streichelte ihr über den Rücken. »Weil du noch liebst. Max und eure Vergangenheit, eure Pläne, alles, was ihr schon erreicht hattet.«

Emilia schluchzte jetzt zusammengekauert neben ihrer Freundin.

»Du hast eben viel eingezahlt in das emotionale Sparschwein eurer Beziehung. Wer will das schon gern zurücklassen? So viel Zinsen kann man gar nicht bezahlen. Und deshalb hilft nur Loslassen.« Ihre Freundin nahm einen großen Schluck von ihrem Latte.

»Anne, ich habe zwei Fragen an dich.« Emilia hatte sich wieder etwas gesammelt.

»Schieß los.«

»Erstens: Erklär mir das mit dem Loslassen. Und zweitens, wie lange ist deine psychologische Beratung noch kostenfrei?«

8

Emilia wälzte sich von einer Seite auf die andere. Ihr Zimmer lag im Dunkeln. Sie wünschte sich, dass im Theaterstück in ihrem Kopf auch endlich der Vorhang fallen würde. Die Weihnachtsfeiertage, die sie auf dem Hof in ihrer Heimat verbracht hatte, waren aufwühlend gewesen. Die ständige Angst, Max und Felicitas im Supermarkt, an der Tankstelle oder an egal welcher Ecke Oldenburgs zu treffen, hatte sie fertiggemacht. Aber zum Glück waren sie sich nicht begegnet.

Felicitas. Ob sie Max auch einen Adventskalender gebastelt hatte? Mit vierundzwanzig Päckchen liebevoll verpackter Dinge? Ihr stiegen Tränen der Wut in die Augen, und sie warf ihr Kissen aus dem Bett. Zehn Jahre lang hatte sie Max vierundzwanzig kleine Geschenke gegeben, das machte zweihundertvierzig Mal »Ich liebe dich« in Form von Süßigkeiten, Fotos und Gutscheinen. Aber das fünfundzwanzigste, das zu Max' Herzen, blieb verschlossen. Zutritt verboten.

Emilia brannten die Tränen auf den Wangen, als sie ihr Kissen wieder ins Bett zog. Sie fühlte sich wie eine Idiotin, mit ihren kleinen Basteleien und Liebesbekundungen. Wer weiß, wie lange er schon gelangweilt von mir war?, sagte sie sich. Vielleicht lachte er jetzt gemeinsam mit Felicitas über sie.

Ihr Handy pingte, und eine Nachricht von Tom poppte auf. Es waren bereits zwei Wochen seit ihrer gemeinsamen Nacht vergangen, aber er konnte offensichtlich nicht loslassen. Er schien über die Abfuhr, die sie ihm noch am Abend nach dem One-Night-Stand gegeben hatte, zutiefst gekränkt, gleichzeitig suchte er aber weiterhin den Kontakt. Dummerweise hatte sie ihm ihre Nummer gegeben.

Seine Nachrichten schwankten zwischen Einladungen nach London, wo er die Feiertage verbracht hatte und gerade einen Prozess verhandelte, und harschen Vorwürfen. Der Typ musste vollkommen narzisstisch ein.

»Es reicht mir jetzt echt!« Wütend tippte sie auf ihr Handy und blockierte die Nummer. Sie war auch wütend auf sich selbst. Ein einziges Mal hatte sie nur aus ihren Gefühlen heraus gehandelt, einfach ihrer Sehnsucht nachgegeben, und dann geriet sie an so einen verrückten Typen. Das war nicht fair. Anne schleppte häufig jemanden ab, und alles verlief immer ganz unkompliziert. Sie gingen zusammen nach Hause, und am nächsten Morgen erwachte sie meist schon allein. Kein Nummerntausch, kein Frühstück und vor allen Dingen kein Drama. Nur ein Lächeln, wenn man an die vergangene Nacht dachte.

»Irgendwo muss ich falsch abgebogen sein«, sagte Emilia laut zu sich selbst, als sie sich vom Bett hochrollte. Im Moment fühlte sie sich in einer Sackgasse. Eine geschlossene Schleife, ein Irrgarten. Sie stützte ihr Gesicht in die Hände. Du musst aufhören mit deinem Selbstmitleid, Emilia. Ganz dringend. Aber wie?

»Emilia!« Auf Vera war Verlass. »Odin muss dringend raus!«

»Ich komme schon!« Sie schlüpfte in ihre Klamotten, setzte sich ihre Wollmütze auf und zog sie tief in die Stirn. Der Winter würde lang und kalt werden.

Vera hatte Weihnachten laut ihren Ausführungen allein verbracht. Emilia hatte erst ein schlechtes Gewissen geplagt, die Professorin allein zu lassen, aber Vera war immer grimmiger geworden, je näher Weihnachten rückte, sodass ihr der Abschied leichtgefallen war. Es war sicher nicht Veras erstes Weihnachten allein, hatte sie sich halb entschuldigend gesagt. Zudem war sie kurz vor den Feiertagen von ihrer Fußschiene befreit worden und ging inzwischen zur Physiotherapie. Mit Odin konnte sie schon wieder einige Meter draußen spazieren.

In Oldenburg hatte Emilia sich die Zeit zwischen Weihnachten und Neujahr in dem kleinen Wäldchen, das an den Hof ihrer Eltern angrenzte, vertrieben und in dem alten Bauerngarten ihrer Oma. Der Schnee war wie immer ausgeblieben. Am Tag ihrer Abreise hatte sie sich besonders viel Zeit genommen und an einem kleinen Steinmäuerchen Seitentriebe des Efeus entdeckt, die sich nach oben rankten, um später eine dichte Matte zu bilden. Daran musste sie nun denken, während Odin gerade an der Efeuhecke eines Gärtchens am Paul-Lincke-Ufer schnüffelte und ihr der eisige Wind um die Nase wehte.

Fünfzipfelige Blättchen mit langen Stängelabschnitten flochten sich links und rechts empor. Oben an der Luft und im Licht veränderten die Blätter ihren Wuchs. Kleine Triebe banden sich wie ein Strauß zusammen, und der Efeu war jetzt rautenförmig, größer und satt glänzend. Im Oktober musste es dort herrlich nach Honig geduftet haben, als die kleinen gelbgrünen Blüten dicht an dicht in Dolden Insekten anlockten.

»Das ist wie ein Hotel, Emmie. Für Bienen und vor allen Dingen für Wespen. Sie haben im Herbst kein Nest mehr und finden hier Unterschlupf. Am nächsten Morgen essen sie den köstlichen Nektar und bringen den Blütenstaub von Blüte zu Blüte.«

Sie hatte die Erklärung ihrer Oma noch im Ohr. Gedankenverloren drehte sie an den prallen, fast reifen Beeren an der Hecke, auf die sich Amseln, Stare und Rotkehlchen stürzen würden. Den Samen, der unter dem Fruchtfleisch übrig blieb, ließen sie fallen, und schon konnte ein Efeukeimling einen Platz erobern, wären da nicht bloß Asphalt und Pflastersteine.

Ihre Gedanken wanderten zur Brachfläche auf dem Anwesen ihrer Großmutter, die früher als Gemüseacker diente. Nach deren Tod hatten ihre Mutter und sie die Pflege übernommen, aber nachdem Emilia nach Berlin gegangen war, um Agrarwissenschaften zu studieren, hatte ihre Mutter den größten Teil der Gemüsebeete aufgeben müssen.

»Das ist zu aufwendig, Emilia. Wann soll ich das schaffen? Allein die Bohnen und die Kartoffeln bringen mich um den Verstand.«

Zähneknirschend hatte sie ihrer Mutter zugestimmt.

Odin zog sie weiter, aber in Gedanken blieb Emilia in der Vergangenheit. Der Garten war Oma Friedas Lebensinhalt gewesen, und sie hatte sich dort auch den ganzen Tag aufgehalten. Das Gewächshaus mit den Schlangengurken und den Tomaten war geblieben. Und die herrlichen Rabatten von Levkoien und Lavendel. Die Lavendelpflanzen waren schon lang zu veritablen Büschen herangewachsen.

Als Kind hatte ihre Oma ihr immer fantastische Geschichten erzählt. Als sie eines Nachmittags Verstecken gespielt hatten, flüsterte sie Emilia ins Ohr: »Wenn man sich hinter einem Lavendelbusch versteckt, dann riecht man so sauber, dass einen die Hexen nicht finden können.« Darüber hatte sie sich als kleines Mädchen amüsiert und auch ein wenig gegruselt. Ihre Oma war eine besonders liebe Frau gewesen.

In Berlin fehlte ihr die Natur, genauer gesagt das Arbeiten in und mit ihr, sehr. Sie vermisste den sonnigen Balkon in ihrer alten Wohnung. Sie hatte Margeriten, Vanilleblumen und bunte Portulakröschen gepflanzt, in den warmen Monaten summte es mehrstimmig vor Bienen, Hummeln und kleinen Fliegen. Das war ihre grüne Oase gewesen, im Laufe der Zeit hatte sie auch Tomaten an der warmen Hauswand gezogen und Basilikum, Salbei und Rosmarin gepflanzt.

Emilia liebte den Duft von frischen Kräutern, und die purpurnen Blüten des Salbeis lockten Schmetterlinge an, die man in Berlin eher selten entdeckte. Zu Vera hatte sie nur ihr Mädchenauge gerettet, das jetzt auf der Fensterbank ihres Zimmers stand. Sie konnte nicht verstehen, dass die Professorin ihren Balkon so karg ließ. Sie bräuchte ja nicht unter die Hobbybotaniker zu gehen, um ihm ein wenig Leben einzuhauchen.

Es gab unzählig viele Menschen, die viel für einen eigenen Balkon und seine Möglichkeiten gegeben hätten. Von den Insekten mal ganz abgesehen. Und dann war da ja noch der riesige Hinterhof mit der wunderschönen Platane. Ob sie dort ein wenig anpflanzen dürfte? Ein Garten, eine bunte, blühende Insel in einem Betonmeer, könnte vieles erträglicher machen.

Das Wesen des Frühlings erkannte man erst im Winter, und die Natur hatte feste Zeiten und eine Verlässlichkeit, die Emilia über alles wichtig waren.

»Danke für die Karte.« Vera schnitt sich noch ein Stück Weißbrot ab und tupfte es in die verbliebene Soße auf ihrem Teller. Emilia hatte eines ihrer Lieblingsgerichte gekocht: Rindergulasch mit Backpflaumen. Dieses Neujahrsessen war ihr Versuch, doch noch ein halbwegs festliches Miteinander mit Vera zu erleben. In ihrer Familie waren die Weihnachtsfeiertage immer heilig gewesen. Ganz gleich wie das Jahr gewesen war oder ob es mal wieder Spannungen zwischen ihrer Mutter und ihrer Großmutter gegeben hatte, spätestens an Heiligabend war alles wie weggeblasen. Jedenfalls für die kommenden Tage. Es war so, als wolle niemand von ihnen den Zauber von Schenken, gutem Essen und gemeinsamen Spielen zerstören.

Vielleicht sind Erwachsene auch nur Kinder, dachte Emilia, mit dem unbedingten Willen, an den Weihnachtsmann zu glauben. Außer Vera. Die war vielleicht nur ganz kurz mal Kind gewesen.

Sie fröstelte ein wenig und rieb sich über die Arme. Draußen peitschte der Wind den Regen gegen die Fenster, die Teelichter auf der Fensterbank flackerten bedrohlich. Odin hatte sich in seinem Körbchen eingerollt und schnarchte laut.

»Und für die Schokolade.«

Emilias Gesicht hellte sich auf. Zumindest konnte Vera noch Geschenke *annehmen*. Sie hatte ihr die Kleinigkeiten vor ihrer Abreise auf den Esstisch gestellt und wusste auch nicht so recht, warum. Wollte sie Veras Herz erreichen? War ihr Verhalten das Produkt ihrer Erziehung? Wahrscheinlich war es eine Mischung aus beidem. Und ja, sie hatte auch auf ein kleines Zeichen von ihr gehofft, aber als sie ihre Zimmertür öffnete, war ihr Schreibtisch – leer. Das hatte ihr doch mehr als gedacht einen Stich ins Herz versetzt. So ganz und gar nur als Untermieterin gesehen zu werden war schmerzhaft. Immerhin war es ein ungewöhnliches Mietverhältnis, so dicht an dicht.

Emilia war schon seit Langem klar, dass sie hier nicht die verlorene Enkeltochter war, aber ein Marzipanriegel hätte sie doch mit vielem versöhnt.

Sie seufzte und riss sich zusammen. »Gern geschehen, Vera. Wie haben Sie Weihnachten verbracht?«

Die Professorin kratzte lautstark den Rest des Gulaschs aus der Schüssel und beförderte eine große Menge auf ihre Gabel.

»Erst fiel die Heizung aus, und dann musste der Notarzt kommen.« Vera schob sich ein gewaltiges Stück Brot in den Mund, und Emilia sah sie ungläubig an.

»Der Notarzt? War etwas mit Ihrem Bein? Ich dachte, es wäre so weit …«

Vera strich sich mit einer Serviette über den Mund und spülte das Brot mit Rotwein herunter. Sie hüstelte.

»Doch nicht für mich. Unkraut vergeht nicht, das wissen Sie doch.« Sie nickte in Odins Richtung. »Odin fraß über Tage nichts mehr. Zum Glück konnte ihn Doktor Weber wieder aufpäppeln.«

Emilia fragte sich kurz, unter welchem Druck der arme Tierarzt stehen musste, wenn er den Hund behandelte, während Professor Rosentreter hinter ihm stand. Vielleicht verlangte er einen Vera-Zuschlag auf die Behandlung.

Sie schob den Teller von sich weg, spreizte die rechte Hand und drehte an ihrem großen Bernsteinring. »Mein Sohn Alexander hat mich besucht. Ich hatte Ihnen noch gar nicht von ihm erzählt, richtig?«

Das weißt du doch ganz genau, Vera, dachte Emilia, aber sie spielte das Spiel mit. Sie schüttelte den Kopf. »Nein, ich wusste nicht, dass Sie einen Sohn haben.«

Vera kniff die Augen zusammen und sah sie misstrauisch an. Emilia verzog keine Miene.

»Jedenfalls«, sie strich sich über ihre grauen Haare, rückte ihre beige Strickjacke zurecht und setzte sich gerade hin, »jedenfalls ist er Kinderarzt.« Sie zog die Augenbrauen hoch, holte Luft und blieb dann stumm.

»Kinderarzt! Ein toller Beruf.« Emilia war einigermaßen überrascht. Als Kinderarzt musste man doch empathisch sein, und sie konnte sich Vera gar nicht als liebevolle Mutter vorstellen. Oder sie tat ihr unrecht, und früher war sie eine andere Person. Früher, bevor … Bevor was eigentlich?

Der Wein schien Veras Zunge gelockert zu haben. Emilia witterte ihre Chance, ein wenig die eigene Neugier zu befriedigen.

»Wie alt ist denn Ihr Sohn?«

»Dreißig.«

Odin war aufgewacht und gähnte laut auf. Er schlurfte zu Vera und stupste an ihr Knie. Sofort hob sie ihn auf ihren Schoß.

Emilia lächelte. »Und kommt er demnächst mal zu Besuch?« Schon als sie es ausgesprochen hatte, bereute sie den Satz. Sie hatte doch von Anette und Franz erfahren, dass er sich eigentlich nur zu Veras Geburtstag sehen ließ.

»Er hat sehr viel zu tun. Gerade jetzt mit seiner Praxis und den ganzen Kindern.« Das Wort »Kinder« betonte sie eigenartig. »Und, Emilia …« Sie stand auf und begann, die Teller aufzuräumen. »Mein Sohn ist alleinstehend. Ich nehme aber nicht an, dass Sie meine Schwiegertochter werden wollen.«

Emilia kniff die Lippen zusammen und ging Richtung Küche. Nicht wenn es sich vermeiden ließ.

9

Der Januar war der längste Monat des Jahres. Der Montag unter den Monaten, wie Anne ihn einmal scherzhaft genannt hatte. Die Tage gaben sich bleiern, und auch die Stadt schien in einer Art Übergang stecken geblieben zu sein.

Emilia saß an ihrem Schreibtisch und starrte aus dem Fenster in ein trübes Nichts. Einzig ihre gebastelten Hafersterne verliehen der Außenwelt ein wenig Grün. Jeder Tag fühlte sich gleich an. Aufstehen, Odin versorgen, Vera helfen und an der Masterarbeit schreiben. Seit einigen Tagen nieselte es durchgehend bei milden 15 Grad, geschneit hatte es immer noch nicht, und in den Läden wurden gerade noch die letzten Weihnachtsartikel zum halben Preis verkauft. Wenn sie draußen den Menschen in die Gesichter sah, schien sich der Stress der Feiertage tief eingegraben zu haben. An den Kassen hatte sie die Leute über die Hoffnungen an das neue Jahr und die bereits eingesetzte Enttäuschung über gebrochene Vorsätze reden gehört. Es herrschte Ebbe im Portemonnaie, und die Winterferien standen vor der Tür.

»Komischer Monat«, sagte Emilia laut in ihr leeres Zimmer. Sie wollte endlich die Pläne für den Garten im Hinterhof umsetzen, aber sie musste sich noch etwas gedulden. Wenn sie die Augen schloss, dann träumte sie von einem Gartenparadies mit einem bunten Blumenmeer, dichten Erdbeerbeeten, prallen, roten Tomatenpflanzen und Brombeerbüschen. Sie konnte den Garten förmlich vor sich sehen, ein prächtiges Bild voller unterschiedlicher Farben und Gerüche. In Nistkästen würden Vögel Zuflucht finden, und sie könnte eine Insektenwiese anlegen. Vielleicht würde sich auch irgendwo eine dieser uralten Hollywoodschaukeln auftreiben lassen, in der sie dann abhängen könnte. Zusammen mit den Kindern und Odin. Emilia lächelte bei dem Gedanken daran. Allerdings, und das stellte sie schweren Herzens fest, war das mit einer riesigen Menge Arbeit verbunden. Also hatte sie sich dazu entschieden, erst einmal nur ein paar Samen in eine kleines Anzuchtbeet auf ihrer Fensterbank zu pflanzen. Die Bartlilien und Löwenmäulchen wollte sie dann im Frühsommer unter der Platane einpflanzen. Vielleicht hätten die Zwillinge und Dilara Lust, mitzumachen. Am Wochenende wollte sie die Christrosen, die ihr ihre Mutter geschenkt hatte, eingraben. Wenigstens ein kleiner Lichtblick. Es waren weiße und rote, und sie blühten bereits üppig in ihren Töpfen.

Außerdem konnte sie die Erde inspizieren und sie vielleicht einmal grubbern, um sie für das Bepflanzen im Frühjahr vorzubereiten.

Emilia fühlte eine neue Energie durch sich hindurchströmen. Als sie nach draußen sah, landete auf dem Fensterbrett ein Rotkehlchen. Entweder ein Tourist aus Skandinavien oder ein Männchen, das seit dem Sommer hier überwinterte, dachte sie. Irgendwo hatte sie mal gelesen, dass Rotkehlchen das Magnetfeld der Erde sehen und sich so noch besser orientieren konnten. Und auch sie hatte an diesem Abend das Gefühl, ihren inneren Kompass noch nicht ganz verloren zu haben.

»Wem gehört eigentlich der Hof?« Emilia saß auf Majas schicker Ledercouch und trank grünen Tee aus einem winzigen Keramikbecher.

»Der Hof? Uns allen. Wir sind ja alle Mieter. Ich werde immer nur an ihn erinnert, wenn einmal im Jahr die Gärtner kommen, um den Baum zu stutzen.« Sie biss in einen Spekulatius, der noch von Weihnachten übrig war. »Himmel, es ist Januar, und ich esse immer noch dieses Zeug. Oder schon wieder? Das muss aufhören.« Sie strich über ihren flachen Bauch und legte den Keks schnell wieder auf den Teller zurück.

»Ich würde ihn gern ein wenig verschönern. Und jetzt wäre eine gute Zeit, um ein Beet vorzubereiten. Es wäre nur eine kleine Fläche, unter der Platane. Und später vielleicht ein paar Kräuter in Töpfen.«

Maja sah sie bewundernd an. »Dass du dazu Lust hast. Gartenarbeit, das ist überhaupt nichts für mich. Wenn ich mich finanziell beteiligen kann, sag einfach Bescheid. Ich würde mich natürlich über eine schönere Aussicht aus dem Schlafzimmerfenster freuen.« Jetzt steckte sie sich doch den restlichen Spekulatius in den Mund, verdrehte schuldbewusst die Augen und nahm einen Schluck Tee hinterher. »Kann man denn jetzt schon was säen?«

»Ich habe die Löwenmäulchen und Bartlilien in Anzuchtschalen eingesät. Mit etwas Glück gehen sie an, dann könnten sie schon ab Mai ins Beet.« Emilia versuchte, sich ihre Enttäuschung nicht anmerken zu lassen. Insgeheim hatte sie die Hoffnung gehegt, dass Maja dann und wann mitmachen würde oder begeisterter von ihren Plänen war. Möglicherweise würde sie sich ja später anstecken lassen, wenn es im Frühling zu knospen begann.

»Meinst du, ich sollte die anderen auch fragen?«

Maja legte den Kopf schief. »Um Erlaubnis? Nein, ich denke nicht. Bislang hat sich noch nie jemand ernsthaft mit dem Hof befasst. Also mach einfach.« Sie lächelte Emilia aufmunternd an.

»Ich muss jetzt los. Mein Mandant ruft.«

Emilia stand in einer Skihose unter der Platane und befüllte das kleine Hochbeet, das sie im Internet bestellt hatte, mit Humuserde. Die kleine Dilara stand dick eingepackt neben ihr und half ihr, die Erde zu verteilen. Das Beet war niedrig genug, damit auch Kinder, ohne sich verrenken zu müssen, mitpflanzen konnten.

Emilia war gerührt über ihren Einsatz. Seit zwei Nachmittagen wich sie ihr nicht von der Seite.

Das kleine Mädchen sah sie fröhlich an.

»Hast du Spaß, Dilara?«

Sie nickte heftig und lächelte.

»So, jetzt können wir loslegen. Gibst du mir bitte die Christrosen?«

Dilara reichte ihr zuerst die weißen, die Emilia bereits vorsichtig aus ihren Töpfen befreit hatte. Schneerosen waren beim Umtopfen recht robust, jedoch empfindlich, wenn es um ihren Standort ging. Wenn alles gut ging, würden sie bis in den April hinein blühen. Außerdem wollte sie großzügig Tulpenzwiebeln dazwischensetzen, damit später alles schön üppig aussehen würde.

Im Mai wäre auch endlich die Zeit für Feuerlilien, Flammenblumen und Löwenmäulchen, und ein Anfang wäre gemacht. Aber bis dahin hieß es erst mal weiter aufräumen. Hannes hatte ihr versprochen, das Unkraut und Geäst mit seinem Auto zum Wertstoffhof zu fahren.

»Siehst du, Dilara, wir packen jetzt alles in die großen schwarzen Säcke hier. Und im Frühling wird es hier schön blühen. Dann wird es viel bunter sein.«

Wie zur Bestätigung ihrer Vorfreude hüpfte das Mädchen in die Luft und klatschte in die Hände. Odin kläffte kurz und wedelte mit dem Schwanz.

Da stürmten Polly und Ludwig lautstark in den Hof.

»Hey, ihr zwei!« Sie klatschte beide mit einem High Five ab, und Dilara streckte ihre Hand auch in die Luft. Emilia hatte die Kinder innerhalb der kurzen Zeit schon sehr ins Herz geschlossen. Es war schön, nicht immer nur allein in der kalten Erde zu wühlen.

»Hängen wir heute das Vogelhäuschen auf?« Ludwig, der immer ein bisschen schüchterner als seine Schwester war, wagte einen Vorstoß.

»Ja, das können wir machen.« Emilia grub die nächste Schneerose ein und klopfte die Erde fest. Maja hatte gestern ein Vogelhäuschen mitgebracht, und die Zwillinge hatten es bemalt.

»Okay, ich hole es!« Aufgeregt lief er ins Haus zurück und kam innerhalb kürzester Zeit wieder. Das Vogelhäuschen war eigentlich ein Nistkasten.

»Darf ich den Nagel in den Baum schlagen, Emmie?« Polly tippelte ungeduldig auf den Zehenspitzen.

»Einen Nagel brauchen wir nicht, Polly. Wir wollen den Baum nicht verletzen. Aber bring mir mal die Kiste, die dort hinten an der Wand steht. Und ich hole die Leiter.« Das Nisthäuschen hing am besten in zwei Metern Höhe.

Polly lief los, Ludwig und Dilara folgten ihr. Dilara zog das Stück eines Gartenschlauchs aus der Kiste und versuchte durchzuschauen. Anette und Franz hatten im Keller noch vieles aus ihrem Garten gelagert.

»Schau einfach, was du gebrauchen kannst, Emmie«, hatte Anette gemeint.

Emilia hatte ihr angemerkt, dass sie bei dem Gedanken an einen Garten im Innenhof ein weinendes und ein lachendes Auge hatte. Zu Weihnachten hatte Emilia ihr ein kleines Gesteck aus Amaryllis und Ilexzweigen geschenkt, und sie hatte wehmütig nach draußen gesehen.

»Wofür brauchen wir das?« Polly hielt ihr eine Gartenschere entgegen und riss sie aus ihren Gedanken.

»Die brauchen wir gleich, wenn wir den Draht abschneiden wollen. Schaut mal.« Emilia nahm den Nistkasten und stellte ihn auf einen umgedrehten Plastikeimer. Sie kramte in der Kiste nach den beiden Ösen und schraubte sie an den hinteren Ecken der Seitenwände tief ins Holz.

»Dilara, gibst du mir bitte den Draht?« Das Mädchen nahm das verbliebene Teil und überreichte es stolz Emilia.

»Und jetzt kommt mal mit zu unserem Baum.« Sie legte den Draht einmal um den Stamm und ließ Polly dann das entsprechende Stück Bindedraht abtrennen.

»Jetzt brauchen wir den Gartenschlauch.«

Dilara reichte ihn sofort an, und Ludwig schob den Draht durch das Schlauchstück.

»Wir müssen aufpassen, dass der Draht an beiden Seiten gleichmäßig rausschaut.«

»Warum machen wir das, Emmie?« Polly war immer sehr wissbegierig.

»Um den Baum zu beschützen. Damit ihn der Draht nicht verletzt. Ludwig, willst du den Draht an der Öse befestigen?« Sie sah den Jungen aufmunternd an. Er traute sich nicht oft etwas zu. Zögerlich kam er zu ihr und versuchte, das Drahtende durch die Öse zu stecken. Beim zweiten Mal gelang es ihm, und Emilia drehte ihn fest.

»So, jetzt müssen wir den Kasten am Baum befestigen.« Sie kletterte die Leiter hoch und wandte sich an die Kinder. »Könnt ihr mir einen Gefallen tun und die Leiter festhalten? Damit würdet ihr mir sehr helfen.«

Das Schlauchstück und der Bindedraht liefen über einen Seitenast, damit wollte Emilia ein Abrutschen verhindern. Sie fädelte das zweite Drahtende ebenfalls ein und drehte es fest.

Stolz betrachteten sie anschließend ihr Werk. Emilia wusste nicht, über was sie sich mehr freuen sollte. Die Kinder, die so Feuer und Flamme für die Natur waren, oder die Vorstellung, etwas Eigenes, Kleines geschaffen zu haben. Es ist ein Anfang, dachte sie. Geduld war neben Fleiß eine wichtige Eigenschaft, um einen eigenen Garten zu betreiben.

»Hallo!«

Überrascht drehte sich Emilia um. Hinter dem Zaun zum Nachbargrundstück stand ein zartes Mädchen mit halblangen, schwarzen Haaren. Sie musste etwa 14 sein, schätzte Emilia. Sie winkte ihr zu.

»Wo kommst du denn so plötzlich her?«

»Wir haben euch vom Fenster aus gesehen. Ich wohne jetzt hier mit meinen Eltern.« Sie zeigte auf das Haus der Bunten. »Mein Vater hat gesagt, ich soll fragen, ob ich etwas helfen kann.«

Emilia fiel auf, wie konzentriert das Mädchen sprach. Ein Mädchen, das in dem Alter von ihren Eltern geschickt wurde, um zu helfen, musste brav sein.

»Ich bin Shenmi!«

Die Kinder begrüßten die Neue neugierig und freundlich.

»Und ich bin Emilia. Wenn du Lust hast, kannst du uns gern helfen. Wir haben gerade einen Nistkasten für die Vögel aufgehängt.«

Shenmi nickte ernst. »Natürlich.« Sie kletterte geschickt über den Maschendrahtzaun, der die beiden Grundstücke voneinander trennte.

»Was passiert jetzt in dem Haus?« Polly war die Leiter hochgeklettert und lugte in das Loch. »Da ist ja gar nichts drin.«

Emilia lächelte sie an. »Noch nicht, Polly. Bald ziehen hier vielleicht Vögel ein, die das Häuschen später zum Brüten brauchen. Damit es den Babyvögeln gut geht.«

Shenmi hörte gebannt zu. Dilara nickte und formte mit ihren kleinen Händen »Ich mag Vögel«. Emilia hatte die trüben Wintertage dafür genutzt, die Gebärdensprache besser zu verstehen und auch selbst einzusetzen. Sie war hingerissen von der Selbstverständlichkeit, mit der die Kleine sprach und auf die Welt zuging.

»Ich auch.« Sie klappte die Leiter zusammen. »Und jetzt lasst uns reingehen. Auch Menschen brauchen im Winter ein warmes Plätzchen.«

Während Emilia die Kinder vor sich her Richtung Hoftür schickte, kam eine Frau, die Emilia zuvor nie gesehen hatte, in den Garten und eilte auf sie zu.

Shenmi sah erschrocken auf ihre Uhr. »Das ist meine Mutter.« Das Mädchen wurde plötzlich blass um die Nase.

»Da bist du! Weißt du, wie spät es ist?« Shenmis Mutter schien ärgerlich zu sein.

Mit einem Lächeln wollte Emilia die Situation entschärfen. »Ihre Tochter hat uns geholfen, einen Nistkasten aufzuhängen.«

Die blonde, große Frau lächelte schief zurück. »Entschuldigung, dass ich hier so hineinstürme. Ich bin Susanne Reimann, wir sind neu eingezogen.« Sie deutete auf das angrenzende Haus.

»Ich bin Emilia und eine Nachbarin von drüben. Die Kinder und ich haben uns vorgenommen, den Hofgarten etwas zu verschönern.«

»Schön, Sie kennenzulernen, Emilia. Leider müssen wir jetzt blitzschnell los. Der Ballettunterricht ist in nicht gerade um die Ecke, und bis wir uns durch den Verkehr gequetscht haben …«

»Ja, na klar, verständlich.«

Shenmi deutete ein Lächeln an und lief ins Haus zurück. Ihre Mutter folgte ihr. Sie scheint in Ordnung zu sein, dachte Emilia, aber das Mädchen steht wie unter Strom.

10

»Ach, Anne, wenn du nur hier sein könntest.« Emilia freute sich null Komma null über ihren Geburtstag. Neunundzwanzig. Wenigstens war das noch unter dreißig.

Anne sah sie betrübt von ihrem Handybildschirm aus an. »Alles Gute zum Geburtstag, Süße. Du glaubst gar nicht, wie viel lieber ich jetzt bei dir wäre als hier, zwischen den ganzen Verrückten.«

Ihr Bruder heiratete an diesem Wochenende auf einer alten Burg irgendwo zwischen Haltern und Lüdinghausen, und seitdem ihre Freundin von diesem Termin wusste, graute ihr davor.

»Alte Burgen finde ich schön. Das stelle ich mir romantisch vor.«

»Emmie, es ist Ende Februar, wenn du auch nur einen Schritt nach draußen machst, versinkst du hier im Schlamm. Mein Vater beschwert sich den ganzen Tag, dass er alles allein organisieren muss, meine Mutter trinkt bei jeder Gelegenheit einen Piccolo, und meine Schwester ist sauer auf mich, weil mein Kleid nicht fliederfarben ist wie ihres. Fliederfarben, Emmie! Weißt du, wem diese Farbe steht? Richtig, einem Fliederbusch!« Sie hatte sich in Rage geredet. »Meine Fast-Schwägerin heult seit geschlagenen zwei Stunden wegen ihrer Haare, die jetzt nicht platin-, sondern goldblond sind. Hier könnte man echt eine neue Sendung drehen: Zwischen Tüll und Tequila.« Anne schnitt eine Grimasse, und Emilia lachte laut auf.

»Oh, Mann, du heiterst mich total auf.«

Anne zwinkerte ihr zu. »Was willst du denn heute unternehmen?«

Emilias Gesicht verfinsterte sich. »Gar nichts. Mir ist nicht nach Feiern zumute. Ein Tag wie jeder andere.«

»Das stimmt doch nicht, es ist dein Tag! Wir holen das auf jeden Fall nach, sobald ich wieder in Berlin bin.«

Emilia nickte und versuchte ein Lächeln. »Ja, das machen wir.« Sie zögerte einen Moment. »Anne?«

»Wird's jetzt dramatisch?«

»Ich hätte auch so gern geheiratet.« Sie schluchzte laut auf. »Jetzt bin ich neunundzwanzig und allein. Und ich weiß, dass ich mich wie eine Platte mit einem Sprung anhöre.« Sie griff nach einem Taschentuch und fuhr sich über die Augen.

Anne nickte. »Ja, du wirst neunundzwanzig. Erst neunundzwanzig. Du kannst alles noch mal neu machen. Weißt du noch, der Song, den wir früher immer mitgebrüllt haben: ›Wenn's dir nicht gefällt, mach neu!‹ Außerdem bin ich jetzt echt ein bisschen beleidigt, wenn du sagst, dass du allein bist.«

»Danke, dass du für mich da bist.« Wieder kamen ihr die Tränen.

»Emmie, geh erst mal schön frühstücken, und dann öffnest du mein Geschenk. Dann hast du garantiert schon bessere Laune. Und bitte, bitte, bete für mich.«

Im Hintergrund erkannte sie die Stimme von Annes Bruder, der sich über eckige statt runder Servietten aufregte. Einmal diese Probleme haben, dachte sie, als sie Vera im Wohnzimmer zetern hörte.

Sie fühlte sich wie im Gipskorsett. »Ich bin keine Leibeigene«, sagte Emilia laut zur Wand.

Jetzt klopfte es energisch gegen ihre Zimmertür. Emilia schloss die Augen. Südseeinsel jetzt, bitte.

»Emilia!«

»Vera. Was ist denn los?«

»Ich glaube, Odin geht es sehr schlecht. Er liegt ganz apathisch in seinem Korb.«

Vera hörte sich ängstlich und sehr besorgt an. Emilia sprang aus dem Bett und riss die Tür auf. Ihre Vermieterin blickte sie mit erschrockener Miene an.

»Liegt er im Esszimmer?« Odin hatte in jedem Raum ein Körbchen. Sie eilte durch das Wohnzimmer. Toller Morgen. Ihr Groll wuchs mit jedem Schritt. Ja, auch sie sorgte sich um den kleinen Dackel, der auch ihr ans Herz gewachsen war. Nur heute wäre sie einfach gern gemütlich in ihren Geburtstag gestartet, allein.

Im Esszimmer lag Odin auf dem Teppich. Fröhlich kaute er auf einer Gummiente herum. Verblüfft hockte sie sich neben ihn und betrachtete ihn genauer. Alles schien in bester Ordnung zu sein. In ihr stieg Wut auf. Vera musste ihre Ängste und ihre ersponnenen Horrorszenarien in den Griff bekommen.

»Vera, Odin geht es doch total gut! Ich verstehe die ganze Aufregung nicht.« Mit Schwung kam sie nach oben und drehte sich um.

Vera stand neben dem Esstisch, auf dem ein Kuchen mit einer kleinen Kerze drapiert war. Die Professorin machte ein Gesicht, als ob sie sich gerade eine Tüte Brausepulver in den Mund geschüttet hätte. Ungläubig fragte Emilia sich, ob sie wirklich schon wach war. Das war eine absurde Situation. Hatte Vera wirklich einen Notfall mit ihrem Hund simuliert, um sie mit einem Geschenk zu überraschen?

»Na dann. Alles Gute zu Ihrem Geburtstag«, sagte Vera hastig und ging zu Odin, um ihn auf den Arm zu nehmen.

»Danke.« Emilia war immer noch einigermaßen baff. Was war nur in sie gefahren?

Vera schien wie immer Gedanken lesen zu können.

»Der Kuchen ist nicht selbst gebacken. Ich hasse backen, wie Sie wissen.« Unablässig streichelte sie über das Fell ihres Hundes.

Emilia war vollkommen perplex und ehrlich gerührt.

»Das ist wirklich sehr lieb.« Sie pustete die Kerze aus. »Wollen wir ein Stück zum Frühstück essen? Ich koche uns Tee.«

Die Professorin setzte den Hund, der ungeduldig auf ihrem Arm zappelte, zurück auf den Boden.

»Meinetwegen.«

»Woher wussten Sie eigentlich, dass heute mein Geburtstag ist?«

Vera wurde schmallippig und nestelte an ihrem Ring. »Vor einigen Tagen kam ein Paket für Sie an, auf dem *Happy Birthday* geschrieben stand. Und so was wie *Nicht öffnen vor dem 26.02.*« Sie räusperte sich und musterte Emilia kurz. »Das Paket ist hier.« Sie zog einen großen Wandschrank auf und hievte das Geschenk heraus. »Bitte.«

Emilia nahm es sprachlos entgegen. Sie war Vera nicht böse, dass sie ihr nichts von der Post erzählt hatte, und als Schnüffelei konnte man das Ganze auch nicht richtig bezeichnen. Aber ihr ganzes Verhalten war so unerwartet. Niemand ändert sich über Nacht, dachte sie, aber vielleicht war sie etwas aufgetaut. Konnte das heute wirklich ein Wendepunkt in ihrer Beziehung sein? Sie beschloss, alle Gedanken zur Seite zu schieben. Heute war ihr Geburtstag, jemand hatte ihr einen Kuchen gebacken, und Anne hatte ihr ein Geschenk gesendet. Sie nahm das Paket und brachte es in ihr Zimmer. Später würde sie es allein auspacken, unbemerkt von Veras neugierigen Blicken.

Emilia setzte in der Küche Teewasser auf und begann zu grübeln. Was war letztes Jahr um diese Zeit gewesen? Da war sie auch überrascht worden, von Max, der mit ihr einen Ausflug zum Baumkronenpfad in Beelitz-Heilstätten unternahm. Das hatte sie in jeder Hinsicht überrascht, denn sie wusste, dass er gerne festen Boden unter den Füßen hatte. Als sie mit ihm über die Stahlbrücke ging, viele Meter über dem märkischen Sand, griff er plötzlich nach ihrer Hand. Sie bemerkte die Angst in seinen Augen und drückte liebevoll zu, als könnte sie ihm dadurch ein Stück ihres Mutes schenken. Max hatte zaghaft gelächelt, und in ihrem eigenen Tempo erreichten sie den Aussichtsturm.

Sie hatten kein Wort gesprochen, sondern nur den Geräuschen der winterlichen Natur gelauscht, und es war Emilia so vorgekommen, als ob sie die Liebe nahezu greifen konnte. Nichts konnte sie trennen, kein Weg zu beschwerlich sein. Sie genossen den Blick, der von Berlin bis hinüber zum Fläming reichte.

Besonders faszinierte sie der Wald, der auf dem Dach einer alten Kriegsruine wuchs. Die Backsteingebäude, die verwitterten Bettgestelle und Türen, eingewachsen von Bäumen und Pflanzen, bewiesen ihr die unendlichen Kräfte der Natur. Durch die nackten Äste erkannten sie die alten Kaiserzeitbauten noch besser. Später hatten sie noch gepicknickt, denn Max hatte einen ganzen Rucksack voller Kleinigkeiten gepackt und ihr dann eine Kerze im Schnee angezündet. Kurz hatte Emilias Herz bis zum Hals geklopft, als er sie umarmte und ihr sagte, dass er sie liebte.

Sie hatten schon oft über ihre gemeinsame Zukunft gesprochen, aber das betraf in der Hauptsache ihre berufliche Entwicklung. Für Emilia war es die logische Folge ihrer Pläne, dass sie heiraten würden. Seitdem hoffte sie bei jeder festlichen oder romantischen Gelegenheit auf seine Frage, seine Einladung für ihre Ewigkeit zu zweit. Doch es war bei Weintrauben mit Käse geblieben, und Emilia hatte ihre Enttäuschung mit Punsch hinuntergespült. Verzweifelt hatte sie versucht, sich die Situation schönzureden. Sicher hatte er den Antrag für ihren dreißigsten Geburtstag aufgehoben.

Haha. Guter Plan. Sie schluckte schwer und wünschte sich zum hundertsten Mal einen Tresor, in den sie all diese Erinnerungen verbannen konnte. Nur sie würde wissen, wo der Schlüssel war, und ihn sicherlich vorerst nicht benutzen.

»Neunundzwanzig.« Vera goss sich etwas Sahne in den schwarzen Tee und rührte lautstark um. »Mit siebenundzwanzig war ich mit meinem Studium fertig. Kein Kind, kein Kegel, nur die große Freiheit. Jedenfalls bis zur Ostsee.«

Sobald Vera anfing, über Vergangenes zu sprechen, schwang in ihrer Stimme Bitterkeit mit. Emilia beschloss, sich davon nicht die Laune verderben zu lassen, und biss in den viel zu süßen Zitronenkuchen.

»Zehn Jahre später war die eine Mauer weg. Nur stand ich dann vor der nächsten. Die war aber beständiger als Beton.« Mit schnellen Bewegungen schnitt Vera sich auch ein Stück des Kuchens ab. »Davon können Sie heute nichts mehr wissen. Sie leben in entfesselten Zeiten.«

Emilia kannte Veras Geschichten über ihren beruflichen Neuanfang, und sie war froh, dass sie ihrem letzten Satz nicht noch irgendeine Gemeinheit hinzugefügt hatte.

»Und dann haben Sie Ihren Mann kennengelernt?«

»Bernd war mein Kollege an der TU.« Wehmütig fiel ihr Blick auf ein Foto, das auf einer Holzkommode stand. Es zeigte die beiden vor einer weißen Kathedrale mit verzierten Fenstern. »Nur ein Jahr später haben wir geheiratet.« Sie schlürfte an ihrem Tee.

»Er hat den Orient sehr geliebt. Wir waren so oft in Rabat.«

Emilia unterdrückte ein Grinsen über die Verwendung des Wortes »Orient«, da bemerkte sie den feuchten Schimmer in Veras Augen. Sie musste ihren Mann sehr vermissen.

»Marokko muss faszinierend sein. Und …«, sie schenkte Vera und sich Tee nach, »dann wurde Alexander geboren?«

Die Professorin nickte stumm, ihr Blick ging ins Leere. Mich würde wirklich interessieren, was zwischen den beiden passiert ist, dachte Emilia. Aber danach würde sie ganz sicher nicht fragen. Sie wollte nicht schon wieder ihren Zorn heraufbeschwören und sie auch nicht verletzen. Das Thema schien sie per se traurig zu stimmen.

Ein paar Minuten lang herrschte Schweigen, bis ihr Odin zu Hilfe kam. Vera hatte für ihn die breite Fensterbank mit Fellen ausgelegt, und über ein Sofa, das davorstand, konnte er den Platz erklimmen. Plötzlich begann er, wie wild zu bellen, und machte keine Anstalten, damit aufzuhören. Irgendetwas musste er draußen auf der Straße gesehen haben. Vielleicht einen Hundefreund, nach dem er sich sehnte, oder einen Jogger, denn die mochte er ganz und gar nicht.

Vera ging zu ihm und sprach beruhigend auf ihn ein. Schnell reichte sie ihm einige Hundekekse, die er gierig fraß. Nachdenklich beobachtete Emilia die beiden. So war das in diesem Leben, wenn man lautstark seine Gefühle preisgab. Irgendjemand schob einem immer bereitwillig einen Keks in den Mund, nur damit man ruhig war.

11

Warum heißen die Bunten eigentlich die Bunten?« Anette hatte ihr gegen Mittag eine Nachricht geschickt und sie gefragt, ob sie am Abend auf einen Aperol Spritz zu ihr hochkommen wollte. Sie wusste nicht, dass Emilia heute Geburtstag hatte, und das war ihr auch ganz recht. Ihr war nicht nach Feiern zumute, aber sich den ganzen Tag im Bett zu verkriechen war auch eine schlechte Idee.

Anette stellte zwei Gläser auf den Tisch und nahm ein paar Oliven aus einer kleinen Terrakottaschale. »Ich habe auch Käse. Oder Chorizo?« Fragend sah sie Emilia an.

»Mir reichen deine köstlichen Oliven. Danke.«

Emilia mochte Anettes freundliche und unkomplizierte Art. Außerdem war sie sehr fürsorglich. Franz und sie hatten keine Kinder, aber sie wären fantastische Eltern gewesen, auch wenn Anette krank war, da war Emilia sich sicher. Immer wenn sie sie mit Ludwig, Polly und Dilara im Hausflur traf und die Kinder Anette bestürmten, wie sie dick eingepackt und mit Sonnenbrille dastand, blieb sie geduldig und liebevoll. Dafür bewunderte Emilia sie.

»Cheers!« Anette hielt ihr Glas in die Höhe und prostete ihr zu. »Ach, den Namen habe ich mir mal im Spaß überlegt. Bei unserem vorletzten Weihnachtsfest haben uns einige von denen besucht, und sie hatten ihre Haare bunt gefärbt. Das fällt bei uns ja besonders auf. In diesem ehrenwerten Haus.« Sie verdrehte die Augen und lachte. »Klar, wir sind in Berlin. Das wäre gar nicht besonders interessant, aber wir wohnen sehr eng nebeneinander, in zwei sehr unterschiedlichen Welten.« Anette schien zu überlegen. »Ich fände es schön, wenn wir mehr Kontakt hätten. Die Leute waren ziemlich nett. Nur«, sie zog die Schultern hoch, »es ergibt sich einfach nicht. Jeder lebt eben auch in seiner Blase. Besonders ich.« Anette stand auf und holte die Chorizo aus dem Kühlschrank.

Emilia sah zum ersten Mal, wie Anette etwas von ihrer Maske fallen ließ und sich verletzlich zeigte. Hinter der Mauer aus Humor gab es viel Traurigkeit und bestimmt auch verzweifelte Momente. Niemand war für die Einsamkeit bestimmt, dachte Emilia. Und erst recht nicht für die Dunkelheit. Sie war froh, dass Anette Franz an ihrer Seite hatte.

Anette schnitt die Wurst in sehr dünne Scheiben und reichte Emilia eine über den Tisch.

»Die ist echt lecker.«

»Sag ich doch.« Anette schob das Holzbrettchen in die Mitte und sah Emilia an.

»Warum interessierst du dich eigentlich für die Bunten?«

Emilia musste selbst kurz überlegen. »Hm, ach, ich habe auf der Wiese nebenan ein paar Hochbeete gesehen und mich gefragt, vom wem die sind. Ich habe letztens eins der Nachbarskinder kennengelernt, Shemmi. Die Familie kam mir sehr …«, Emilia zögerte, bevor sie weitersprach, »sehr normal vor, bürgerlich, Ballettunterricht und so. Dabei hat Vera sich letztens erst über ›diese Leute‹ aufgeregt.« Emilia malte Gänsefüßchen in die Luft. »Es ging um Bierflaschen vor der Tür und so weiter. Das macht die Sache interessant für mich.« Sie grinste, und Anette lachte laut.

»Der gute alte Vera-Drache. Wie läuft denn euer Zusammenleben?« Ihr Blick sagte Emilia, dass sie es sich schrecklich vorstellte.

»Ach, sie ist aufbrausend und kompliziert. Und immer wenn es etwas persönlicher wird, fühlt sich unsere Unterhaltung wie ein Tanz auf dem Minenfeld an. Du weißt nie, wann eine Bombe hochgeht.«

»Puh, das klingt anstrengend.« Forschend sah Anette sie an.

Emilia strich sich mit dem Handrücken über den Mund. »Einfach ist es nicht. Aber weißt du, Anette, ich glaube, unter dieser ganzen dicken Schicht Grimmigkeit ist sie sehr traurig.«

»Entweder bist du ein Engel, oder du bist sehr gut im Aushalten.«

»Ein Engel mit 'nem B davor. Das hat meine Oma manchmal zu mir gesagt.« Sie knibbelte an einer Wurstscheibe herum. »Ich hoffe einfach, dass es besser wird. Keiner kann auf Dauer so kratzbürstig bleiben. Und außerdem ist heute Morgen so etwas wie ein Wunder passiert: Sie hat rausgefunden, dass ich Geburtstag habe, und mich überrascht. Sogar mit einem Kuchen!«

Anette sprang augenblicklich von ihrem Stuhl auf. »Du hast Geburtstag? Happy Birthday! Wenn ich das gewusst hätte!« Sie umarmte Emilia.

»Danke, aber in diesem Jahr fällt der aus. Meinen dreißigsten werde ich vielleicht größer feiern.«

Anette schaute sie mit gespielter Entrüstung an. »Das ist dein letzter Geburtstag unter dreißig! Was würde ich dafür geben. So schön wie jetzt wird's nie wieder!« Sie wirbelte herum und hob die Gläser vom Tisch.

Die Küche verschwamm vor Emilias Augen, und ihre Unterlippe bebte. Sie wollte nicht heulen, nicht schon wieder, und erst recht nicht vor Anette, die ein viel schwereres Kreuz als sie tragen musste. Aber sie konnte ihre Tränen nicht aufhalten. Sie wusste, dass Anette den letzten Satz einfach nur so dahingesagt hatte und dass er scherzhaft gemeint war, aber wenn sie sich überlegte, dass es nie wieder schöner als jetzt werden würde, dann würde sie in einer Art Vorhölle stecken.

»Hey.« Anette setzte sich neben sie auf die Küchenbank und streichelte ihr über den Rücken. Ihre Stimme war ganz leise geworden. »Es tut mir leid, Emilia. Dir geht es einfach noch schlecht wegen Max, oder?«

Emilia starrte auf ihre Hände und brauchte einige Anläufe, um zu antworten. Immer wieder brach sie in Tränen aus. »Wir hatten so viele Pläne. Ich dachte, alles wäre so sicher zwischen uns. Und dann gehe ich nach Australien, und plötzlich sind alle Karten neu gemischt. Wäre ich doch nur nie weggegangen.« Tränen liefen ihr über die Wangen.

»Veränderungen können so hart sein. Ich bin auf jeden Fall hier für dich.«

Sie war Anette sehr dankbar, dass sie sie nicht mit Kalendersprüchen beruhigen oder nach einer Lösung suchen wollte. Für was auch? Max kam nicht zu ihr zurück, und selbst wenn, würde sie ihm jemals verzeihen können? Das kam ihr genauso unwahrscheinlich vor. Vertrauen war eine zarte Pflanze. Und wie sollte ein anderer wissen, welcher Weg für das eigene Leben der richtige war? Nein, das war nicht möglich. In einem Moment fühlte sie sich wie in einer Kammer ohne Licht und im nächsten wie in einem Spiegelkabinett, in dem sie nur sich selbst sah. Beides lief aufs Gleiche raus: Sie fand den Ausgang nicht.

Einmal hatte sie mit Max einen Podcast gehört über Mindset und Lebensplanung. Es hörte sich alles so leicht und wahnsinnig logisch an, dass sie kurz darauf ihr Leben für die nächsten fünf Jahre skizziert hatte. Ihr Zukunfts-Ich. Das hatte sie sich in den buntesten Farben ausgemalt. Max und sie als Ehepaar, als unschlagbares, unzertrennliches Team, als Besitzer eines Hofes mit nachhaltiger Landwirtschaft. Ihre zwei Kinder spielten im Bauerngarten, und in den Ferien würden sie mit ihrem ausgebauten Camper an die Nordsee fahren. Oder vielleicht auch nach Schweden. Das Leben würde sich in der Hauptsache leicht und voller Liebe anfühlen. In diesem Moment überlegte Emilia, den Podcastproduzentinnen eine Nachricht zu schreiben, in der sie sich bitter beklagen und ihnen Vorwürfe machen würde. Das war natürlich Unsinn, aber irgendjemandem wollte sie die Schuld an ihrer geplatzten Zukunftsvision geben.

Auch an Felicitas hatte sie tausendmal voller Zorn gedacht. Felicitas mit ihren grünen Augen, der perfekten weißen Haut und ihrem breiten Lachen. Warum hatte sie nicht davor zurückgeschreckt, in ihre Beziehung einzubrechen? Immer redeten alle von der großen Frauensolidarisierung, und dann schnappten sie einem den eigenen Freund vor der Nase weg. Emilia biss sich in die Unterlippe. Sie wusste, dass das nicht stimmte. Max hätte Nein sagen können. Und vielleicht war der erste Schritt ja von ihm ausgegangen. Was spielte das auch für eine Rolle? Sie hatten sich verliebt, und ihnen gehörte jetzt das Glück der Welt. Für die beiden war die Liebe eine blühende Rose mit zarten Blättern und einem betörenden Duft. Jedenfalls noch, denn wer eine Rose liebt, der muss auch ihre Dornen lieben.

Sie seufzte schwer auf und verabschiedete sich von Anette. Ihr Gegenwarts-Ich lag immer noch am Boden, besudelt vom klebrigen Wasser ihrer geplatzten Seifenblase.

12

Der März war zu warm gewesen. Dazu regnete und stürmte es häufig. Auf den Seitenstreifen der Berliner Straßen schossen die Krokusse, Blausterne und Narzissen aus dem Boden. Die Schneeglöckchen hatten als erste Frühlingsboten schon Ende Januar die Köpfe der Sonne entgegengestreckt. Inzwischen war es April. Heute war ein herrlicher Tag, die Wolken hatten Platz gemacht, und die Sonne schien warm und golden. Emilia war gut gelaunt. Endlich war die lange Zeit der Dunkelheit vorbei! Die Welt würde wieder blühen und bunter werden. Und das konnte besonders Berlin gut gebrauchen, denn viele Ecken kamen betongrau daher.

In einem Artikel hatte sie gelesen, das Berlin auf Platz acht der grünsten Städte Deutschlands war, gleich hinter Hannover und weit abgeschlagen von Hamburg. Berlin war voller Natur, ja, große Teile des Stadtgebietes waren von Grün- und Wasserflächen bedeckt, und doch gab es viel Tristesse. Aber wenigstens würde es in ihrem Hofgarten blühen.

Voller Elan lief Emilia die Treppen hinunter und öffnete die Hoftür. Sofort erschloss sich ihr eine neue Welt. Die kühle, klare Luft des Frühlings mischte sich mit erdigen und holzigen Aromen. Wenn neue Anfänge einen Geruch hätten, so wäre es dieser, dachte sie. Emilia atmete tief ein, schloss die Augen. Was würden dieser Frühling und der kommende Sommer für sie wohl bringen?

Sie beugte sich zu den Narzissen, Hyazinthen und Tulpen hinunter, die sie mit den Kindern gepflanzt hatte. Die zarten Rispen der Hyazinthen, die Emilia an ihren Fingerkuppen spürte, gaben ihr die Gewissheit, nicht allein zu sein. Ihre Oma hatte ihr einmal erzählt, dass einzig der Tastsinn eines Menschen untrüglich war. Ein Geruch konnte eine falsche Fährte legen, wie Iriswurzelöl, dessen Duft man nur zu leicht mit dem von Veilchen verwechseln kann, da die buttrig-waldige Note nahezu gleich ist. Oder wie Augen, die aus dem knochigen Ast eines Pflaumenbaums im Dunkeln einen Finger formen, der sich anklagend emporhebt. Wie Veras Finger, während sie heute Morgen erklärt hatte, warum homöopathische Mittel selbstverständlich auch bei Hundeleiden wirksam seien. Und nur weil sie, Emilia, sich das nicht vorstellen könne, hieße das noch lange nicht, dass es für Odin nicht hilfreich wäre. Während ihres Gezeters hatte sie unentwegt mit ihrem Zeigefinger erst vor Emilias Gesicht herumgestochert und dann auf den Dackel gezeigt. Die alte Dame regte sich so auf, dass ihr Dekolleté am Ende des Gesprächs mit roten Flecken übersät gewesen war.

Emilia schloss die Augen und seufzte leise. Jetzt nicht an Vera denken und für ein paar Minuten abschalten. Sie versuchte, ihren ursprünglichen Gedanken wieder aufzunehmen, und berührte weiterhin sanft die kurzen, traubigen Blüten. Die Worte ihrer Oma hallten ihr im Ohr: Eine Berührung war die zweifelsfreie Bestätigung, lebendig zu sein, und Emilia wusste, dass auch die Pflanzen davon profitierten, gleich neben Sonne und Wasser. Sie hielt ihre Nase in die purpurfarbenen Rispen und sog den süßlichen Geruch auf. Scherzhaft hatte sie vor langer Zeit einmal zu Max gesagt, dass sie beide nicht viel mehr seien als Zimmerpflanzen: beide durstig und abhängig von Vitamin D. Sie hatte sich halb totgelacht, als sie seinen verunsicherten Blick bemerkte. Doch er hatte schnell pariert und ihr versichert, dass sie zusätzlich über sehr komplexe Gefühle verfügten. Dann hatten sie sich in den Armen gehalten. Das alles schien so lange her zu sein.

Emilia lenkte ihre Aufmerksamkeit wieder auf den Garten. Es war die richtige Entscheidung gewesen, das klaffende Loch unter der Platane mit dem Hochbeet zu verschönern. Die Lilien, die sie zusätzlich eingepflanzt hatte, würden bald wie Leuchttürme über das Beet wachen, dachte sie. Ein sonniger Schein, um die Düsternis des Baumes aufzuhellen. Wenigstens etwas. Davor würden bald weiße Flammenblumen losblühen, die dann sanften Honigduft versprühten.

Stöhnend kam sie aus der Hocke nach oben und warf einen prüfenden Blick auf die ansonsten noch trostlose Fläche des Hinterhofs. In der Mitte stand die uralte Platane und bildete das Zentrum. Und auch das Schönste an diesem Hof, dachte Emilia und seufzte. Auf grauen Betonplatten standen einige große Töpfe aus Keramik, in denen vor sehr langer Zeit einmal Pflanzen gelebt hatten. Jetzt gab es nur noch braunes, vertrocknetes Gestrüpp. An der Hauswand rechts lehnte eine rote Hacke, und daneben stand eine alte Getränkekiste, auf der *BioSchorle* stand. Ein Sandkasten in Muschelform rechts in einer Ecke hatte die besten Zeiten hinter sich, denn bei näherem Hinsehen identifizierte Emilia die Muschel als Katzenklo. Warum hatte das nur niemand abgedeckt?, fragte sie sich. Der Hinterhof schien eher ein erweiterter Kellerplatz zu sein. Jemand hatte einen alten grünen Sessel aus Samt neben die Kellertür gestellt. An einer Stelle war er aufgeplatzt, und weiße Füllmasse quoll heraus. Nicht gerade einladend, dachte Emilia. Und mit Natur hatte das Ganze hier nicht viel zu tun. Neben dem Sandkasten lehnten zwei Rankhilfen aus Metall, an denen noch die kümmerlichen Reste von Tomatenpflanzen zu erahnen waren. Ansonsten gab es Efeu, der an einer kleinen Begrenzungsmauer wucherte, und Farn. Um hier zu überleben, musste man robust sein, dachte Emilia sarkastisch. Ob Mensch oder Pflanze. Die linke Seite des Grundstücks, das sich bis an die Parallelstraße erstreckte, grenzte direkt an ein Nachbargrundstück. Ganz schön trostlos, dachte sie. Aber dennoch liebte sie die Stunden, die sie in dem Hinterhof verbringen konnte. Ein sicherer Ort, ohne eine ewig nörgelnde Vera, ihr eigenes Grübeln über die Vergangenheit und eine Zukunft, die geschmolzen war wie Eiswürfel in lauwarmem Gin Tonic. Kein Zermartern über den Ärger mit Tom und ihre Masterarbeit, die nur langsam Formen annahm, sondern nur sie mit den Händen in der kühlen, feuchten Erde.

Hier könnte man etwas richtig Großes erschaffen, etwas Beständiges. Ein kleines Paradies. Ihre Blicke wanderten zum Nachbargrundstück, das nahtlos mit dem ihren zu verschmelzen schien, von dem teilenden Maschendrahtzaun einmal abgesehen. Oberflächlich schien es ähnlich verwildert zu sein, aber inmitten des kniehohen Bewuchses standen die beiden Hochbeete aus Paletten, die ihr bereits aufgefallen waren. In dem Garten war niemand zu sehen.

Emilia schnappte sich die Getränkekiste, stellte sie neben den Zaun und kletterte hinüber. Sie näherte sich den Beeten. Kinder mussten die Bretter mit bunter Kreide verziert haben, und ein Sticker mit einem Affen, der eine Margerite hinter das Ohr geklemmt hatte, grinste ihr entgegen. Darunter prangte das Wort »Blumenkrieger«. Sie grinste schief zurück. Blumenkrieger. Was auch immer sich dahinter verbarg, es war typisch Berlin.

In Oldenburg, bei ihren Eltern, hatten sie ganz klassische Beete angelegt: Feldsalat, Radieschen, Bohnen und Erbsen in geordneten Reihen und in genauem Abstand. Ihre Mutter hatte peinlich genau darauf geachtet, die Setzlinge nicht zu dicht aneinanderzupflanzen. Die Ernte war immer erfolgreich gewesen, und Emilia war überzeugt davon, dass das eine Menge mit Ordnung zu tun hatte.

Für einen kurzen Moment stellte sie sich vor, wie schön es wäre, wenn beide Grundstücke zusammengehören würden, mit aufgeräumten Beeten und kleinen Wegen aus Natursteinen. Auf dem Grundstück stand eine herrliche Kastanie, unter der sie eine Bank aufstellen könnten, und vielleicht würde sogar Vera dort eines Tages ihren Kaffee trinken. Andererseits konnte sie sich nicht vorstellen, dass ihre Nachbarn große Lust auf regelmäßige Gartenarbeit hatten.

Im Augenblick spielte das sowieso keine Rolle. Fürs Erste gab es mehr als genug zu tun. Gedankenverloren schüttelte Emilia den Kopf, als sie wieder über den Zaun klettern wollte.

»Hey, hallo!« Eine tiefe Stimme durchzog den Garten, und Emilia verlor fast das Gleichgewicht. Schnell griff sie nach der Kiste und lief zur Kellertür. Das musste jemand aus dem Nachbarhaus gewesen sein. Innerlich verfluchte sie ihre schüchterne Art. Warum musste sie sich bloß immer wie ein Idiot verhalten? Wie ein Dieb, der sich wegschlich? Sie hätte sich doch einfach vorstellen können!

Entschlossen rieb Emilia sich die schmutzigen Hände an den Oberschenkeln ab. Sie versuchte, sich wieder auf den Garten zu konzentrieren, die Nachbarn von drüben würde sie schon irgendwann kennenlernen. Gleich morgen würde sie mit dem Entfernen der verkümmerten Pflanzen beginnen. Vom Rumstehen war noch nie etwas besser geworden.

13

Odin!« Ihr Schrei gellte über das Maybachufer. Doch im lärmenden Durcheinander von Autos, Musik, die aus den Cafés wummerte, und kreischenden Kindern schien er sofort zu verhallen. An diesem Freitagnachmittag im April war das Ufer am Landwehrkanal ein magischer Anziehungspunkt für alle, die die ersten sonnigen Tage außerhalb ihrer muffigen Wohnungen genießen wollten. Die Menschen, die dicht an dicht auf der Wiese saßen, wirkten wie die frühe Blüte einer wilden Saatmischung: bunt, unterschiedlich und trotzdem harmonisch.

»Odin!«, schrie Emilia weiter und zog Polly und Ludwig mit sich, die neben ihr herstolperten. Direkt vor ihr lief Shenmi, die ebenfalls Ausschau nach dem Dackel hielt.

Polly wollte sich aus Emilias Hand lösen, aber sie griff noch fester zu.

»Bitte, bitte, bleib an meiner Hand, okay?« Sie konnte nicht auch noch die Kinder verlieren. Erschrocken gab Polly klein bei.

Emilia warf Shenmi ein gequältes Lächeln zu. Wie hatte Odin ihnen nur entwischen können? Vor dem Vanille & Marille, dem neuen Eisladen an der Ecke Paul-Lincke-Ufer und Manteuffelstraße, hatte sie nur kurz die Leine fallen lassen, um zu bezahlen, und als sie sich umdrehte, war er weg. Laut kläffend jagte er hinter einem Jogger her. Der bemerkte dank seiner Kopfhörer nichts von seinem tierischen Verfolger.

Schnell schob Emilia den Gedanken beiseite, was wohl Vera mit ihr anstellen würde, wenn sie ohne den Dackel nach Hause kam. Das war keine Option.

Plötzlich zog Shenmi sie am Ärmel. Sie zeigte auf den Gehweg. »Da! Ich sehe ihn! Emmie, da ist Odin! Odin, halt!«

Erleichtert lachte sie auf. Das Mädchen brachte sonst kaum ein Wort raus, aber jedes Mal wenn sie nach dem Hund rief, hörte sie sich so bestimmend an wie ihr Vater, wenn der sie abends ermahnte, ins Haus zu kommen. Da entdeckte Emilia den Hund, der wie ein Irrer in der Fläche unter einer Kastanie buddelte und vor sich hin grunzte und schnaufte. Neben ihm stand ein hochgewachsener Mann. Er lachte und machte keine Anstalten, das Tier aufzuhalten.

»Odin, aus!« Emilia zog den Dackel, der beharrlich weiter in der Erde scharrte, am Halsband zur Seite und hielt ihn fest. Der Typ kam ihr komisch vor, wie er so dastand und lachte. Vielleicht war er auch betrunken oder auf Koks. Seit ihrem unangenehmen Erlebnis mit Tom war sie misstrauischer geworden.

Kurz blitzte ein Bild vor ihrem inneren Auge auf. Als Kind hatte sie ein Schaf gerettet, das scheinbar von einem Wolf angegriffen wurde. Der hatte sich jedoch später als der Hütehund des Schäfers herausgestellt. Emilia war trotzdem jahrelang bei ihrer Version der Geschichte geblieben. Odin war allerdings kein Schaf, sie kein Kind und der Typ nur vielleicht der böse Wolf.

Übertreib nicht, rief sie sich in Gedanken zur Ordnung. Schnell strich sie sich eine Strähne hinters Ohr, die sofort kleben blieb. Nach dem unfreiwilligen Sprint hätte sie alles für ein Glas Wasser getan.

»Vegetarier, stimmt's?«

Fragend sah er sie an.

»Was? Wer, ich?« Emilia versuchte, einen klaren Gedanken zu fassen, und Odins ausdauerndes Kläffen machte die Sache nicht leichter.

»Hm.« Er lächelte breit. »Also, wenn du jetzt auch noch anfängst, nach dem Kohlrabi zu graben, seid ihr's beide. Da werdet ihr euch aber gedulden müssen. Das dauert noch, bis der reif ist.«

Emilia sah den Mann mit zusammengekniffenen Augen an und versuchte fieberhaft, Kohlrabi und diese kümmerliche Grünfläche in Einklang zu bringen. Wovon in aller Welt redete dieser Typ?

Er schien ihren Blick bemerkt zu haben. »Ein Witz. Das war ein Witz.« Er legte den Kopf schräg und beobachtete sie einen Moment. »Heute ist es echt heiß. Vielleicht zu heiß für blöde Sprüche.«

Emilia widersprach ihm nicht. Aus einem großen Rucksack zog er eine Aluflasche und hielt sie ihr aufmunternd vor die Nase.

»Danke.« Gerade wollte sie die Flasche ansetzen, als ihr Ludwig und Polly einfielen.

Die Kinder mussten nach ihrem Irrlauf völlig erschöpft sein.

»Habt ihr Durst? Ihr müsst unbedingt was trinken.«

Beide nickten energisch und nahmen große Schlucke. Wo hatte sie nur ihren Kopf? Entschlossen leinte sie Odin wieder an. Es war Zeit, zu gehen, auch Shenmi sah schon wieder nervös auf ihre Armbanduhr. Der Morgen mit Vera hatte sich sehr anstrengend gestaltet, und Emilia wollte den Rest des Nachmittags im Garten und vor allen Dingen ohne komische Leute verbringen. Mitten auf dem Gehweg Kohlrabi anzupflanzen war seltsam. Andererseits schien der Typ lustig und hilfsbereit zu sein. Sie musterte ihn unauffällig. Er war größer als sie, was selten vorkam, und muskulös.

»Was machst du da?«, kam Polly ihrer Frage zuvor und zeigte neugierig auf die Setzlinge.

»Oh, das wird einmal Kohlrabi, und das ist unser Beet.« Er zog eine kleine Schaufel aus dem Rucksack und hielt sie dem Mädchen hin. »Willst du es mal versuchen?«

Polly drehte sich um sich selbst, und die blonden Locken tanzten um ihr Gesicht. »Au ja!«

Die Zunge zwischen den Zähnen, buddelte sie mit vorsichtigen Bewegungen ein kleines Loch und setzte die Pflanze ein.

»Und jetzt ganz vorsichtig etwas Erde festdrücken. Siehst du, wie ich das mache?«

Emilia wusste nicht so recht, was sie davon halten sollte, und warf einen Blick auf ihr Handy.

»Wir müssen jetzt los. Es ist schon nach drei, und ich habe euren Eltern versprochen, dass wir pünktlich zurück sind.«

Ludwig verschränkte die Arme vor der Brust und schob die Unterlippe vor. »Nein. Wenn sie das machen darf, will ich auch!« Hoffnungsvoll und mit weit aufgerissenen Augen sah er zu dem Mann mit dem Rucksack. »Ich darf doch, oder?«

»Klar! Hier gibt es noch viel zu tun.«

Beherzt drückte er ihm weitere Pflanzen in die Hand. Entschuldigend sah er Emilia an und zog die Schultern hoch. Ludwig strahlte.

»Also … okay.« Sie gab sich geschlagen, plötzlich kam sie sich lächerlich vor mit ihren Vorbehalten und ihrer strengen Art.

»Ich bin Emilia.« Jetzt war sie es, die lächelte.

Er zwinkerte ihr zu. »Und ich Lars.«

Er drückte gemeinsam mit Ludwig die Erde in dem Straßenbeet fest. Odin hatte aufgehört zu graben und schnüffelte jetzt den Boden ab.

»Was machst du hier?« Ihr erschien eine direkte Frage am wenigstens dämlich zu sein. Einen Reim konnte sie sich auf all das nicht machen.

»In aller Bescheidenheit versuche ich, die Stadt zu verschönern und gesundes Essen für alle zugänglich zu machen. Umsonst und draußen. Ich bin Guerilla Gardener.« Bei den letzten Worten zog er die Schultern zurück und reckte das Kinn nach oben. »Meine Waffe ist die Schaufel.«

Emilia sah ihn halb fragend, halb amüsiert an. Sie musste an schlechte Stand-up-Comedy denken.

Lars zog die Augenbrauen hoch. »Allerdings muss ich wohl noch an meinem Text arbeiten.«

Beide brachen in Gelächter aus.

»Das ist legal? Und bekommst du auch was von dem Kohlrabi ab? Wer gießt das alles? Welche …«

»So viele Fragen«, unterbrach er sie. »Welche davon ist deine?«

Emilia fühlte sich ertappt. »Na ja, ich meine ja nur, was wäre, wenn überall auf einmal Tomaten oder Kohlrabi oder was weiß ich was wachsen würde.«

Mit gespieltem Entsetzen schlug er sich mit der flachen Hand auf die Brust. »Das wäre ja furchtbar! Fast so schlimm wie die Zucchiniplage von 2010. Selbst die S-Bahn ist damals nicht mehr gefahren.«

Emilias Lächeln gefror. Es reichte langsam. Sie wollte doch nur erfahren, was hier vor sich ging, aber von Frage zu Frage fühlte sie sich dämlicher. Vielleicht war es so, wie Max sie einmal geneckt hatte: Einmal Dorfpflanze, immer Dorfpflanze. Sie hatte ihm vor dem Umzug nach Berlin gestanden, dass sie Angst hatte, nicht in die Hauptstadt zu passen, vielleicht nicht cool oder ausgefallen genug zu sein. Max hatte sie auf die Stirn geküsst und sie beruhigt: »Emmie. Es ist eine Stadt. Jeder kann da hinziehen, ganz ohne Bewerbungsgespräch. Außerdem finde ich dich ziemlich cool.«

Haha, Emilia, die Dorfpflanze. Großartiges Wortspiel, dachte sie und verzog gequält den Mund.

Lars hatte sich den Zwillingen zugewandt und lobte sie für ihre Arbeit. »Danke, ihr zwei. Habt ihr Lust, morgen wieder mitzukommen?«

Beide brachen in Jubel aus.

»Und du, Shenmi?«

Das Mädchen lächelte Lars breit an. »Ich liebe es, im Garten zu arbeiten.«

»Mal sehen«, wandte Emilia ein. »Ich muss das erst mal mit euren Eltern besprechen.« Das war eine glatte Lüge. Maja und Hannes arbeiteten an jedem Tag in der Woche und waren froh darüber, wenn ihre Kinder nicht vor den Handys versauerten. Und Shenmi war alt genug, ihre Eltern selbst um Erlaubnis zu bitten.

»Ach, die finden das bestimmt gut, stimmt's, Shenmi?« Er zwinkerte dem Mädchen verschwörerisch zu, und Emilia fragte sich, ob die beiden sich kannten. »Oder sie machen gleich mit. Dann werden wir immer mehr!« Lars verstaute die Schaufel wieder im Rucksack, und Emilia versuchte, sich Maja im schicken Kleid beim Gärtner am Straßenrand vorzustellen.

»Wer seid ihr denn? Seid ihr alle Guerilla Gardener?« Emilia versuchte, die Frage ohne Spott über die Lippen zu bringen.

Er zog etwas Papierartiges aus seiner Hosentasche. »Hand auf.«

Zögerlich öffnete sie die Handfläche und warf einen Blick auf den Aufkleber. Sie erkannte das Motiv sofort.

»Wir sind Krieger. Blumenkrieger.«

Blumenkrieger. Sie strich den Aufkleber mit ihren Zeigefingern glatt. »Ach, dann wohnst du am Paul-Lincke-Ufer? Zufällig in der Hausnummer 21, kennt ihr euch daher?« Sie deutete auf Shenmi, und Lars nickte grinsend. »Ich habe den Aufkleber nämlich letztens auf einer Palette bei uns im Hinterhof gesehen«, fuhr Emilia fort.

Lars sah sie erstaunt an. »Ja, ich weiß. Ich hab noch nach dir gerufen, aber du warst gleich wieder weg.«

Emilia wurde rot. »Echt? Das hab ich gar nicht mitbekommen.«

Lars sah sie belustigt an. »Es geschehen ja echt noch Zeichen und Wunder bei euch da drüben. Eigentlich kommt doch nie jemand raus, ihr Vampire.«

Polly und Ludwig lachten. »Vampire, Vampire!«

Emilia nahm einen weiteren Schluck aus der Flasche. »Dann bist *du* ja wohl Graf Dracula. Seit Wochen pflanzen die Kinder und ich im Garten. Vielleicht hast du auch Tomaten auf den Augen.« Jetzt war sie diejenige, die ihn frech angrinste.

»Das würde bestimmt witzig aussehen. Tomatenaugen.« Er zwinkerte Shenmi zu, dann sah er Emilia an. »Wie lange wohnst du schon neben uns?«

Polly schmiegte sich an sie und übernahm die Antwort. »Schon lange.«

Emilia lächelte sie an. »Na ja, so lange auch noch nicht. Ein halbes Jahr, ungefähr.«

»Komisch, dass wir uns noch nie gesehen haben.«

Emilia zuckte mit den Schultern. »Wir hatten ein Adventsfest.«

»Stimmt. Den Flyer habe ich gesehen, aber an dem Abend hatte ich keine Lust.« Er fuhr sich durch die Haare. »Komm doch heute Abend auf ein Bier oder so vorbei.«

Emilia blinzelte gegen die gleißende Sonne an. Eigentlich war ihr Bedarf an Männerbekanntschaften gedeckt, aber dieser Lars schien sie nicht anzubaggern. Und die Sache mit dem Guerilla Gardening hörte sich spannend an. Darüber wollte sie auf jeden Fall mehr erfahren.

»Ja, danke für die Einladung. Wann denn?«

Lars ging in die Hocke und streichelte Odin über den Kopf. »Ach, bloß nicht so förmlich. Komm einfach, wenn es dir passt.«

Emilia wurde ganz heiß, und sie hoffte, dass es nicht zu sehr auffiel. Warum war es ihr auf einmal peinlich, so zu sein, wie sie war?

»Okay. Dann bis später.« Sie zog den Hund vom Beet und wandte sich an die Zwillinge und Shenmi. »Wir gehen jetzt nach Hause.«

Emilia nickte und sah ihm hinterher. Komisch, aber interessant, dachte sie.

14

Acht Wohnungen. Siebzehn Namen. Sie stand an der Tür des Nachbarhauses und hatte keine Ahnung, auf welche Klingel sie drücken sollte. Nirgendwo stand ein *Lars* oder ein *L* auf dem Klingelschild, und sie hatte vergessen, ihn nach seinem Nachnamen zu fragen. Oder seiner Telefonnummer. Vielleicht sollte sie einfach wieder gehen. Im Sommer würden sie sich bestimmt im Garten begegnen.

Sie seufzte und ärgerte sich über sich selbst. Nochmals studierte sie ganz genau die Namen auf den Schildern. Vielleicht hatte sie ihn doch einfach übersehen. Sie klebte fast mit der Nase am Klingelbrett, als mit viel Schwung die Tür aufgerissen wurde.

»Oh, hi.«

Lars stand mit nassen Haaren vor ihr, stopfte sich mit einer Hand ein rotes Shirt in die Jeans und hielt mit der anderen die Tür auf.

»Ich habe deinen Namen gesucht.« Verlegen trat Emilia von einem Bein aufs andere.

»Hoffentlich nicht nur meinen Namen. Der steht hier.« Lars lachte und stellte sich neben sie an das Klingelbrett. Die Haustür fiel mit einem lauten Krachen ins Schloss.

»Mist!« Er schlug sich gegen die Stirn. »Und ich habe schon wieder den Schlüssel vergessen. Jetzt muss ich doch wieder klingeln. Mann, die bringen mich langsam um.«

Er drückte eine Klingel, und es dauerte eine Weile, bis sich jemand hinter der Gegensprechanlage meldete.

»Lars, wenn du das jetzt schon wieder bist, hänge ich dir den Schlüssel demnächst um den Hals.« Die männliche Stimme hörte sich nicht besonders ernst an.

»Ja, Mann, ich bin einfach immer so in Gedanken.« Lars grinste.

»Deine Gedanken kenne ich.«

Der Türsummer brummte, und er hielt die Tür auf. »Kommst du mit, Emilia?«

Auf einmal überkam sie ein schlechtes Gefühl. Was, wenn er dachte, sie wäre an ihm interessiert? Lars schien zwar in Ordnung zu sein, aber das hatte sie von Tom auch gedacht. Im Moment konnte sie sich nicht sonderlich auf ihr Bauchgefühl verlassen.

Lars zog die Augenbrauen hoch. »Also, ich meine heute noch?«

Sein Lächeln war breit, und er versprühte eine seltsame Unbeschwertheit. Sie gab sich einen Ruck und folgte ihm durchs Treppenhaus in den dritten Stock.

»Das ist Josie.«

Eine zierliche Frau mit langen dunklen Dreadlocks trat vor ihnen in die Küche und stellte den Wasserkocher an.

»Hi. Und wer bist du?«

»Ich bin Emilia. Von nebenan.«

Josie schwang sich auf die Arbeitsfläche und baumelte mit ihren Füßen in der Luft. »Hoher Besuch! Wer hätte das für möglich gehalten? Willst du auch Tee?«

Lars öffnete eine kleine Vorratskammer. Emilia hörte Glas klirren. »Wir trinken Bier, oder, Emilia?«

Josie hüpfte wieder auf den Boden und goss sich Wasser in eine riesige Tasse.

»Alles klar, ich misch mich nicht ein.« Sie grinste Lars an. »Ich bin dann mal wieder in meinem Zimmer.« Beim Rausgehen wandte sie sich an Emilia, nachdem sie ihrem Mitbewohner noch einen geheimnisvollen Blick zugeworfen hatte. »Viel Spaß noch und vielleicht ja bis bald mal.«

»Bis hoffentlich bald.« Emilia lächelte schüchtern. Sie sah sich in der großen Küche um. Am Kühlschrank hingen Fotos, die fröhliche Menschen in der Natur zeigten, auf einem Hausboot und auf Partys. Auf einer Kreidetafel neben dem Fenster hatte jemand *Mehl* notiert. Schon im Flur hatte sie neben Collagen und Acrylbildern viele kleine Klebezettel bemerkt. Dort standen Dinge wie *Netflix and chill, Spiele, Ruheraum, miteinander reden* und *Keine Handys, bitte.* Auch wenn sie sich noch keinen genauen Reim darauf machen konnte, wurde hier anscheinend vieles gemeinschaftlich entschieden.

»Mit wie vielen Menschen lebst du in dieser WG?«

Lars ploppte die beiden Bierflaschen mit einem Feuerzeug auf und reichte ihr eine rüber. Er strich mit dem Daumen über den Flaschenhals.

»Hm, mit sechzehn. Aber ich mag solche Bezeichnungen wie WG nicht. Alles muss immer in eine Schublade passen mit dem richtigen Etikett darauf.« Er trommelte gegen die Flasche. »Wir haben vor ein paar Jahren eine Genossenschaft gegründet. Jeder, der hier wohnt, zahlt seinen Teil, und jeder entscheidet mit, wenn jemand neu einziehen will. Es gibt keine gierigen Investoren, die zwangssanieren oder uns rausmobben wollen. Einfach nur wir und dieses Haus. Und außerdem: Gemeinsam ist man weniger einsam.«

Emilia hatte nie Lust gehabt, mit vielen Menschen zusammenzuleben, und war demgegenüber misstrauisch. Es musste so viele Konflikte geben, wenn alles in der Gemeinschaft besprochen wurde.

Aber sie hörte aufmerksam zu, als Lars fortfuhr: »Jeder hat sein eigenes Zimmer, und dann gibt es noch Gemeinschaftsräume, wie zum Beispiel diese Küche und eine große im Erdgeschoss, oder unser Wohnzimmer in der zweiten Etage. Das wollen wir gerade neu gestalten und vergrößern.« Er zeigte auf den Flur. »Vielleicht hast du die Ideenzettel gesehen.«

Emilia nickte. »Ja, hab ich.«

»Mal hören, was die Mehrheit entscheidet. Hast du mal in einer WG gewohnt?«

Emilia hätte fast laut gelacht. Eine Wohngemeinschaft mit Vera.

»Na ja, ich wohne derzeit zur Untermiete. Aber wir teilen auch vieles. Zum Beispiel die Küche. Oder die schlechte Laune.« Sie grinste, und Lars sah sie neugierig an.

»Sind die so anstrengend? Ihr solltet euch öfter mal aussprechen. Das hilft bei uns auch. Jedenfalls meistens.«

»Oh, wir sind nur zu zweit. Vera ist fast siebzig und maximal schwierig. Ich helfe ihr mit dem Haushalt und ihrem Dackel.«

Lars schlug sich mit der flachen Hand gegen die Stirn. »Ach, die alte Dame, die sonst immer mit dem Fahrrad unterwegs war. Die hat mich immer so grimmig angesehen.«

»Mach dir nichts draus, da bist du nicht allein.« Emilia wollte nicht ungerecht sein und schob einen Satz hinterher, der sich wie eine Entschuldigung anhörte: »Manchmal kann sie auch ganz nett sein.« Sie runzelte die Stirn und fragte sich, ob das Wort »nett« die richtige Beschreibung für Veras Lichtmomente war.

Lars nickte. »Ist ja auch nicht jeder auf die Welt gekommen, um einfach zu sein, oder?«

Ein wenig trotzig schob Emilia die Unterlippe vor. Das war ihr auch klar. Nur musste er auch nicht mit Vera zusammenleben. Du *musst* es auch nicht, Emilia, sagte ihre innere Stimme. Du hättest längst nach etwas anderem suchen können, aber du bist nach wie vor bei ihr.

»Nein, natürlich nicht. Schön ist trotzdem was anderes.«

Er ließ ihren Satz einfach so im Raum stehen.

Sie entschied sich, das Gespräch auf ein anderes Thema zu lenken. »Ist Shenmi eigentlich adoptiert?«

»Yep. Ich kenne Richard, ihren Adoptivvater, noch von früher. Shenmi wurde in China geboren und wurde adoptiert, als sie sechs Jahre alt war.«

Erstaunt sah sie ihn an. »Mit sechs Jahren? Da hat sie den Prozess ja sehr genau mitbekommen, schätze ich.«

»M-hm«, stimmte Lars ihr zu. »Am Anfang fiel es ihr auch schwer, sich in einer völlig anderen Kultur zurechtzufinden. Richard hat mir erzählt, dass es viele Momente gab, in denen sich Susanne und er gefragt haben, ob sie es schaffen würden, ihrer Tochter ein schönes Leben zu bereiten.« Er lächelte. »Aber das ist schon ewig her. Wie du siehst, ist sie glücklich. Die beiden bieten ihr eine Menge, von Ballett bis Cellounterricht. Wenn ich davon nur einen Bruchteil in meiner Kindheit gehabt hätte, meine Güte. Wer weiß, was aus mir geworden wäre?«

Emilia dachte nach. Die Frage war ja immer, ob man das, was einem angeboten wurde, auch wirklich wollte. Aber gut, sie kannte das Mädchen kaum.

In den kurzen Moment der Stille hinein fragte Lars: »Studierst du was?«

»Agrarwissenschaften. Ich schreibe gerade an meiner Masterarbeit.«

»Ach!« Lars pustete in seine Flasche und erzeugte ein tiefes Geräusch, das Emilia an einen Dampfer beim Ablegen erinnerte. »Und was ist das Thema?«

Emilia verdrehte spaßhaft die Augen. »Ein ganz einfaches: *Ökolandbau versus flächendeckende Agrar-Umweltprogramme.* Vorteile und Nachteile.«

Lars' Augen begannen zu leuchten. »Da haben wir ja total viel gemeinsam!« Dann schien er ihre Zurückhaltung zu bemerken. »Ich meine, mit unseren Interessen. Du bist die Wissenschaftlerin und ich der Gärtner. Da können wir uns echt gut austauschen!«

Emilia hatte sich schon mit einigen Leuten über ihren Studiengang unterhalten, aber auf besonders große Begeisterung stieß sie selten. Das Thema kam furchtbar trocken daher, und nicht nur einmal hatten die Leute sie auf Unipartys ziemlich schnell stehen gelassen. Als sie sich bei Anne darüber beschwerte, munterte die sie auf: »Ach komm, Emilia, was soll's? Weißt du, wer es noch viel schwerer hat?« Sie lachte. »Leute, die Psychologie studieren. Mit denen will gar keiner mehr reden, weil man ständig denkt, dass man analysiert wird.«

Emilia hatte herzlich darüber gelacht, aber ein bisschen mehr Interesse für die Zukunft hätte sie sich manchmal schon gewünscht. Das Thema war wichtiger denn je, als Besserwisserin wollte sie trotzdem nicht gesehen werden. Dennoch erwischte sie sich dabei, dass es immer, wenn sie darüber sprach, doch ein wenig moralisch wurde.

Lars' Begeisterung schmeichelte ihr, aber nur als Wissenschaftlerin gesehen zu werden stimmte einfach nicht.

»Ich gärtnere auch. Nur habe ich keinen Kohlrabi mitten im Nirgendwo angepflanzt.«

»Im Nirgendwo? Äh, wir sind in Berlin. Und außerdem, was noch nicht ist, kann ja noch werden.« Freundlich sah er sie an. »Kannst ja mal mitkommen, beim Guerilla Gardening. Weißt du, was das ist?«

Emilia schüttelte den Kopf. »Nicht so richtig. Das ist auch illegal, oder?«

»Oh, jetzt wird's spannend.« Josie kam in die Küche. »Lasst mich raten: Lars erzählt dir von seinen grünen Heldentaten.« Den letzten Satz untermalte sie mit einer theatralischen Handbewegung und grinste.

»Du könntest ruhig mal wieder mitkommen, Josie.« Lars zog an einer ihrer Dreadlocks.

»Keine Zeit. Henry nimmt mich derzeit voll in Beschlag, und ich bin so müde.« Sie wandte sich Emilia zu. »Henry ist mein Baby.«

»Maria könnte sich auch um ihn kümmern oder ich, falls du mal schlafen willst.«

Josie nickte und gähnte laut. »Gute Idee. Ich komme garantiert darauf zurück. Wenn du dann noch stillen könntest, wärst du die Erfüllung meiner Träume.«

Lars legte den Kopf schräg. »Ich arbeite dran.«

Der Schrei eines Kindes gellte durch ihre Unterhaltung. Josie nahm sich eilig zwei Bananen aus einem Korb und verschwand aus der Küche.

»Ist sie deine Frau?« Emilia fand, dass die beiden ein gutes Paar abgegeben hätten.

»Josie? Meine Frau? Nein. Sie ist eine Mitbewohnerin. Früher waren wir mal enger befreundet. Wir sind hier nicht alle zwangsbefreundet oder so was in der Richtung. In erster Linie ist das ein Wohn- und auch Lebensprojekt. Das ist schon kompliziert genug. Jeder will doch irgendwie wohnen. Oder?« Lars biss in einen Apfel.

»Klar. Gerade in Berlin ist das nicht einfach, es sei denn, du bist in den Topf mit Geld gefallen.« Emilia dachte an ihre eigene erfolglose Wohnungssuche. Vor Vera. »Wie lange wohnst du schon hier?«

Lars überlegte und nickte dabei mit dem Kopf. »Ich würde denken, seit fünf Jahren. Ja, fünf oder sechs. Über Zeit denke ich nicht zu viel nach.« Er schmiss den Apfelgriebsch in eine Kompostschale neben der Spüle.

»Und, kommst du jetzt mal mit? Ich will bald wieder auf Tour gehen.«

Emilia war sich unsicher, und ihr Bauch sendete auch keine eindeutigen Signale. Mitten in der Stadt Gemüse zu pflanzen war eine absurde Vorstellung. Wer sollte das ernten? Und pflegen? Außerdem wusste sie immer noch nicht, ob solche Aktionen illegal waren. Dann würde sie es auf keinen Fall machen. Doch das würde sie später herausfinden, denn vor Lars kam ihr das Nachfragen kleinkariert vor. Das hier war eine andere Welt, die sie zuvor noch nie kennengelernt hatte. Die Freunde, die sie in Oldenburg hatte, wohnten allein oder als Paar in Wohnungen, niemand von ihnen hatte eine Genossenschaft gegründet. Gute Güte, das war doch auch in Ordnung. Trotzdem fragte sie sich, ob sie in ihrer Sichtweise vielleicht ein bisschen beschränkt war. Warum sonst würde sie sich jetzt gerade kleinkariert fühlen? Es war Zeit, über den eigenen Schatten zu springen.

»Gehst du morgen?«

Lars Gesicht erhellte sich. »Morgen klingt gut.«

Am Abend telefonierte sie mit Anne und berichtete ihr brühwarm von ihrem Treffen mit Lars.

»Ist er bei Instagram?« Anne krächzte ins Telefon. Am liebsten hätte Emilia sich mit ihr getroffen, aber Anne war auf einer lang geplanten Indonesientour und hatte sich auf dem Flug erkältet.

»Ach, Mist. Jetzt weiß ich immer noch nicht, wie er mit Nachnamen heißt.« Emilia stöhnte auf.

Anne hustete. »Na ja, so wie du ihn beschreibst, wird er auch nicht als Lars Müller auf Social Media angemeldet sein.«

»Stimmt schon. Aber wie fragt man jemanden ohne bestimmten Grund nach seinem ganzen Namen?«

»Keine Ahnung. Wie hieß denn noch mal diese Gang, bei der er der Anführer ist? Baumliebhaber? Blütentänzer?«

»Blumenkrieger. Die haben so einen Affen mit einer Blüte am Ohr als Logo. Aber meinst du, die haben einen eigenen Account?« Emilia gab den Begriff parallel auf Facebook und Instagram ein.

»Kein Treffer.«

»Schade.« Anne hörte sich enttäuscht an. »Ich hätte ihn gern mal inspiziert.«

»Der ist nichts für dich. Du hast so viel Interesse an Pflanzen wie ich an Astrophysik.«

»Wenn er nichts für mich ist, dann ist er wohl eher was für dich, der knackige Gärtner.«

»So ist Lars nicht. Abgesehen davon, dass ich nicht interessiert bin, hat er etwas sehr Unverbindliches an sich. Es kommt mir so vor, dass er zu jedem ziemlich nett und offen ist. Ich glaube, das ist eine Lebenseinstellung. *Seine* Lebenseinstellung. Außerdem kenne ich ihn doch erst seit einem Tag.«

»Dafür bist du mit deinem Urteil aber ziemlich schnell.«

Emilia schwieg ertappt.

»Ha!«, rief Anne triumphierend. »Ich habe ihn. Er hat einen YouTube-Channel. Wow, der sieht ja gut aus. So unbrav.«

»Ich will das auch sehen!«

»Gib mal ›Der gute Gärtner‹ ein.«

Emilia verschluckte sich an ihrem Wasser und musste husten. »Der gute *was*, bitte?«

Als sie den Begriff ins Suchfeld tippte, tauchte das bekannte Logo der Blumenkrieger auf und unzählige Videos. Sie klickte auf das mit dem Titel *7 Fehler, die du beim Gärtnern nie mehr machen wirst.* Daneben poppten gleich fünf weitere Clips auf. Lars trug ein olivgrünes T-Shirt mit dem Affenlogo und dazu eine auffällige Holzkette, an der ein Ring baumelte. Diese Kette war ihr schon vorher aufgefallen. Er stand in einem Garten, vor ihm ein Hochbeet aus Holzpaletten und im Hintergrund ein kunstvoll geschwungener Rosenbogen, an dem Clematis und Efeu rankten. Daran hingen eine alte Blechgießkanne und ein lustiger Plüschaffe. Emilia erkannte den Platz wieder. Diese Stelle im Hinterhof hatte sie aus der Ferne schon einmal gesehen.

»Dein Nachbar kommt schon ziemlich gut rüber.« In Annes Stimme schwang Bewunderung.

Er kommt auf jeden Fall selbstbewusst rüber, dachte Emilia. Im echten Leben schien er allerdings etwas leiser zu sein.

»Hast du gesehen, wie viele Abonnenten er hat? Einhundertvierzigtausend!«

»Anne. Bist du jetzt sein Cheerleader?«

Ihre Freundin lachte. »Wenn er mich in seinen Garten einlädt, übernehme ich den Job. Ich hätte nie gedacht, dass Gärtnern so ein großes Ding ist. Ich dachte, das wäre so ein Rentnerthema.«

Emilia schmunzelte. »Das versuche ich dir seit Jahren klarzumachen, Anne. Alle bauen doch jetzt eigenes Gemüse an, wegen Pestiziden und Nachhaltigkeit und überhaupt wegen der Bienen. Ohne Bienen kein Leben. Außerdem könntest du auch *mein* Fangirl werden!«

»Deins bin ich doch am liebsten!«

Emilia verabschiedete sich und sah sich noch ein paar Videos von Lars an. Der gute Gärtner, dachte sie. Schon ein bisschen speziell. Aber auch lustig, so wie *The Good Doctor,* die Serie. Jeder Clip dauerte so um die zehn Minuten, und Lars kam authentisch und sympathisch rüber. Seine Witze waren ein wenig unbeholfen, und Emilia musste lachen. Es machte ihn ein bisschen weniger perfekt.

Sie scrollte durch die Kommentarspalten, dort wurde er fast nur bewundert. Es gab den ein oder anderen, der irgendetwas anders und besser machte beim Einpflanzen von Grünkohl, aber diese Stimmen gab es immer. Dass er sich so sehr für das Gärtnern engagierte, beeindruckte sie. Woher kam dieses Interesse? Oder, besser gesagt, diese Mission, auf der er sich anscheinend befand? Emilia gähnte laut und legte ihr Handy zur Seite. Um all das herauszufinden, wäre morgen auch noch genug Zeit.

15

Es war inzwischen zehn nach neun, und Emilia wurde langsam ungeduldig. Sie lief mit Odin schon zum dritten Mal die Straße ab. Wo blieb Lars denn nur? Schön, wenn für ihn Zeit keine Bedeutung hatte, aber auf ihrem Planeten gab es immer noch so etwas wie Uhren und ein Bewusstsein dafür, dass Menschen auch noch anderes zu tun hatten. Sie redete sich innerlich in Rage. Jetzt bleib doch mal entspannt, Emilia, versuchte sie, sich zu beruhigen. Es kann doch auch mal etwas dazwischenkommen. Nicht jeder muss immer dreißig Minuten vor jeder Verabredung da sein. Diese Form des inneren Dialogs verursachte ihr nur noch mehr schlechte Laune. Sie beschloss, die Situation selbst in die Hand zu nehmen. Es war Samstag, der Bäcker mit den fantastischen Böreks gleich um die Ecke, und sie könnte sich vielleicht gleich noch mal ins Bett legen. Da gab es doch weitaus Schlimmeres. Außer vielleicht versetzt zu werden. Ach, verdammt, Emilia!

»Komm, Odin.« Sie zog den Dackel Richtung Hauseingang der Nummer 21. Sie würde jetzt klingeln, egal wo. Jemand aus der Gemeinschaft würde bestimmt öffnen. Sie nahm Odin auf den Arm und trug ihn die zu hohen Stufen hoch. In dem Moment öffnete sich die Tür, und Lars kam heraus. Er trug einen grauen Hoodie und den Rucksack vom letzten Mal. Seine dunklen Haare waren ungekämmt.

»Hi, Nachbarin.« Seine Stimme hörte sich belegt von der Nacht an. Er konnte auf keinen Fall länger als fünf Minuten wach sein.

»Wieso hast du nicht geklingelt? Du hättest doch reinkommen können. Ich war eh noch nicht wach.«

Emilia war das jetzt zu blöd. »Wie heißt du denn? Ich weiß doch gar nicht, *wo* ich klingeln soll.« Sie sagte das schärfer, als sie es eigentlich beabsichtigt hatte.

»Ach so, ja. Die Sache mit dem Namen.«

Genau. Die Sache mit dem Namen war genauso wichtig wie die mit der Zeit.

Er kam auf sie zu und streichelte Odin. Der Dackel gab zufriedene Laute von sich.

»Fink. Das ist mein Nachname. Und da kannst du auch immer klingeln. Ich gebe dir am besten mal meine Handynummer.« Er nahm die Stufen mit einem Satz, und sie folgte ihm.

»Was machen wir denn heute eigentlich?« Emilia hatte ihre Sprache wiedergefunden.

»Ich will ein paar Saatbomben zünden. Es gibt ganz in der Nähe ein leer stehendes Fabrikgelände. Da können wir was machen.« In seiner Stimme hörte sie die Begeisterung.

»Erzähl mir doch mal was über Guerilla Gardening.« Sie gingen nebeneinander die Straße hinunter, und Lars musste öfter über Odins Leine springen, weil der Dackel im Zickzackkurs über den Gehweg lief.

»Guerilla Gardening bedeutet zum Beispiel, Städte schöner und bunter zu gestalten. Das Klima zu verbessern oder auch daran zu erinnern, als Großstädter nicht den Bezug zur Natur zu verlieren. Die Idee ist irgendwann in den 70er-Jahren in New York geboren worden.« Er wischte sich über die immer noch müden Augen. »Es ist auch urbane Selbstversorgung. Erinnere dich an mein Kohlrabibeet. Die Blumenkrieger, so wie alle Guerilla-Gärtner, bepflanzen öffentliche Grünflächen und Fassaden. Und das eigentlich nachts, denn es sollen so schnell so viele Flächen wie möglich begrünt werden. Und, da es illegal ist – am besten *nur* nachts.«

Emilia zuckte zusammen. Sie war nie jemand gewesen, der laut gegen oder für etwas protestiert hatte oder der Mitglied in einer

Gemeinschaft war, die ein Ziel verfolgte. Eigentlich hatte sie sich immer nur auf ihr Leben und ihr direktes Umfeld konzentriert. Wobei, wenn sie länger darüber nachdachte, stimmte das nicht ganz. Der Hof, den sie von ihren Eltern übernehmen würde, sollte in Zukunft ökologisch bewirtschaftet werden, und auch in ihrer Masterarbeit hatte sie sich mit größeren Zusammenhängen befasst. Aber im Hier und Jetzt unmittelbar etwas zu verändern war etwas, das sie einschüchterte.

»Wieso sind wir dann nicht nachts unterwegs?«

Lars grinste. »Weil wir in Berlin sind. Die Polizei hat hier Besseres zu tun, als uns wegen des Pflanzens von Blumen anzuzeigen. Und glaub mir, ich wäre manchmal auch gern geheimnisvoller und erst im Morgengrauen wieder zu Hause. Aber ich treffe tagsüber oft Menschen, die es gut finden, was ich mache, und mich darin bestätigen. Das motiviert mich total. Dass es eben doch nicht egal ist, wie es aussieht, wenn man aus der Tür rausgeht. Eine neue Welt ist pflanzbar. Die Natur ist ein riesiges Geschenk. Wenn auch ein zerbrechliches.«

Er sah jetzt nachdenklich aus. »Manchmal fühlt es sich wie der berühmte Kampf gegen Windmühlen an. Aber Aufgeben ist ja keine Option, oder?«

Emilia dachte über seine Worte nach. »Wer aufgibt, hat schon verloren. Es hört sich aber aufwendig an. Wie bepflanzt ihr denn Hauswände auf die Schnelle?« Selbst Efeu musste über kurz oder lang eingepflanzt werden und wuchs auch nicht schneller als siebzig Zentimeter im Jahr.

»Wir nennen das Moosgraffiti. Damit kannst du zum Beispiel Fassaden begrünen. Du kennst doch bestimmt auch diese hässlichen Betonpfeiler, oder? Die sehen damit gleich viel freundlicher aus.« Er stoppte und zog sein Handy aus der Tasche. »Warte mal, ich muss hier irgendwo ein paar Fotos haben.« Lars scrollte durch seine Galerie. Emilia versuchte, zur Seite zu schauen. Die Situation war ihr unangenehm. Sie wollte nicht in seine oder in die Privatsphäre von anderen eindringen.

»Da, siehst du?« Lars hielt ihr das Handy vor die Nase. »Sieht doch klasse aus! Das war hier ganz in der Nähe.«

Auf dem Foto war eine weiße Betonwand zu sehen, auf der das Wort »Green« blühte. Emilia war beeindruckt. Ganze Schriftzüge aus Moos!

»Das ist wirklich der Hammer! Wie tragt ihr das auf?«

Lars klopfte gegen seinen Rucksack. »Ich habe was dabei. Du brauchst auf jeden Fall fertige Moosteile. Das klappt sonst nicht. Den Kleber für das Moos kannst du ganz einfach herstellen. Einfach Honig, Mehl, Eigelb und ein bisschen Wasser mischen. Die Mischung klebt am besten. Das packst du in einen Mixer, bis du eine dickflüssige Paste hast. Und dann kannst du es einfach mit einem Pinsel auftragen. Manche benutzen auch Schablonen dafür.«

»Das ist so …«, Emilia suchte nach einem passenden Begriff, »einfach!«

Seine Augen leuchteten. »Ja, und total umweltschonend. Keine Lackfarben, keine Lösungsmittel, nur die reine Natur.« Er streckte die Arme aus. »Es kann so einfach sein!«

Emilia wusste immer noch nicht, wie sie es fand, einfach so Gebäude oder Plätze zu begrünen. Allein bei dem Gedanken an mögliche Pestizide und Gifte im Boden wurde sie misstrauisch. Aber Moose waren genial. Sie waren wurzellos und konnten auf Felsen, Holz oder Baumrinden wachsen. Gießen musste man sie normalerweise auch nicht, denn Wasser nahmen die Pflanzen aus der Luft auf.

»Es müsste viel mehr Moosgraffiti in dieser Stadt geben. Wusstest du, dass sie bestimmte Feinstaubpartikel einfach verdauen? Das ist schon irre.« Lars war in seinem Element und redete munter weiter.

»Ammonium-Ionen.«

»Was?« Er unterbrach seinen Redeschwall und sah sie an.

»Die Feinstaubpartikel. Das sind Ammonium-Ionen.« Sie grinste, weil er sie verblüfft ansah.

»Du weißt doch noch, was ich studiere?«

Lars' Gesicht lief rot an. Emilia konnte es kaum glauben. In seinen Videos trat er immer so selbstbewusst und lässig auf. Diese Gefühlsregung hätte sie ihm nicht zugetraut. Schämte er sich? Emilia rief sich Annes Worte ins Gedächtnis: Du kennst ihn doch noch gar nicht.

Lars fasste sich in den Nacken und ließ den Kopf kreisen. »Klar weiß ich das noch. Ich wusste nur nicht, dass du so tief in der Materie steckst.«

Emilia versuchte ihrerseits, lässig mit der Situation umzugehen. »Woher auch. Wir haben uns ja gerade erst kennengelernt. Und niemand interessiert sich in der Wirklichkeit für Fachbegriffe wie Ammonium-Ionen.«

Beide brachen in Gelächter aus.

»Wir sind schon so zwei Nerds. Gartennerds.«

Emilia zuckte bei dem Wort »wir« zusammen. Ein Wir gab es, wenn mindestens zwei ein Ziel hatten, in eine gemeinsame Richtung gingen oder für eine Sache kämpften. Oder sich ineinander verliebten. Den Gedanken strich sie gleich wieder. Er und ich, wir haben eine Gemeinsamkeit, unser Interesse an der Natur. Sehr viel mehr fiel ihr im Moment nicht ein, aber das reichte für den Anfang von was auch immer.

Lars zog seine Rucksackträger enger und zeigte nach vorne auf ein verfallenes Gebäude.

»Lass uns da die Graffiti anstreichen, okay?«

Emilia sah sich um. Auf dem alten Werksgelände, das nur einige Querstraßen entfernt lag, war nichts los. Jedenfalls konnte sie niemanden entdecken. Dennoch meldete sich ein mulmiges Gefühl in ihr. Was, wenn sie sich doch eine Anzeige wegen Sachbeschädigung einhandeln würde? Das wäre das Letzte, was sie gebrauchen konnte.

»Wie soll ich dich eigentlich nennen?« Lars holte zwei Gurkengläser, auf denen das Etikett noch halb zu erkennen war, aus seinem Rucksack. Der Inhalt war gelblich und dickflüssig. Danach legte er die Moosplatten, die er irgendwann vorher gestochen hatte, auf den Boden.

»Was meinst du?«

Er machte sich an den Behältern zu schaffen und drückte ihr einen der Pinsel in die Hand.

»Wie nennen dich deine Freunde? Du hast doch bestimmt einen Spitznamen. Ist es Lilly?«

Vehement schüttelte sie den Kopf. »Bloß nicht. Ich muss dann immer an diese Prinzessin denken. Diese Kinderfigur, die immer nur Rosa getragen hat.« Sie zog eine Grimasse. »Die meisten nennen mich Emmie.«

»Emmie find ich gut. Kann ich dich auch so nennen?«

»Klar.«

Er positionierte sich vor der weißen Wand, verschränkte die Arme vor dem Körper und tat so, als würde er sinnieren.

»Mit welchem Kunstwerk werden wir diese trostlose Fläche veredeln? Vielleicht mit einem Herz? Oder einem Schriftzug? Was meinst du?«

»Pfff. Ich wusste nicht, dass das so besonders werden soll. Ich dachte, einfach nur einpinseln.«

Lars lachte. »Lass mal deine Kreativität raus, Emmie.« Er zwinkerte ihr zu.

Sie kaute auf ihrer Unterlippe. Plötzlich fühlte sie sich unsicher. Vielleicht war sie doch nicht cool genug für dieses ganze Gangster-Gardening-Zeug. Lars schien das alles mit einer angeborenen Leichtigkeit aus dem Ärmel zu schütteln. Aber wenn sie das vorher gewusst hätte, hätte sie sich schon zu Hause ein Motiv überlegt. Sie trat von einem Fuß auf den anderen.

Lars war bereits dabei, einen Teil der Fläche mit einem Schriftzug zu versehen. *#Nature*, konnte sie die Buchstaben leicht glänzend auf dem Beton erkennen.

»Versuch, dich locker zu machen. Hier geht es doch um nichts. Einfach nur um Spaß und die gute Sache. Du wirkst so ernst. Und so streng.«

Er sah sie nicht an, sondern pinselte erneut über die Buchstaben.

Emilia ließ die Schultern sinken. Ernst, streng? Vielen Dank. Das waren Komplimente, die jeder gerne hörte. Was bildete sich dieser Garten-Gangster eigentlich ein? Er kannte sie doch gar nicht!

Plötzlich kam ihr die ganze Situation lächerlich vor, wie sie so dastand, ein Glas mit gelblicher, karamellisierter Masse in der Hand, vor einem baufälligen Gebäude, das vermutlich in wenigen Monaten dem Erdboden gleichgemacht werden würde. Was sollte das bringen, außer Chaos und Ärger? Diese ganze Aktion war ein Fehler. Wände begrünen und sich herumdrücken in schmuddeligen Ecken, mit jemandem, der meinte, die Weisheit mit Löffeln gefressen zu haben, und sie ganz nebenbei auch noch analysierte. Das hatte ihr gerade noch gefehlt.

Dieser Weg führt nur zu einem Ort, dachte sie grimmig, nach unten. Locker machen, eine bombastische Idee, da wäre ich von selbst nie draufgekommen.

Sie kümmerte sich auch um die Umwelt, das war einer der Hauptgründe für ihr Studium. Ihr Leben hatte in großen Teilen auf dem Land stattgefunden, und sie hatte sich intensiv mit diesen Themen auseinandergesetzt. Außerdem, wer hatte denn begonnen, sich um den kümmerlichen Hausgarten zu bemühen? Vor wem rechtfertigte sie sich eigentlich?

Eilig wischte sie sich über die Augen, um aufsteigende Tränen zu vertreiben. Ihre Gefühle hatten sich mittlerweile so hochgeschaukelt, dass ihr Hals wie zugeschnürt war. Wann hatte es angefangen, dass das Leben sie in eine Waschmaschine gesteckt hatte und sie hin und her schleuderte, wie es ihm gefiel? Sie genügte nicht für eine Beziehung mit Max, nicht für das Zusammenleben mit Vera und offenbar auch nicht Lars' Vorstellungen. Was war so falsch an ihr? Ihr Herz zog sich qualvoll zusammen. Dabei war ich immer die mit dem Plan, dachte sie bitter.

Odin, der gerade noch intensiv an einem überquellenden Mülleimer geschnüffelt hatte, kam freudig auf sie zu und sprang an ihrem Bein hoch. Die Zuneigung, die ihr der Hund entgegenbrachte, und ihre innere Einsamkeit überwältigten sie. Sie brach in Tränen aus.

Lars' Stimme drang zu ihr. »Hey, bist du jetzt sauer?«

Emilia hatte ihm den Rücken zugekehrt und sich zu dem Dackel hinuntergebeugt, um ihn anzuleinen. Sie blieb stumm, um ihm nicht mit gebrochener Stimme antworten zu müssen.

»Das habe ich doch nicht böse gemeint. Du bist, glaube ich, ein lustiger Mensch.« Er sprach jetzt sanfter. »Du wirkst einfach sehr angespannt. Und das ist hier ist die pure Entspannung. Einfach ganz locker aus dem Handgelenk etwas Paste an eine Wand pinseln.«

Er hatte sich zu ihr gekniet und hielt ihr das Glas hin. »Ich bin doch auch kein Künstler, Emmie. Aber du kennst ja den Spruch: Ohne Moos nix los.«

Emilia musste ein Lachen unterdrücken. Er machte wirklich die schlechtesten Witze der Welt. Sie atmete tief ein und aus, löste Odins Leine wieder und drehte sich zu ihm.

»Hoffnung. Ich werde das Wort ›Hoffnung‹ pflanzen.«

16

Emilia hatte tief und traumlos geschlafen. Der Sonntagmorgen hatte sie früh mit Sonnenstrahlen geweckt, die sich durch den dünnen Vorhang ihres großen Zimmerfensters schoben.

Sie lag immer noch wie erschlagen auf ihrem Bett. Der gestrige Tag mit Lars war schön, aber anstrengend gewesen. Sie fragte sich, wie sich sein Leben wohl anfühlte. Einerseits war er in die Gemeinschaft seines Hauses eingebettet, in der vieles zusammen entschieden wurde und wie in einer Familie zu funktionieren schien. Und dann gab es den »guten Gärtner«, der allein einen sehr erfolgreichen YouTube-Kanal betrieb und sich um die Erde sorgte. Sie wollte ihn unbedingt näher kennenlernen und mehr von ihm erfahren. Welche Geschichten hatte er erlebt, um diesen Weg und keinen anderen einzuschlagen?

Das ist doch immer die Frage, dachte sie. Das Leben konnte einen einfach an den Schultern packen. Gerade wollte man noch nach links abbiegen, schon wurde man auf dem rechten Weg wieder abgesetzt. Mit viel Glück wurde man nicht zurück auf Los geschickt, damit man dann die ganze Strecke noch mal zurücklegen musste.

»Wo stehe *ich* eigentlich gerade?« Ihre Stimme wurde von ihrer Bettdecke geschluckt.

Sie sprang aus dem Bett, ließ sich auf ihren Schreibtischstuhl fallen und sah nach draußen. Mit ihrer Masterarbeit ging es viel langsamer voran, als sie gedacht hatte. Das konzentrierte Arbeiten fiel ihr schwer.

Aus ihrem Zimmerfenster sah sie das satte Grün der Platane und lauschte dem zarten Flüstern des Windes in ihren Blättern. Gemeinsam mit den Zwillingen hatte sie ein Klangspiel aus Bambus an einen niedrigen Ast gehängt. Durchs gekippte Fenster erklang eine Melodie aus dunklen, satten Tönen, die ihr Herz umschmeichelte. Ihre Gedanken wurden leichter, die vielen Fragen, die mit Warum und Wie begannen, langsam weggetragen.

Masterarbeit. Sie seufzte. Früher hatte sie einen Masterplan für ihr Leben gehabt, sogar mit konkreten Daten. Mit achtzehn Abitur, mit dreißig den elterlichen Betrieb übernehmen und umbauen, Hochzeit mit Max bis zu ihrem dreiunddreißigsten Geburtstag. Die Kinder sollten dann bis spätestens siebenunddreißig da sein. Emilia war das realistisch vorgekommen, auch wenn sie wusste, dass das Leben Überraschungen bereithielt. Spielte ein Masterabschluss überhaupt noch eine Rolle, angesichts ihres gescheiterten Masterplans?

Ein Sonnenstrahl kitzelte sie in der Nase. Es gab immer einen Plan B. Es musste einen geben.

Sie stand auf und öffnete das Fenster weit. Herrlich frische Luft strömte ihr in die Lungen und über ihren Körper. Die Geister der Vergangenheit schienen für einen Moment wie weggeblasen.

»Emmie!« Eine Kinderstimme drang zu ihr hoch. Sie beugte sich über das Fensterbrett und erblickte Polly. Sie winkte aufgeregt zu ihr hoch. Die Sonne umstrahlte ihre blonden Locken, und es wirkte, als trüge sie einen Heiligenschein.

»Emmie, schau mal, die Blumen, schau mal!« Sie zeigte auf das Beet, in das sie gemeinsam Narzissen, Tulpen, Hyazinthen und – der Liebling der Kinder – Ranunkelknollen gepflanzt hatten, und hüpfte vor Freude.

Emilia lächelte und winkte zurück. Das Wunder des Lebens war für Kinder beim Gärtnern besonders gut zu begreifen.

»Warte, ich komme runter. Ich muss mich nur eben anziehen.« Schnell sprang sie in ihre Jeans und ein grünes Sweatshirt und eilte aus der Wohnung. Vera schnarchte hinter der Schlafzimmertür, und auch Odin hob in seinem Korb im Wohnzimmer nur schwerfällig ein Auge, um es gleich wieder zu schließen.

Im Hausflur traf sie auf Ludwig.

»Schnell, die Ranunkeln blühen! Das willst du doch auch nicht verpassen.« Sie tippte ihm auf sein Baseballcap, und er lief ihr nach.

Draußen hockte Polly vor dem Beet und bewunderte die bunte Pracht. Im März hatte Emilia ihnen Bilder von Frühlingsblumen gezeigt, und jeder hatte sich verschiedene Sorten und Farben aussuchen dürfen. Ludwig hatte sich orangene Tulpen und Ranunkeln, Polly weiße und Dilara rosafarbene gewünscht. Für sich selbst pflanzte Emilia duftige Hyazinthen und gefüllte Narzissen ein, die mit ihrem fröhlichen Gelb immer so schön den Winter vertrieben. Die Welle dieses Farbenmeeres verwöhnte ihre Augen nach der langen Winterzeit. Zwischen die Blumenzwiebeln hatte sie Tausendschön gesät, rosafarbene Bellis, die im nächsten Jahr ihre halbkugeligen Köpfchen gen Sonne strecken würden. Die ausdauernde Schöne, dachte Emilia. Die Kinder werden die große Schwester des bescheidenen Gänseblümchens lieben, freute sie sich.

In ihrer Kindheit hatten ihre Freundinnen und sie unzählige Kränze daraus geflochten und sich ins Haar gesteckt. Als sie einmal unter schrecklichen Zahnschmerzen gelitten hatte, gab ihre Oma ihr einen Rat: Sie sollte die ersten drei Gänseblümchen, die sie fand, essen, um den Zahn zu besänftigen. Das hatte sie dann wirklich getan, und sie bildete sich ein, dass ihre Schmerzen gelindert wurden. Jahre später hatte sie manchmal den Salat, den sie für sich und Max zubereitete, mit den zarten

Blütenblättern garniert. Der feine, nussige Geschmack fiel ihr sofort wieder ein.

»Dürfen wir ein paar abschneiden und Mama schenken?« Ludwig stand mit roten Wangen neben ihr und suchte mit seinen Augen im Beet schon nach den passenden.

»Ja, sucht euch doch jeder drei schöne aus.«

Polly verzog den Mund. »Bloß drei? Ich dachte, ganz viele.«

Den Frust konnte Emilia gut nachfühlen. Als Kind hätte sie am liebsten auch immer alle Blumen abgeschnitten und in die Vase auf dem Esstisch gestellt.

»Weißt du noch, wie du dich eben gefühlt hast, als du in den Garten gekommen bist und das bunte Beet entdeckt hast?« Sie strich Polly über den Rücken. Das Mädchen nickte.

»Du hast dich so sehr gefreut. Aber wenn wir jetzt alle abschneiden würden, dann wäre der Garten nur noch halb so schön. Was meinst du?«

Polly schob ihre Unterlippe vor, nickte dann erneut und sah sie an. »Hast du eine Schere?«

Emilia lächelte. »Ich hole eine.« Sie stand auf, da erblickte sie Lars, der nur einige Meter entfernt an einem Hochbeet werkelte.

»Hey!« Er kam auf sie zu. »Du scheinst ja eine echte Kinderflüsterin zu sein.« Beide sahen zu den Zwillingen, die sich gerade darüber stritten, welche Ranunkelfarbe die schönste sei.

»Kinderflüsterin? Na, ich weiß ja nicht.«

Lars rieb sich Blumenerde von den Händen.

»Ich bin gerade dabei, das alte Hochbeet neu zu bepflanzen. Habt ihr nicht Lust, mitzumachen?«

Emilias Augen leuchteten auf. Sie konnte sich an diesem frühlingshaften Sonntag kaum Besseres vorstellen.

»Wo bleibt die Sche-he-re?«, schrie Polly theatralisch zu ihr herüber.

Emilia machte eine beschwichtigende Handbewegung.

»Ich bin auf jeden Fall dabei, und die kleinen Nervensägen bestimmt auch.« Sie zwinkerte. »Dilara, das andere Nachbarskind, hat sicher auch Lust. Nur, wenn ich nicht gleich mit einer Schere zurück bin, wird es ein Ranunkelmassaker geben.«

Lars zog etwas aus seiner Hosentasche. »Ich werde ihnen meine geben, und du kannst in der Zwischenzeit Dilara holen, okay?« Er sah sie verschwörerisch an.

»Einverstanden.«

17

Emilia freute sich, dass Dilara sofort Feuer und Flamme gewesen war, als sie sie in den Garten einlud Die Mittagssonne schien bereits, und im Garten waren Lars und die Zwillinge gerade dabei, das Hochbeet mit neuer Erde zu durchmischen. Dilara schloss sich sofort an.

»Gemüse braucht immer einen Platz in der Sonne. Dann wächst es kräftig und schmeckt noch viel besser.«

Dilara sah Lars erstaunt an und rieb sich den Bauch. Sie lächelte. Fragend sah Lars zu Emilia, die Dilara über das Haar strich. »Dilara kann hören, aber nicht mit dem Mund sprechen.«

Das kleine Mädchen nickte, und Lars lächelte ihr zu. Emilia beschloss einen Themenwechsel.

»Welches ist euer Lieblingsgemüse?« Sie überlegte, was sie zuerst aussäen sollten, doch beim Blick in die Runde blieben alle stumm. Sie warf einen verdutzten Blick zu Lars. »Kein Lieblingsgemüse?«

Polly rümpfte ihre kleine Nase. »Wir mögen Karotten. Aber nur wenn sie so ganz klein geschnitten sind.«

Ludwig nickte. »Und Reis. Mit weißer Soße.«

»Ist das die weiße Soße, die aus einer orangefarbenen Packung kommt?« Lars sah den Jungen an.

»Ja, genau! Die braune mögen wir nicht. Stimmt doch, Polly, oder?«

»Und ihr esst Erbsen, wenn sie in der Spaghettisoße gelandet sind«, ertönte eine andere Stimme im Hintergrund.

Emilia drehte sich um. Am Maschendrahtzaun, der die beiden Grundstücke voneinander trennte, stand Maja und sah aus wie aus dem Ei gepellt. Einzig ihr Gesicht war ungeschminkt, aber ihre roten Haare hatte sie ordentlich zu einem dicken Zopf gebunden.

»Guten Morgen, Maja!« Fröhlich winkte Emilia zu ihr.

»Guten Morgen, ihr fleißigen Gärtner. Was macht ihr denn da?«

Lars fuhr sich durch die Haare. »Wir wollen das Hochbeet zu neuem Leben erwecken. Vielleicht bleibt es dann nicht nur bei Karotten und Erbsen.« Er zwinkerte ihr zu.

Maja seufzte. »Ach, das wäre schön. Irgendwo haben Hannes und ich den Zug verpasst in Richtung vielfältiges Essen. Wir gehen so oft essen oder bestellen einfach was, weil die Tage so stressig sind.« Sie warf einen Blick auf ihre Kinder und zuckte mit den Schultern. »Ich bin schon froh, wenn wir es schaffen, einmal am Tag gemeinsam zu essen.«

»Ach, das kenn ich.« Lars riss einen Sack Pflanzenerde auf. »Ich habe mich auch lange Zeit von Sammy's Supersandwich, Erdnussbutter und Eistee ernährt.«

Emilia hob die Augenbrauen. Dafür war er heute gut in Form.

»Und wie sind Sie dann zum Gärtnern gekommen?« Maja schien ehrlich interessiert zu sein, und Emilia überlegte, ob sie ein wenig mit ihm flirtete.

Sie war sich sicher, dass er wusste, welche Wirkung er auf Frauen hatte. Er hatte nichts Selbstverliebtes oder Penetrantes an sich, aber etwas sehr Selbstbewusstes.

»Mein Großvater hat mir als Kind viel beigebracht. Und da ich sonst nicht viel kann, bin ich beim Gärtnern geblieben.« Lars lachte verschmitzt und rieb sich über den Bauch. Dabei rutschte sein T-Shirt hoch, und Emilia konnte seine Bauchmuskeln erkennen. Sie sah zu Maja, deren Blick in dieselbe Richtung ging. Keine Frage, das *war* ein Flirt.

Gerade als Emilia das Gespräch in eine andere Richtung lenken wollte, sah sie einen großen, kräftigen Mann im Anzug und einen übergewichtigen Jungen durch die überdachte Hoftür und auf die Gruppe zukommen.

»Ach herrje, jetzt kommt auch noch der Wagner.« Maja drehte sich um und warf Emilia einen genervten Blick zu.

Emilia sah sie fragend an und senkte ihre Stimme. »Unser Politiker?«

Maja nickte. »Den bekommt man nur selten zu Gesicht. Sein armer Sohn, Dennis, ist fast immer allein zu Hause und hängt vorm Computer. Und das mit 14!«

Emilia war verblüfft. Jetzt wohnte sie schon ein gutes halbes Jahr hier und war weder Vater noch Sohn jemals begegnet. Allerdings war ihr schon häufiger das Fenster im Parterre aufgefallen, das immer im Dunkeln lag und hinter dem es wild flackerte, wenn sie spätabends oder nachts noch einmal mit Odin Gassi ging. Sie hatte hinter dem Flackern einen Fernseher vermutet, der ununterbrochen lief, aber es schien sich wohl um den Monitor des Jungen zu handeln.

»Wo ist denn die Mutter?«, fragte Emilia, aber Maja legte sich einen Finger auf die Lippen. Lars wandte sich demonstrativ den Kindern und dem Hochbeet zu.

Vater und Sohn standen nur noch einige Meter entfernt von ihnen. Herr Wagner ließ seinen Blick durch den Garten und über die Gruppe wandern, und Emilia konnte seinem Gesicht keine Regung entnehmen. Er hat ein echtes Pokerface, dachte sie. Doch sie wollte erst einmal unbefangen bleiben. Lächelnd streckte sie ihm die Hand über den Maschendrahtzaun entgegen.

»Hallo. Ich bin Emilia aus dem zweiten OG.«

Wagner drückte ihre Hand so fest, dass sie vor Schmerz fast laut aufgestöhnt hätte. Sie verzog den Mund. Das war kein guter Start. Der große Mann gab sich nach wie vor unbeeindruckt. Zu

Maja nickte er nur kurz hinüber, und Emilia sah erstaunt, dass sie nichts erwiderte. Hier musste es ja wirklich gekracht haben.

»Freut mich. Ich bin Theodor Wagner. Baustadtrat Neukölln, vielleicht kennen Sie mich bereits.« Er legte eine Sprechpause ein, und Emilia bemerkte seinen suchenden Blick in ihrem Gesicht. Ohne einen blassen Schimmer zu haben, nickte sie höflich.

»Und was machen Sie hier, Emilia aus dem zweiten OG?«

Die kalte Art und sein arroganter Ton ließen Emilia innerlich sofort auf Abstand gehen. Seinem Sohn schien sein Auftritt auch nicht zu gefallen, denn er war rot geworden und tippte jetzt auf seinem Handy. Auf sie wirkte es so, als wäre er am liebsten in das Gerät hineingekrochen.

Bevor Emilia auf seine Frage antworten konnte, kam ihr Maja zuvor. Sie hatte einen Handrechen vom Boden aufgehoben und hielt ihn wie einen Schutzschild zwischen sich und Wagner.

»Wir gärtnern.« Sie betonte jede Silbe und sah ihn abschätzig an. Kurz stellte sich Emilia vor, wie sie als Anwältin auftrat. Maja war durch ihre Größe und ihre auffällige Haarfarbe eine Erscheinung und konnte ganz sicher einschüchternd wirken. An Wagner prallte das aber ab.

»Sieh an, Frau van Beeken. Weit sind Sie ja noch nicht gekommen.« Sein Blick ruhte auf dem leeren Hochbeet.

»Sie können ja gerne mithelfen.« Majas Stimme hörte sich jetzt zynisch an. Emilia fasste sich ein Herz.

»Wie heißt du denn?« Ihr erschien es am klügsten, den Sohn direkt anzusprechen. Sein Gesicht wurde wieder rot.

»Ich?« Er stammelte. »Ich heiße Dennis.«

»Hast du vielleicht Lust, mitzumachen? Wir wollen jetzt die Hochbeete …« Noch bevor der Junge antworten konnte, unterbrach Wagner sie.

»Dennis hat keine Zeit. Er ist mit der Schule voll und ganz ausgelastet. Und ich auch. Also, Emilia, einen schönen Nachmittag noch. Und wenn Sie mal ein politisches Anliegen haben sollten, dann …«

Maja pfiff im Hintergrund leise, aber scharf durch die Lippen.

»Wollten Sie etwas sagen, Frau van Beeken?«

Emilia starrte Maja an. So hatte sie ihre Nachbarin noch nie erlebt. Doch die winkte nur genervt ab, murmelte etwas Unverständliches und trat zu Lars, um im Beet herumzuharken.

»Also, bis dann.« Wagner fasste seinen Sohn an den Schultern und dirigierte ihn ins Haus zurück. Emilia hauchte ein leises Tschüss.

»So ein Idiot! Wenn ich diesen Fatzke schon sehe, wird mir schlecht.« Auf Majas Stirn hatten sich Falten gebildet.

»Ist der deinen Kindern mal blöd gekommen?«, fragte Emilia.

»Nein. Wir lagen mal gemeinsam vor Gericht. In seinem anderen Leben ist er nämlich auch Anwalt. Wir hatten in einem Verfahren eine stille Vereinbarung getroffen. Eigentlich. Aufgrund seiner politischen Ambitionen hat er sich nicht daran gehalten und konnte sich später an nichts mehr erinnern. Und auf so etwas kann ich einfach nicht. Ach, ich kann seine ganze machohafte Art nicht ab. Wenn es nach ihm gehen würde, wäre ich aus der Küche nie rausgekommen. Und das im Jahr 2022, Mann!«

Emilia kannte diese Typen auch. Manches schien in den Böden dieser Welt so fest verwurzelt zu sein wie eine Eiche im Tegeler Forst. Leider, wie sie fand.

»Wow, das hört sich richtig übel an. Und was ist mit seiner Frau? Hält er die gefangen?«, fragte Lars über die Schulter.

Emilia grinste, aber Maja blieb weiterhin ernst.

»Nein, die hat seine äußerst *sympathische* Art wohl auch nicht mehr ausgehalten und ist vor drei Jahren ausgezogen. Irgendwer hat erzählt, dass sie einen alten Bauernhof bei Hamburg gekauft hat.«

»Na, große Sonntagsversammlung, oder was ist hier los?« Hannes kam in grauer Jogginghose und weißem Shirt zum Zaun geschlurft.

»Papa!« Polly nahm seine Hand, die er über den Zaun gestreckt hatte, und zog daran. »Machst du auch mit? Wir pflanzen was ein!«

»Oh, ähm …« Er geriet ins Trudeln. »Beim nächsten Mal, okay?«

Polly ließ die Schultern fallen, und ihre Mundwinkel folgten. Ludwig imitierte ihre Geste.

»Eigentlich wollte ich die Mama entführen.« Hannes warf Maja einen verschwörerischen Blick zu, der keine Fragen offenließ. Sie küsste die Zwillinge auf den Kopf.

»Wohin denn entführen?« Ludwig brummelte noch immer.

»Zu einem späten Frühstück.« Er half seiner Frau galant über den Drahtzaun und zog sie an sich.

»Viel Spaß beim Pflanzen, ihr Stadtkinder.« Er grinste, und Maja schaute etwas verlegen. »Bis später dann!«

Lars drückte den Zwillingen und Dilara Schaufeln in die Hände. »So, wir graben jetzt weiter.«

»O ja!« Die Zwillinge und auch Dilara fielen begeistert über das zweite Hochbeeet her.

Emilia sah zu Lars. »Was willst du denn anpflanzen? Du hast hier den ganzen Tag Sonne, oder?«

Lars nickte. »Zum Glück. Für das hinten an der Hecke und das unter der Kastanie müssen wir uns was anderes überlegen.«

»Wir könnten Blattgemüse anbauen. Die Sonnenstunden dürften dafür ausreichen.« Emilia legte den Kopf schräg. »Was meinst du?«

»Gute Idee.« Er wandte sich an die Kinder. »Wer von euch kennt Spinat?«

Polly verzog das Gesicht. »Mag ich nicht. Der sieht komisch aus. So wie …«

Ludwig versuchte, seiner Schwester den Mund zuzuhalten. »Papa hat gesagt, wir sollen nicht so was zu Essen sagen!«

Polly sah ihn beleidigt an. »Na und. Du isst den doch auch nicht.«

Emilia war klar, dass die beiden von Tiefkühlspinat mit Sahne sprachen und vermutlich noch nie frischen Blattspinat gesehen oder probiert hatten. Sie zeigte ihnen ein Bild auf dem Handy.

»Lars meint diesen Spinat. So sieht das Gemüse aus, bevor man es kocht. Dann schrumpft es, weil es Wasser verliert.«

Dilara hatte nur kurz und mit gelangweiltem Gesichtsausdruck auf das Bild gesehen, und auch die Zwillinge schienen wenig überzeugt.

Lars schien den Blick des kleinen Mädchens auch bemerkt zu haben. »Wisst ihr was, wir werden selbst welchen pflanzen und dann etwas Leckeres daraus kochen.«

»Kochen wir dann zusammen?« Ludwig sah ihn interessiert an.

»Klar! Aber erst mal müssen wir den Salat pflanzen, damit wir ihn ernten können.« Emilia lächelte in die Runde. »Und dafür brauchen wir Geduld, das dauert nämlich einige Wochen.«

Sie scheute vor dem Wort »Monate« zurück. Das war eine Zeitspanne, die sich vor Kindern nur zu leicht wie der Mount Everest auftürmen konnte.

»Bis es so weit ist, müssen wir uns um die Pflanzen kümmern.«

Dilara zeigte auf eine kleine Gießkanne, die neben dem Beet lag.

»Richtig, Dilara, wir müssen unseren Garten pflegen. Gießen, Unkraut und Gräser rauszupfen …«

Lars legte sanft seine Hand auf Emilias Arm. »Vor allen Dingen wollen wir zusammen Spaß haben!« Er steckte ihr eine Narzisse hinters Ohr.

»Jaaaaa!«

Sie fiel in das Lachen der Kinder ein und fühlte sich doch ertappt. Leichtigkeit war eine Sache, die ihr bei den meisten Dingen in ihrem Leben abging. Darum beneidete sie Lars.

»Emmie, der Tag ist zu schön für schwere Gedanken.« Er zeigte mit dem Kopf auf die Kisten mit vorgezogenen Salatköpfen in der Ecke, die Emilia erst jetzt bemerkte. »Der Salat ist schon ganz grün vor Ärger!«

Sie kicherte und folgte ihm durch den Garten.

»Bringt mir mal bitte die Salatpflanzen«, rief Lars über die Schulter. Er trat an das zweite Hochbeet und glättete die Oberfläche mit einem Handrechen.

Alle drei Kinder stürzten los und trugen den Karton vorsichtig zu ihm herüber.

»Jetzt müssen wir Rillen ziehen, seht ihr?« Er drehte den Rechen zur Seite und zog ihn in einer Linie durch die Erde im Beet.

»Ihr könnt es selbst ausprobieren. Dilara, willst du anfangen?«

Emilia sah sie aufmunternd an, und Lars übergab ihr sein Werkzeug. Sie hob das kleine Mädchen hoch. Gemeinsam entstand eine weitere Rille. Danach machten Polly und Ludwig weiter.

»Jetzt setzen wir die Jungpflanzen ein.« Lars nahm sich einen kleinen Salatkopf und grub den Ballen zur Hälfte ein.

»Wir haben hier Kopfsalat und Kohlrabi. Seht ihr? Bei diesen Pflanzen muss immer ein Stück des Ballens über der Erde liegen.«

Emilia nickte. »Dann können die Blätter im Wind wehen. Wenn wir den Salat zu tief pflanzen, bleiben die Köpfe locker.«

»Oder das Herz fault«, ergänzte Lars.

Polly warf einen ratlosen Blick zu Emilia. »Wieso hat Salat ein Herz?«

»Ich will kein Herz essen!« Ludwig rümpfte die Nase, und Dilara schüttelte energisch den Kopf.

Emilia und Lars grinsten.

»So nennt man das Innere eines Salates. Das sind ganz feine Blätter, die viel zarter sind als die äußeren. Das schmeckt richtig lecker. Ihr werdet das bald mal kosten.«

Die drei wirkten wenig überzeugt, aber zumindest blieben weitere Ekelbekundungen aus. Pflanze für Pflanze wanderte in die Erde, und zum Schluss wurde noch eine Reihe Spinat gesät. Emilia freute sich über das unbändige Interesse der Kinder. Alle drei hatten rote Wangen und gingen gewissenhaft vor.

Lars steckte einen Finger in die Gießkanne und machte ein zufriedenes Gesicht. »Das Wasser darf nicht zu kalt sein. Sonst bekommen die Setzlinge einen Kälteschock.« Emilia hob Dilara hoch, die versuchte, das Wasser gleichmäßig über den Pflanzen zu verteilen.

»Können wir nicht einfach auf Regen warten?« Polly sah in den Himmel, an dem ein paar graublaue Wolken aufgezogen waren.

»Nein, du kleiner Wetterfrosch«, antwortete Emilia. »Die Wurzeln und der Boden müssen sich sofort kennenlernen. Und dafür brauchen sie Wasser. Wenn wir uns auf den Regen verlassen, müssen wir wahrscheinlich zu lange warten.«

»Und dann?« Polly hing an Emilias Lippen.

»Dann verschwindet die ganze Feuchtigkeit aus den Wurzeln, und unsere Pflanzen vertrocknen. Dann gibt es keinen leckeren Salat oder Kohlrabi.«

»Oh!« Polly beobachtete Dilaras Gießkünste jetzt sehr genau. »Müssen wir jetzt jeden Tag gießen?«

Emilia war fasziniert von Pollys Engagement.

»Vermutlich nicht. Aber wir müssen die Erde jeden Tag kontrollieren.«

Ludwig klatschte in die Hände. »Das machen wir dann zusammen, Emmie, oder?«

Emilia sah zu den Kindern, die ihr fertiges Werk bewunderten. Die Sonne schien Blüten auf ihr Gesicht gelegt zu haben, und der feuchte Duft der Erde zog zu ihr herüber. Wie wäre es, wenn sich das Bild hier komplettiert hätte? Wenn sie die satt blühenden Beete in warmer Sommerluft gemeinsam genießen könnten? Sogar zusammen ernten und kochen könnten?

Sie konnte diese Pläne, diese Vorstellung einer Zukunft, so bescheiden sie auch sein mochte, nicht einfach aufgeben. Wenn schon das Herz einer Pflanze so zart und empfindlich war, wie schützenswert war erst das eines Kindes? Dilara kam auf sie zu, und Emilia ging in die Hocke. Das Mädchen drückte ihr einen schnellen Kuss auf die Wange. Eine Welle der Zuneigung durchströmte sie. Sie würde bleiben, jedenfalls noch für diesen einen Sommer, für diese Ernte und ihr aller Lachen.

18

In der vergangenen Woche hatte Emilia sich viel weniger allein gefühlt, und tatsächlich war ihr die Masterarbeit etwas leichter von der Hand gegangen als in den Monaten zuvor.

Inzwischen war es Freitagabend und das erste Mal seit langer Zeit, dass Emilia mit so etwas wie Zufriedenheit auf die vergangene Woche blickte. Die Abendsonne zeichnete bereits Schatten auf die Hauswände, und sie saß dick eingepackt neben Lars auf der Ruine einer Mauer, die in seinem Garten stand. Sie aßen Brote mit Schnittlauch und Butter.

Seit ihrer Pflanzaktion hatten sie sich bei der Kontrolle der Setzlinge abgewechselt. Gerade in der Anfangszeit bedurften die zarten Gewächse besonderer Aufmerksamkeit, damit sie nicht eingingen. Am meisten hatte Emilia sich darüber gefreut, dass Anette ihr eines Abends eine Nachricht geschickt hatte, in der sie sich für das schöne Frühlingsbeet bedankte, das sie nun von ihrem Arbeitszimmer aus bewundern konnte. Tags darauf hatte sie in ihrem Briefkasten einen Gutschein für den Gartenhandel gefunden und einen Schlüssel mit einem Zettel: »Wenn du noch Gartengeräte brauchst, schau doch mal in unseren Keller und besorg, was sonst noch fehlt.« Emilia war gerührt über die Unterstützung von Anette und Franz. Sie waren besonders engagiert, ihr bei der Umsetzung des Gartens zu helfen, weil sie früher selber einmal Gartenbesitzer gewesen waren.

»Weißt du, was ich als Kind unheimlich gern mochte?«, fragte Lars in die zufriedene Stille hinein.

Emilia zog die Augenbrauen hoch. »Nee.«

»Grünen Salat mit Zitronen-Zucker-Dressing. Hm. Das war das Beste.« Er fuhr sich über die Lippen.

»Den hat meine Mutter auch immer gemacht. Ich glaube, das war nur Zuckerwasser.«

Beide lachten.

»Immerhin haben wir aber auch Vitamine dazugepackt.« Lars grinste. »Mein Opa hat ihn mir oft gemacht. Und Tomatenbrote.«

»Wurdest du in Berlin geboren?«

Lars stand von der Mauer auf. »Ich bin ein Berliner. Eine echte Seltenheit.«

»Ich bin Oldenburgerin. Die sind noch viel seltener.«

Er kniff sie in die Seite. »Haha.«

»Hast du auch studiert?«

Lars schüttelte den Kopf und setzte sich wieder neben sie.

»Das wäre mit meinen Noten nie was geworden. Schule und ich, das war nie eine Liebesgeschichte. Ich habe viel von anderen Menschen gelernt, außerhalb des Bildungssystems. Von meinem Opa zum Beispiel. Er hat mir eine Menge darüber beigebracht, wie man Gemüse anpflanzt und sinnvoll verarbeitet. Ohne ihn«, er schnippte den Kronkorken seiner Bierflasche von der Mauer, »ohne ihn wäre ich wahrscheinlich untergegangen.«

Sie sah ihn fragend an.

»Ich fühle mich manchmal wie ein wandelndes Klischee.«

Auf seiner Stirn zeichnete sich jetzt eine tiefe Falte zwischen den Augen ab. Er sieht älter aus als dreißig, dachte Emilia.

»Meine Mutter hat immer nur getrunken. Und geraucht. Ich habe nicht viele Erinnerungen, es sind nur dünne Fetzen, die immer mal wieder hochkommen. Wie sie daliegt, auf der abgewetzten Couch, in ihrem gelben Bademantel, mit strähnigen Haaren. Neben ihr irgendeine halb leere Flasche. Korn oder irgendwas anderes Hochprozentiges. Und dieser beißende Geruch von Rauch und Schweiß.«

Emilia erschrak. Das hatte sie am wenigsten erwartet. Er wirkte so besonnen. Ich und mein Schubladendenken, dachte sie.

»In einer anderen Erinnerung knurrt mein Magen, und alles, was ich finde, sind eine halb leere Packung Cracker und ein paar Schokolinsen. Ich flehe sie an, mir etwas zu kochen, aber sie wirft mit einer Plastikflasche nach mir. Ich werde nie ihren Gesichtsausdruck vergessen.«

Lars seufzte auf.

»Mein Opa hat das Jugendamt informiert. Danach bin ich im Kinderheim aufgewachsen. In der Pinguingruppe.« Er zwinkerte. »Das hört sich netter an, als es war.«

Emilia fand nicht viel Tröstliches in seiner Geschichte. Ihre Eltern waren zwar oft eingespannt gewesen mit der Hofarbeit, doch sie liebten sie. Von ihrer Oma ganz zu schweigen.

Lars sah sie an, und sie nickte mit einem warmen Lächeln.

»Ich habe sie trotzdem vermisst. Sie war meine Mutter, und davon gibt es nur eine.«

»Und dein Vater?«

»Pfff.« Er ließ die Luft langsam und laut aus seinem Mund entweichen. »Das war wohl eine Kneipenbekanntschaft. Er starb, als ich zwei war. Ich habe fast keine Informationen. Will ich auch nicht.« Er trat mit der Hacke gegen die Mauer.

Emilia konnte seine Wut spüren. »Glaubst du, deine Mutter hat ihm überhaupt erzählt, dass sie schwanger ist?«

»Nichts gegen meine Mum, aber heute würde ich denken, dass sie selbst nicht wusste, wer der Erzeuger war, und einfach geraten hat.«

»Das ist wirklich hart, Lars.«

»Stimmt.« Seine Hand umklammerte die Kette mit dem Silberring, die um seinen Hals hing. »Das Gute in meinem Leben war mein Opa. Am Wochenende durfte ich immer bei ihm sein, in seinem Schrebergarten. Da war meine Welt in Ordnung. Jede Woche habe ich mir gesagt: Wenn ich es bis Freitag schaffe, dann ist alles wieder gut. Die Wochenenden waren wie ein Tank für mich, in dem sich meine Batterien wieder aufgeladen haben. Leider ist er zu früh gestorben.«

Emilia war berührt von Lars' Offenheit. Sie kannten sich erst seit Kurzem, und er ließ sie so tief in seine Seele blicken.

»Ist das der Ring deines Großvaters?«

Lars schüttelte langsam den Kopf. »Nein, er gehörte meiner Mutter. Von ihr ist mir am wenigsten geblieben. Das Erbe meines Großvaters ist das, was ich heute bin: ein Gärtner.«

Lars nahm einen Schluck aus seiner Flasche, dachte einen Moment lang nach. Dann sah er Emilia aufmerksam von der Seite an. »Ich habe auch noch eine andere Idee für die Zukunft. Ich will irgendwann meine eigene Kantine aufbauen. Die ›Kantine für alle‹. So mit eigenem Gemüse und Obst.«

»Wow.« Emilia war beeindruckt. »Du hast ja große Pläne.«

Er holte tief Luft. »Mal sehen, was draus wird. Unser Grundstück ist vermutlich zu klein, um genug anpflanzen zu können.«

»Und die Leute müssen dann beim Gärtnern helfen, oder wie?« Emilia fand Lars' Idee interessant, aber es fehlte ihr der Glauben, dass sich die Gäste wirklich an der Gartenarbeit beteiligen würden, um ein kostenfreies Mittagessen zu bekommen.

Lars zuckte mit den Schultern. »Müssen ist so ein schreckliches Wort. Wenn sie Lust haben, wäre das ein Gewinn für uns alle. Wenn sie nicht wollen, bekommen sie trotzdem was zu essen.«

Er schien ihren skeptischen Blick zu bemerken.

»Es bringt doch auch nichts, wenn dann so ein Miesepeter zwischen den Beeten hängt.«

Emilia musste lachen. »Okay, das ist ein Argument.« Sie rutschte auf der Mauer hin und her. »Lars, kann ich dich was fragen?«

»Das hört sich aber förmlich an.« Er setzte sich mit einer übertriebenen Geste auf. »Was ist denn Ihr Anliegen, Frau Emilia?«

Sie räusperte sich und sah verlegen zur Seite.

»Also, wie bezahlst du das eigentlich alles? Ich meine, arbeitest du irgendwas, oder verdienst du einen Haufen Kohle mit deinem YouTube-Channel?«

Lars entspannte sich sichtlich und machte sich eine zweite Flasche Bier auf.

»Willst du auch noch eins?«

Emilia schüttelte den Kopf und steckte sich stattdessen ein Kaugummi in den Mund.

»Ich könnte sehr viel mehr mit dem Kanal verdienen, wenn ich mehr Werbung für Unternehmen machen würde. Zum Beispiel fancy Plastikkannen oder überteuerten Dünger in meinen Videos platzieren.« Er steckte sich ansatzweise den Zeigefinger in den Rachen. »Nee, danke. Echt nicht. Noch mehr Plastik und Kapitalismus braucht kein Mensch.«

Emilia stimmte ihm innerlich zu. Rechnungen musste man aber trotzdem bezahlen.

»Es reicht, um die monatlichen Kosten zu decken, das geht schon.« Er machte eine Pause. »Weißt du, dass ich ein Buch geschrieben habe?«

Emilia sah ihn verdutzt an. »Du?« Heimlich musste sie lachen. Natürlich hatte Anne ihr längst den Link geschickt.

Lars warf den Kopf nach hinten.

»Ha! Das hättest du nicht gedacht, oder?« Er lachte.

Er hatte recht, sie war wirklich erstaunt gewesen über Annes Fund.

»Das ist ja irre! Hast du ein Exemplar hier?«

Lars' Gesichtsausdruck bewegte sich jetzt zwischen Freude und Verlegenheit. »Ja, irgendwo in meinem Zimmer bestimmt. Ich bringe es demnächst mal mit.« Er trommelte gegen die Glasflasche. »Du kriegst auch eine Widmung, wenn du magst.«

Sie nickte. »Gern, also ich meine, danke! Kann man denn viel Geld verdienen mit einem Buch? Ich habe keine Ahnung.«

»Oh, wenn viele dein Buch kaufen, dann lohnt es sich schon. Viele Käufer, viele Taler auf dem Konto. Wobei mir das Lesen noch wichtiger wäre. Es geht um sinnvolles Bepflanzen von Balkonen und Gärten. Du weißt schon: Kampf den Geranien und den Schottergärten.«

Emilia musste an ihre Mutter denken, die Geranien über alles liebte. Das konnte sie auch gut verstehen, für Hummeln und Bienen war die Pflanze allerdings kein Gewinn. Die dicht gefüllten Blüten boten einfach keine Nahrung. Jedenfalls bei den meisten Sorten. Ein Magnet für die Insekten waren sie auf jeden Fall mit ihren leuchtenden, großen Blättern. Irgendwann hatte sie ihre Mutter davon überzeugen können, die Pflanzkästen mit Lavendel und Lilien zu mischen. Hier bot sich für die Tiere ein gut gedeckter Essenstisch.

Emilia kicherte. »Schotter in Vorgärten macht mir auch eine Gänsehaut. Genauso wie Gemüse, das in Tierform geschnitzt wird. Ich sag's dir, wenn mich in diesem Leben noch einmal eine Gurkenschlange ansieht, dann werde ich wahnsinnig und beiße ihr den Kopf ab. Oder Karotten, die aussehen wie Rosen. Und hast du schon mal Mäuse gegessen, die aus Radieschen hergestellt wurden? Mit Rosinenaugen? Warum, warum nur?«

Lars hatte während ihrer Ausführungen angefangen zu lachen, und sie bemerkte Tränen in seinen Augen. »Emmie, ich habe keine Ahnung, wo du dich in deiner Kindheit rumgetrieben hast, aber ich freu mich für dich, dass es vorbei ist.« Er prustete wieder los, und sie stimmte mit ein. So albern und ausgelassen war sie schon lange nicht mehr gewesen.

»Als Kind hat mich das fasziniert, und vor allem habe ich das Gemüse dann auch gegessen. Trotzdem ist es fragwürdig.« Sie gluckste.

»Ich freue mich echt drauf, dass wir den Kids mal was anderes präsentieren können außer Tiefkühlkram.« Dann sah er Emilia erwartungsvoll von der Seite an.

»Was ist?«

»Nichts, ich dachte nur …«

Emilia hob fragend die Augenbrauen. »Klingt doch alles super, mit der Kantine kannst du bestimmt mehr Kinder erreichen als nur ›meine‹ drei.« Sie malte Gänsefüßchen in die Luft und grinste.

»Na ja … mir fehlt der Platz auf dem Grundstück. Ich brauche ja auch Tische und so weiter, und die Fläche fehlt mir dann für die Hochbeete. Mit dem, was ich habe, bekomme ich vielleicht mal die Hausgemeinschaft satt, aber nie im Leben täglich und für Fremde.« Erneut sah er sie erwartungsvoll an. »Da muss ich mir was einfallen lassen.«

Emilia verstand. Sie dachte an ihren Hofgarten. Was, wenn sie ihn für Lars und seine Gäste öffnete? Sie zögerte. Das wäre vermutlich sehr kompliziert mit allen Mietern, auch wenn sich bislang noch niemand über ihre Gartenaktivitäten beschwert hatte. Bislang interessierte sich die Hausgemeinschaft auch nicht so richtig dafür. Natürlich, Hannes, Maja und Frau Tekin waren froh und dankbar, dass sie Zeit mit den Kindern verbrachte und sie ausgelassen spielten. Und Anette und Franz freuten sich über das Leben im Hof. Das war aber auch schon alles, und Emilia war ihnen nicht böse. Einen Nutzen oder sogar Entspannung sah keiner der Nachbarn in der Gartenarbeit.

Der Hof war in erster Linie ihre kleine Oase, ein Zufluchtsort und auch ein Ankerpunkt ihrer Kindheitserinnerungen. Emilia dachte, dass es weitaus schlimmere Verdrängungsmechanismen gab. Aber was hieß schon verdrängen?

Sie fasste sich ein Herz. Im Moment ließen sich keine Antworten auf ihre Fragen finden, und da das Leben bekanntlich weiterging, musste sie sowieso *irgendetwas* unternehmen. Die »Kantine für alle« würde ihr die Hausgemeinschaft sicher übel nehmen, aber wer würde schon etwas dagegen haben, noch ein paar mehr Hochbeete anzulegen?

»Deine Idee klingt echt spannend. Uns fällt schon was ein.«

Lars gähnte laut auf. »Mal sehen. Aber jetzt gehe ich erst mal schlafen, Emmie.«

Er hatte das »uns« in ihrem letzten Satz genauso hingenommen wie sie sein »wir«, als er davon sprach, den Kindern das Gärtnern beizubringen. Ein Wir, der kleinste Freundeskreis der Welt, dachte sie, demnächst vielleicht sogar mit einem gemeinsamen Projekt.

In diesem Moment kam Josie in den Garten, vor der Brust hatte sie sich ihr Baby in einem bunten Tuch umgebunden. »Oh, hey!« Sie lachte und winkte Emilia fröhlich zu. »Emilia, richtig?«

»Du kannst mich Emmie nennen.« Sie rutschte von der Mauer und ging auf Josie zu. »Darf ich mal dein Baby ansehen?«

»Gern. Ich würde ihn dir auch vorstellen, wenn er dann nicht gleich wieder Krawall machen würde. Er ist ein kleiner Rabauke.« Sie lächelte ihr Kind voller Liebe an. Emilia streichelte sanft über die zarte, rosige Wange. Kinder waren für sie das größte Ja zum Leben, das man sich geben konnte.

»Lars, ich frage mich, ob du mich heute Abend noch besuchen willst. Dann würde ich diesen kleinen Süßling hier zu Maria bringen. Ich koche auch.« Sie zwinkerte ihm zu, in der Abendsonne sah sie wunderschön aus. Ihre langen Haare glänzten kastanienbraun, und ihre Lippen schimmerten in einem Burgunderrot. Lars war ebenfalls von der Mauer gesprungen. Er legte einen Arm um Josies Schulter und sah sie bewundernd an. »Dann sorge ich für den Nachtisch.« Beide grinsten.

Emilia fühlte sich plötzlich fehl am Platz, die vertraute Stimmung zwischen Lars und ihr war vergangen. Die beiden mochten kein Paar sein, aber es gab definitiv eine intensive Verbindung zwischen ihnen.

»Ich geh dann mal rüber«, sagte sie. »Odin muss auch noch mal raus, und Vera …«

Lars nickte und hielt Josie dabei weiterhin im Arm.

»Willst du mir morgen mal die Pläne für deinen Garten zeigen, Emmie?«

»Klar, schreib mir einfach eine Nachricht, dann komme ich runter.«

Sie warf den beiden einen Blick zu. Lars küsste seine Mitbewohnerin gerade auf die Stirn, und Emilia hatte nicht das Gefühl, das die beiden noch etwas von der Außenwelt, geschweige denn von ihr, mitbekamen.

Lautlos drehte sie sich um und dachte an einen Satz, den ihre Oma häufig gebraucht hatte: Zum Mitleiden gibt die Natur vielen ein Talent, zum Mitfreuen nur wenigen.

19

Emilia hatte sich auf eine umgedrehte Getränkekiste gehockt und sah in den Hof. Es war ein sonniger Dienstagnachmittag im Mai, und sie hatte den Vormittag mit dem Putzen von Küche und Bad verbracht. Sowenig sie sich mit ihrem Zimmer in Veras Wohnung als Zuhause identifizieren konnte, umso mehr begriff sie den Garten als eine Heimat. Alles war schon viel gemütlicher geworden. Es gab jetzt ein kleines Häuschen für die Gartengeräte, und unter der Platane stand ein schmiedeeiserner Tisch mit der passenden Bank. Daneben hatten sie einen weißen, kleinen Pavillon aufgebaut, in dem ein Liegestuhl und ein ausrangierter einfacher Holztisch Platz gefunden hatten. Odin trank lautstark aus seinem Keramiknapf und kuschelte sich dann wieder in sein Körbchen. Zeynep Tekin hatte es für ihn hergerichtet, auch weil Dilara immer so glücklich und ausgelassen mit ihm im Garten tollte. Jetzt legte er zufrieden seine Schnauze auf dem weichen Rand ab und blinzelte in die Sonne. Mit den Kindern hatte Emilia vor Kurzem weitere Blumenbeete angepflanzt und zwischen den Beeten kleine Wege aus ausrollbaren Holzplanken angelegt. Alles nahm langsam Formen an. Außerdem hing jetzt eine bunte Lichterkette am Pavillon. Zum Glück waren die Eisheiligen vorbei, und sie konnte auch endlich die empfindlichen Pflanzen, die sie auf der Fensterbank vorgezogen hatte, raussetzen.

Sie betrachtete das dichte Nest von Glockenblumen, die sie in der Nähe der Hauswand eingepflanzt hatte. Die dunkelgrünen, schmalen Stängel reckten sich in die Höhe, es würde nicht mehr lange dauern, bis sie ihre wasserblauen Blüten öffnen würden. Es ging sommerwärts. Die Glockenblumen waren zart, mit pfirsichblättrigen Blüten, die aussahen, als ob man sie aus feinem Porzellan geformt hätte. Man könnte denken, dass sie über dem Gras schwebten, dachte Emilia. Die Stauden würden hier noch in Jahrzehnten gedeihen, solange sie niemand entfernte. Sie waren pflegeleicht und mit vielem zufrieden. Sonne, Halbschatten, sogar mit leichten Sandböden kam sie zurecht. Nur Staunässe war problematisch, dann würden die zarten Gewächse ertrinken.

Sie seufzte. So wie sie in ihren Tränen. Ein Zuviel war für nichts und niemanden eine gute Idee. Die Pflanze war dankbar, kam mit wenig aus, und dennoch wuchs sie zu voller Schönheit. Lag es daran, dass sie nicht den Mangel spürte, sondern die Fülle der wärmenden Sonnenstrahlen, den kühlenden Schatten und die stützenden Gräser um sich herum?

»Emmie!«

Die Zwillinge kamen mit Dilara im Schlepptau in den Garten gestürmt, alle zusammen fielen sie ihr um den Hals. Emilia kippte rücklings von der Kiste, und das alarmierte auch Odin. Freudig bellend lief er um sie herum. Wie ein riesiges Knäuel lagen sie auf dem Boden, und sie musste lachen, bis ihr die Tränen kamen. Langsam lösten sich die Kinder von ihr, und Odin schlappte ihr über die Wange.

»Hast du geheult?« Ludwig beugte sich über ihr Gesicht und musterte sie. Immer wieder war sie fasziniert davon, wie aufmerksam er seine Umwelt wahrnahm. Sie nickte und lächelte dabei.

»Ja, stimmt, ich habe geweint, Ludwig.«

Er runzelte die Stirn. »Warst du traurig?«

»Nö.« Sie kam wieder in die Hocke und schlug sich den Dreck von den Hosenbeinen. »Ich musste einfach so lachen. Und da kann es mal passieren, dass da ein paar Tränen mit rauskommen.« Scherzhaft fasste sie ihm an die Nase.

Ludwig schien beruhigt zu sein, wand sich los und tippte Dilara auf die Schulter.

»Komm, wir holen uns die Gießkannen.«

Er zeigte auf eine alte grüne Plastikkanne und eine sehr viel Kleinere aus angelaufenem Zink. Dilaras Mutter hatte sie vor Kurzem in den Garten gebracht, damit ihre Tochter auch mithelfen konnte. Die gluckste freudig, und auch Polly lief hinter den beiden her.

»Hat hier jemand Kuchen bestellt?«

Emilia drehte sich überrascht um und sah in das wie immer etwas besorgt wirkende Gesicht von Zeynep Tekin. Dilara bemerkte ihre Mutter nicht. Sie war voll und ganz damit beschäftigt, die Feuerlilien zu gießen, und stand mit eingeklemmter Zunge vor dem Beet. Frau Tekin stellte den Teller mit Marmorkuchenstücken auf den Tisch im Pavillon.

»Oh, danke, Frau Tekin!« Emilia freute sich noch mehr über ihr plötzliches Auftauchen als über den Kuchen. »Dilara ist gerade schwer beschäftigt.« Sie nickte in ihre Richtung.

»Ich erkenne sie wirklich kaum wieder in der letzten Zeit. Es ist so, als ob sie sich viel mehr zutraut.« Zeynep Tekin beobachtete ihre Tochter nachdenklich und schüttelte langsam den Kopf. »Und auch die Zwillinge. Sie sind so lieb zu ihr, obwohl sie um einiges älter sind. Apropos älter: Wollen wir uns nicht duzen? Ich bin Zeynep.« Sie streckte Emilia die Hand entgegen, und sie schlug ein.

»Schöner Name. Bei uns in Oldenburg haben wir übrigens auch immer alle zusammen gespielt. Ältere mit Jüngeren.« In Emilias Kopf blitzten Erinnerungsfetzen von Max auf, die sie versuchte, mit dem nächsten Wimpernschlag zu verscheuchen. »Das brachte einerseits mehr Sicherheit und andererseits mehr Gefahren mit sich.« Sie grinste schief.

»Allerdings.« Zeynep nickte. »Aber Berlin ist eben eine Großstadt und kein Bullerbü. Hier ticken die Uhren anders. Kein Kind sollte hier einfach so durch die Straßen turnen.« Ihre Sätze klangen scharf, und Emilia war sich nicht sicher, ob der Tonfall beabsichtigt war.

Sie strich sich über die Stirn. »Ja, das stimmt natürlich. Ich meinte nur hier, im Garten oder wie auch immer wir das hier nennen wollen, das ist doch ein geschützter Ort.« Sie hatte keine Ahnung, was es wirklich bedeutete, Mutter zu sein und diese Sorgen zu tragen. Ihre Worte sollten nicht gleichgültig oder naiv klingen.

Zeynep hatte sich auf die Bank gesetzt und brach kleine, krümelige Brocken von einem Kuchenstück ab. »Versteh mich nicht falsch, Emilia. Ich bin dir sehr dankbar dafür, dass du so viel Zeit mit Dilara verbringst, und für deine Offenheit. Die meisten reagieren zurückhaltend, wenn sie bemerken, dass sie nicht so funktioniert wie sie selbst. Funktionieren, das Wort habe ich so oft gehört im Zusammenhang mit ihr. Vom Arzt während der Schwangerschaft, von Fremden auf dem Spielplatz und von ihrem Vater. Aber …« Sie begann, heftig zu husten. Ein Krümel des Kuchens musste in der Luftröhre gelandet sein. Emilia schlug ihr sanft auf den Rücken.

»Brauchst du Wasser?«

Sie schüttelte den Kopf. »Danke, nein, es geht schon wieder. Was ich sagen wollte, war, dass Dilara keine Maschine ist. Sie ist weder kaputt, noch funktioniert sie. Meine Tochter lebt.«

Emilia schluckte schwer. Die Worte ihrer Nachbarin berührten sie. In den letzten fünf Jahren musste sie eine Menge durchgemacht haben. In ihren Augen spiegelte sich Müdigkeit, und ihre Mundwinkel umspielte ein wütender Zug, so als ob sie jederzeit zur Verteidigung bereit war. Oder zum Angriff, dachte Emilia. Eine echte Löwenmutter.

»Aber ich will mich nicht in den Vordergrund rücken damit. Dilara ist die wirkliche Kämpferin. Da wird noch einiges auf sie zukommen in dieser rücksichtslosen Welt.«

Dilara hatte ihre Mutter inzwischen entdeckt und rannte fröhlich zu ihr. Ihre kleinen Ärmchen schlangen sich um ihren Hals.

»Achtung, Dilara, der Kuchen!« Sie hielt das Stück jetzt in der einen Hand und versuchte, ihre Tochter mit dem anderen Arm auf ihren Schoß zu bugsieren.

»Hey!« Lars kam vom Nachbargrundstück herübergeschlendert und hielt sich die Handfläche als Sonnenschutz über die Augen. »Gibt's hier eine Party, oder was?«

Emilia nickte ihm zurückhaltend zu. Einerseits freute sie sich auf seine Gesellschaft, andererseits hatten sie einander in der letzten Zeit nicht oft gesehen, und sie hatte das Gefühl, dass er ein bisschen auf Distanz gegangen war. Vielleicht hatte er auch einfach viel Zeit mit Josie verbracht. Ein leises Grummeln machte sich in ihr breit. Er hätte sich zwischendurch ruhig mal bei mir melden können, dachte sie, schließlich haben wir gemeinsame Pläne. Wie stellt er sich das alles vor? Das Ganze ist mit einem Haufen Arbeit verbunden!

Die »Kantine für alle« stand in den Startlöchern, und damit auch die Zusammenlegung der Gärten. Nur würden sie dafür noch das Einverständnis der Nachbarn aus Hausnummer 23 brauchen. Der Gemeinschaftsgarten würde ein großer Gewinn für sie alle sein, besonders für die Kinder, da war sich Emilia ganz sicher. Der Aufbruch in eine neue Gemeinschaft bedeutete aber auch ein Risiko.

Neugierig kamen die Zwillinge vom Beet zurück.

»Können wir jetzt die Steine anmalen, Emmie? Bitte!« Polly zog an ihrem Arm, und auch die anderen beiden sahen sie erwartungsvoll an. Emilia schaute zu Lars und zuckte mit den Schultern. Er grinste.

»Dafür müsst ihr erst mal Steine sammeln. Schaut euch hier im Garten nach den schönsten um. Vielleicht nicht zu klein, sondern so mittelgroß. Und dann holen wir die Farbe, okay?«

»Jaaa!« Die Kinder gingen los, die Augen auf den Boden gerichtet.

Zeynep stand auf. »Ich muss eben noch mal einkaufen. Wäre das in Ordnung für dich, Emilia?«

»Klar, geh ruhig. Wir wollen ja eh Steine verschönern«, antwortete Lars an Emilias Stelle und streckte der Nachbarin die Hand entgegen. »Ich bin Lars Fink. Und wohne in der Prachthütte links neben Ihnen.«

Zeynep sah ihn etwas irritiert an, doch sein Lächeln schien sie zu überzeugen. Sie erwiderte seinen Händedruck.

»Oh, ja, wie … äh … nett.« Verlegen nestelte sie an ihrer Handtasche. »Ich sage nur noch Dilara Bescheid.« Sie eilte zu ihr und verschwand dann Richtung Vorderhaus.

»Hast du sie noch nicht kennengelernt?« Emilia war ein wenig verwundert über die förmliche Vorstellung.

»Nein. Wie denn auch? Bisher war kaum jemand hier draußen. Ich habe sie ein paar Mal auf der Straße gesehen, aber das war's. Richtig schade.«

»Schau mal, Emmie! Reichen die?«, unterbrach Polly das Gespräch. Sie hatte ihre Hände zu einem Trichter gefaltet, um eine beachtliche Anzahl Steine zu transportieren. Vorsichtig balancierte sie über die unebenen Wegplatten.

»Ja, das sind genug. Da hast du heute eine Menge zu bemalen.« Emilia sah sie aufmunternd an.

Das Mädchen legte die Steine auf dem Boden ab.

»Machst du auch mit, Lars? Bitte!«

Lars sah zu Emilia. »Hm. Eigentlich wollte ich mit Emilia über den Garten sprechen.«

Polly rieb einen Stein an ihrem T-Shirt sauber. »Die soll ja auch mitmachen. Aber du brauchst eigene Steine.« Sie sah zu ihm hoch und sandte ihm einen warnenden Blick zu. »Die gehören mir. Und wenn du sie mir wegnimmst, dann ist das strafbar.« Auf den

Mund gefallen ist sie nicht gerade, dachte Emilia amüsiert. Das hat sie bestimmt von ihrer Mama, und was hatte ihre Oma immer gesagt? Kinder haben große Ohren.

Ludwig, der gerade noch Steine mit Dilara getauscht hatte, schaltete sich von hinten ein. »Stimmt gar nicht, Polly. Mama sagt immer, Teilen ist besser als Streiten.«

Polly funkelte ihn beleidigt an und widmete sich wieder ihren Steinen.

»Eine kluge Mama. Würdest du mir einen abgeben? Sagen wir, wenn ich dir *das* dafür gebe?« Lars kramte in den Taschen seiner Shorts und hielt ihr seine geschlossene Faust entgegen.

Polly blieb misstrauisch, aber ihre Augen weiteten sich neugierig. Lars öffnete die Faust, und zum Vorschein kam ein kleines rundes Etwas, das in ein Papiertütchen eingewickelt war. Es schimmerte dunkelbraun.

»Und was soll das sein?« Polly war jetzt aufgestanden und schielte weiterhin auf die Papiertüte.

Lars versuchte, ein geheimnisvolles Gesicht zu machen. »Das ist eine Saatbombe. Damit kannst du …«

»Bombe, Bombe, Bombe!« Ludwig begann zu hüpfen, und Dilara machte mit. Odin, der bis zu diesem Zeitpunkt in seinem Körbchen gelegen hatte, begann zu bellen und lief aufgeregt um die Kinder herum.

»Es ist nicht *so* eine Bombe. Sondern eine, die Blumen blühen lässt. Ihr könnt sie einfach einbuddeln. Auf dem Balkon oder hier im Garten. Und auch mitten in der Stadt. Überall dort, wo ihr Erde findet. Ist das nicht cool?«

Lars warf den Saatbeutel Polly zu.

»Fang!«

Polly fischte ihn gerade noch aus der Luft, obwohl ihr Dilara fast zuvorgekommen wäre. Die verzog den Mund, als sie Pollys triumphierendes Gesicht bemerkte, und begann zu weinen. Emilia eilte zu ihr und nahm sie in den Arm, und auch Odin schleckte ihr über die Hand.

»Hey, du bekommst auch einen, Dilara. Lars hat bestimmt noch mehr.«

Sie sah zu ihm und hoffte, dass es nicht die einzige Saatbombe gewesen war. Genialer Plan bei drei Kindern, dachte Emilia.

»Du hast doch noch mehr, Lars?« Emilias Stimme wurde drängender, doch er wich ihrem Blick aus.

Er beugte sich zu ihnen herunter. »Wisst ihr was? Wir bauen einfach gemeinsam ein paar neue.«

Emilia warf ihm einen misstrauischen Blick zu, den er bemerkte. Er zwinkerte ihr zu.

»Das ist ganz einfach und geht sehr schnell. Ich hole nur eben das Zeug, das wir dafür brauchen.« Er drehte sich um und joggte Richtung Nachbarhaus.

»Bin gleich wieder da!«

Emilia nickte und beruhigte Dilara in Gebärdensprache. Das kleine Mädchen hörte auf zu weinen, und Ludwig brachte ihr einen besonders schön geformten Stein.

»Den schenk ich dir. Sei nicht mehr traurig.«

Sie nickte, und beide Kinder gingen zu Polly, die immer noch das Päckchen inspizierte. Als Lars in den Garten zurückkam, trug er einen Karton unter dem Arm. Er wirkt motiviert, dachte Emilia. Vielleicht gab es nicht so oft diese Momente für ihn, in denen er sein Wissen und sein Anliegen so direkt weitergeben konnte. YouTube war das eine, aber das direkte Umsetzen etwas ganz anderes. Jetzt hieß es erst mal Saatbomben zünden.

20

Hast du schon den Flyer ans Schwarze Brett gepinnt?« Lars, Emilia und die Nachbarskinder waren zusammen im Kiez unterwegs, und Odin trottete friedlich neben ihnen her. Lars hatte ihre Gruppe vor Kurzem »The Happy Tribe« getauft, die glückliche Bande. Emilia war nach wie vor nicht sicher, was sie von Lars' Art halten sollte. An einem Tag erzählte er ihr seine halbe Lebensgeschichte, und dann ging er tagelang auf Tauchstation. So richtig wurde sie nicht schlau aus ihm. Die Kinder liebten ihn allerdings.

Dilara saß zufrieden im Handwagen und gebärdete in Pollys Richtung, sie schneller zu ziehen. Die Zwillinge waren nur dazu bereit gewesen, nachdem Emilia ihnen versprochen hatte, dass jeder einmal an die Reihe kommen würde. Und zu Emilias Leidwesen hatte Shenmi keine Zeit gehabt, sie zu begleiten. Irgendein Musikunterricht war wohl wichtiger gewesen als freie Zeit an der frischen Luft. Polly warf Dilara einen genervten Blick zu, bevor sie doch das Tempo beschleunigte. Die Kleine gluckste vergnügt.

»Ja, ich habe ihn im Hausflur aufgehängt. Anette und Maja habe ich ihn persönlich in die Hand gedrückt. Die kommen eh. Zeynep sicher auch.«

Lars hatte Emilia vor ein paar Tagen vorgeschlagen, ein Essen für die Bewohner des Paul-Lincke-Ufers 23 zu kochen, damit sie ihn besser kennenlernen konnten und um sein Projekt des Gemeinschaftsgartens für die »Kantine für alle« vorzustellen. Emilia hatte die Idee sofort eingeleuchtet, sie befürchtete aber, dass ihre

Nachbarn Lars' spontane Art eher abschrecken könnte. Vera war schließlich nicht die Einzige, die Vorbehalte gegen die Bunten von nebenan, oder die Vandalen, wie sie sie nannte, hatte.

Die Bewohner des Paul-Lincke-Ufers 23 waren eher gutbürgerlich. Sie legten Wert auf ordentliche Teppichkanten im Treppenhaus und auf Briefkastenschilder in einheitlichem Design. Zwar hatten ein paar Familien in den vergangenen Monaten Vertrauen zu Emilia gefasst, und nicht zuletzt wegen der gemeinsamen Gartenarbeit hatte sich ein nettes Miteinander eingestellt, doch die Welten vom Paul-Lincke-Ufer 23 und 21 waren so unterschiedlich wie der Geschmack von Minze und Basilikum. Die Hülle mochte ähnlich sein, im Kern gab es jedoch einige Unterschiede.

Lars hatte sie allerdings ernst angesehen und ihr erklärt, dass man die Gemeinschaft nur zur Gemeinschaft erwachsen lassen könne, indem man sich kennenlernte. Das leuchtete ihr zwar nicht unbedingt ein, aber er war so enthusiastisch gewesen, dass sie nicht mehr dagegengeredet hatte.

Jetzt würde sie also so viele Nachbarn wie möglich für den Garten begeistern müssen.

»Was wollen wir an dem Abend eigentlich kochen oder anbieten?«, fragte Emilia, nahm Polly den Wagen ab und zog Dilara weiter die Straße hinunter.

»Willst du jetzt eine Excel-Liste erstellen? Eine Agenda für den Abend? Jetzt machen wir das, dann das, und jetzt darf gelacht werden?« Lars sah sie frech grinsend an. Trotz des spaßigen Untertons hörte Emilia vor allem einen Vorwurf. Was dachte er eigentlich? Das sich alles von allein ergab? Die Blase, in der er sich bewegte, mochte so funktionieren, aber der Rest der Welt tickte immer noch anders. Das war ihre feste Überzeugung.

»Ich will dir doch einfach nur helfen.« Beleidigt drehte sie sich von ihm weg.

Er legte ihr versöhnlich die Hand auf die Schulter.

»Emmie, relax doch einfach mal ein bisschen. Ich bereite spontan etwas Gemüse und Kräuter vor, und du könntest das Olivenbrot backen, von dem du mir immer erzählst. Es muss ja nicht gerade ein Streetfoodfestival werden.«

Das Wort »spontan« hatte sie auf unangenehme Art gereizt, aber sie wollte sich nicht streiten und vor allen Dingen nicht verbissen rüberkommen.

»Also, übernimmst du das Backen und ich den Rest?«, setzte Lars nach. »Wollen wir das in eine Liste eintragen?«

»Du kannst ganz schön ätzend sein, weißt du das?« Emilia drückte ihm den Wagen in die Hand.

Lars zuckte mit den Schultern.

»Selber. Du bist die Königin des Planungsterrors.«

Darauf fiel Emilia nichts mehr ein. Sie kam zu dem Schluss, dass sie beide einfach sehr unterschiedlich waren, wenn es um grundsätzliche Dinge ging. Emilia beschloss, das so hinzunehmen. So lange kannten sie sich noch nicht, und vielleicht war es jetzt an der Zeit, Kompromisse zu finden. Es ging schließlich um eine größere Sache.

Die kleine Karawane stoppte an einem Bauzaun, an dem sich verschiedene Wildpflanzen aus dem löchrigen Asphalt gekämpft hatten.

»Hast du die Kreide, Emmie?« Lars sah sie zerknirscht an. »Ich habe gar nicht darauf geachtet, als wir vorhin los sind.«

Lars hatte sich vor Kurzem einer weiteren Bewegung angeschlossen, die aus Frankreich nach Deutschland herübergeschwappt war. Er hatte ihr von den Hashtags #mehralsunkraut und #krautschau erzählt. Es ging darum, Wildpflanzen in Städten zu benennen und mit Kreide ihren Namen dazuzuschreiben.

»Vielleicht hilft das, damit die Menschen die Pflanzen weniger als Unkraut wahrnehmen«, hatte er gesagt. »Es muss ja nicht sofort immer alles weg, nur weil man es nicht selbst gepflanzt hat, oder, Emmie?«

»Auf keinen Fall«, hatte sie entgegnet. »Das ist eine gute Aktion. Außerdem gibt es doch auch gar kein Unkraut. Für mich sind das grüne Nähte zwischen Beton.«

Emilia hatte in einem anderen Zusammenhang von diesen Aktionen gehört: In ihrem Studium sprachen sie über die sogenannte Biodiversitätskrise, die vor allem in Städten ausgebrochen war, einfach durch die Lebensweise der Menschen. In Berlin gab es zig unterschiedliche Pflanzenarten, doch den meisten Einwohnern war das kaum bewusst. Warum sollte man da etwas schützen, das man gar nicht kannte? Emilia hatte Lars' Vorhaben sofort unterstützt, und für die Kinder war es ein Riesenspaß.

Dilara kramte im Handwagen und hielt triumphierend eine große Packung Kreide in die Luft.

»Danke, Emmie.« Lars hob das Mädchen auf den Gehweg, und Emilia hockte sich vor eine grüne Pflanze.

»Franzosenkraut.«

Die anderen versammelten sich um sie.

»Woher weißt du das, Emilia?«

Ludwig strich über die elliptisch geformten Blätter, die am Rand grob gezähnt waren. Die Stängel waren abstehend behaart und die Blütenkörbe bereits gewachsen. Mit ausreichend Feuchtigkeit würde die Pflanze noch viel höher wachsen und blühen.

»Oh, dieses Kraut erkenne ich sofort. Meine Oma hat es mir früher erklärt, und falls ich mir nicht sicher bin, dann benutze ich einfach das.« Sie zog ein kleines Buch aus ihrem Rucksack. »Das ist ein Bestimmungsbuch. Hier stehen alle möglichen Pflanzen drin.«

Ludwig zeigte auf das Gewächs neben dem Kraut. »Und was ist das?«

Noch bevor Emilia antworten konnte, hielt Lars sein Handy darauf.

»Warte kurz.« Er fotografierte und scrollte auf dem Display. »Das ist zu siebenundsechzig Prozent eine Vogelmiere.«

»Sagt wer?« Emilia warf einen irritierten Blick auf sein Handy.

»Das ist Pl@ntNet. Eine App zur Bestimmung von Pflanzen. Sozusagen ein Pflanzenbestimmungsbuch 2.0.«

Emilia schnalzte mit der Zunge und grinste. »Das ist echt praktisch. Die werde ich mir auch mal installieren. Aber bist du dir wirklich sicher, dass es eine Vogelmiere ist? Es könnte auch Acker-Gauchheil sein.«

Lars betrachtete die Pflanze eingehend. »Ja, das wurde mir zu dem restlichen Prozentsatz vorgeschlagen.«

»Was ist denn der Unterschied?« Polly, die bis eben mit der Kreide einen kleinen Mauervorsprung angemalt hatte, kam zu ihnen.

»Wenn sie schon blühen würde, wäre es einfacher.« Lars rieb sich übers Kinn.

»Stimmt. Die Vogelmiere blüht weiß und der Gauchheil orange.« Emilia suchte in ihrem Buch nach einem weiteren Unterscheidungsmerkmal und wurde fündig.

»Ach, ja genau!« Sie schlug sich mit der Hand vor die Stirn. »Die Haarlinie.«

Lars sah sie wissend an und pflückte einen Stängel ab. Er hielt ihn gegen das Licht wie einen seltenen Diamanten. »Schau mal, Polly.«

Das Mädchen kam ganz nah an den Stängel heran.

»Siehst du die vielen kleinen Haare, die auf dieser Seite sind? Die ergeben eine Linie.«

Polly nahm die Pflanze in die Hand und drehte sie. »Hier sind aber keine.«

»Genau, Polly. Die Haarlinie gibt es nur auf einer Seite.«

»Cool.«

Ludwig wurde ungeduldig. »Ich will auch mal sehen. Immer darfst du als Erste.«

Zornig zog er ihr den Stängel aus der Hand, und er zerriss. So kannte Emilia den ansonsten so ausgeglichenen Jungen gar nicht. Polly stapfte wütend einige Schritte weg und hielt sich den Arm vor die Augen. Lars sah ihr nach.

»Du musst es ihr doch nicht gleich kaputt machen!« Aufgebracht sah er Ludwig an. »Am besten, wir packen wieder ein und gehen nach Hause zurück. Auf so ein Benehmen habe ich echt keinen Bock.«

Lars' heftige Reaktion irritierte Emilia viel mehr als die des kleinen Jungen. Dilara hatte sich mittlerweile an ihrem Arm festgeklammert und sah ängstlich zu ihr auf. Es roch nach Ärger. Emilia konnte seine Ungeduld nicht verstehen, denn er war ansonsten immer so entspannt. Emilia beschloss, ihn zu ignorieren, und nahm Polly in den Arm.

»Das war wirklich nicht nett von dir, Ludwig. Hier wächst doch noch viel mehr von der Vogelmiere.«

Er sah sie betrübt an.

»Es ist nicht möglich, immer der Erste zu sein, und das kann sich blöd anfühlen, okay, einverstanden. Aber in der Natur ist mehr als genug für uns alle da. Wir brauchen uns nichts wegzureißen und müssen nicht immer die Ersten sein. Versteht ihr das?« Diese Botschaft war ihr sehr wichtig, auch wenn die Kinder nicht alles davon in aller Tiefe begreifen würden. Dilara hatte die Unterlippe eingezogen und nickte. Polly wischte sich die Tränen aus den Augen.

Ludwig ging auf sie zu. »'tschuldigung.« Er streckte ihr die Hand hin.

Polly hielt die Arme vor der Brust verschränkt und musterte ihren Bruder noch immer mit saurer Miene. Endlich ließ sie sich erweichen und klatschte seine Hand ab.

»Wollen wir jetzt die Namen auf den Gehweg schreiben?« Emilia nahm ein Stück Kreide zur Hand. Für ihre Beschriftungsaktion spielte es keine allzu große Rolle, dass die Kreide nicht lange hielt. Die meisten Arten waren kurzlebig und würden nicht wieder an derselben Stelle sprießen. Außerdem würde es irgendwann regnen und die Kreidebezeichnungen verschwinden. Das passte sehr gut zusammen, dachte Emilia.

Sie sah zu Lars. Der tippte auf seinem Handy herum und tat so, als hätte er mit der ganzen Situation nichts zu tun.

»Lars, machst du auch mit?« Es kam ihr so vor, als spräche sie mit dem vierten Kind in der Runde, und das gefiel ihr ganz und gar nicht.

»Joa, wenn ihr fertig seid, klar.«

Sie musterte ihn von der Seite. Was war nur los mit ihm? Emilia beschloss, sich die gute Laune nicht verderben zu lassen, und begann, die Namen der Wildpflanzen zu schreiben.

21

Auf dem Rückweg hatten sich alle drei Kinder in den Wagen gequetscht. Als sie wieder in ihrer Straße angekommen waren, gähnte Polly unentwegt, und Dilara waren die Augen zugefallen. Die vielen neuen Eindrücke waren bestimmt spannend für sie, dachte Emilia. Vor der Haustür hob Lars einen nach dem anderen heraus.

»Kommst du noch rüber auf ein Getränk? Dann könnten wir auch über das Fest sprechen.«

Emilia überlegte. Sie glaubte ihm nicht, dass er sich mit ihr *darüber* unterhalten wollte, aber sie vermutete, dass er gern Gesellschaft hätte.

»Können wir machen. Ich komme so gegen sechs, okay?«

Er hielt einen Daumen hoch und verabschiedete sich.

Als Emilia die Tür zu Veras Wohnung öffnete, schlug ihr ein beißender Geruch entgegen. Instinktiv hielt sie den Atem an. Vera hatte sich offenbar den Blumenkohlauflauf von gestern aufgewärmt, und der penetrante Geruch erfüllte jedes Zimmer. Zum Glück ist die Tür zu meinem Raum immer geschlossen, schoss es ihr durch den Kopf.

Die Luft war zum Schneiden. Emilia wusste, dass ihre Vermieterin aus unerfindlichen Gründen nicht auf den Balkon ging, denn das hatte sie ihr bereits im Winter erklärt, aber dass sie so wenig lüftete, wuchs sich zu einem geruchsstarken Problem aus. Die Wohnung war zwar groß und verfügte über die klassischen hohen Stuckdecken eines Berliner Altbaus, aber bei einem Haushalt von zwei Personen und einem Hund jeglichen Luftaustausch zu verhindern grenzte an Wahnsinn, wie Emilia mit Grauen befand.

»O Gott, Fenster auf!«, kam es ganz automatisch aus ihrem Mund. Sie stürzte in die Küche, riss das Fenster auf und hielt ihren Kopf einen Moment lang nach draußen, um tief durchzuatmen. Dabei fing sich ihr Blick in dem bunten Blumenmeer unten im Hof, und augenblicklich konnte sie sich den intensiv duftenden, süßen Geruch von Maiglöckchen ins Gedächtnis rufen.

»Ein Duft, der das Eis des Winters und der Herzen bricht.« Das hatte ihre Oma ihr immer erzählt. Emilia schloss die Augen. Nicht aller Herzen.

Trotzdem sollte Vera mit nach draußen kommen und die Natur genießen. Die kurzen Runden mit Odin um den Häuserblock konnten kein Ersatz für ein wirkliches Auftanken im Grünen sein. Die Straße war laut, und auf einem Berliner Gehweg war man eine unter vielen.

Vera kam in die Küche gehumpelt und versuchte, sich eilig die widerspenstigen Locken glatt zu streichen. Ihre Augen wirkten, als sei sie gerade von ihrem Nachmittagsschlaf aufgewacht.

»Das Fenster muss geschlossen bleiben!« Ihre Stimme war mindestens genauso schneidend wie die Luft.

»Aber warum denn? Draußen ist herrliches Wetter!« Emilia lehnte noch immer auf der Fensterbank und war im Stillen dankbar für jede Sekunde, in der Luft von draußen hereinströmte. »Es riecht hier drinnen nach …« Noch während sie nach einem passenden Wort rang, das nicht zu beleidigend wirkte, drängelte sich die alte Dame an ihr vorbei und schloss überraschend kraftvoll das Fenster.

»Ich will keine Viecher in der Wohnung haben. Odin wird wahnsinnig, wenn Fliegen in seinem Umfeld sind, und schnappt andauernd nach ihnen. Das ist für keinen zum Aushalten.«

Jetzt wird es wieder ganz verrückt, dachte Emilia. Sie seufzte und versuchte, ruhig zu bleiben. Die Odin-Karte kam ihr mittlerweile wie der Joker aus dem Rommméspiel vor, das sie früher mit ihrer Oma gespielt hatte. Einen Joker hatte man sich durch nichts verdient, konnte ihn aber für alles einsetzen.

»Die Fliegen also.« Emilia rieb sich die Nase und freute sich, dass ihre Finger noch nach Granatapfelhandcreme dufteten. »Wir könnten Gitter anbringen. Ich kann welche aus der Drogerie mitbringen, die sind total günstig.«

Vera öffnete den Wasserhahn und befüllte sich ein orientalisch verziertes Glas.

»Ich diskutiere das jetzt nicht mit Ihnen. Die Fenster bleiben zu.« Ihr Gesichtsausdruck signalisierte keinerlei Bereitschaft, einen Kompromiss zu finden.

»Ich bin jahrelang so ausgekommen, also geht das auch diesen Sommer. Die alten Fenster sind sowieso nicht dicht. Da geht immer ein Luftzug.«

Hastig leerte sie das Glas und ließ es laut auf die Arbeitsfläche knallen. Das klang in Emilias Ohren wie ein unausgesprochenes Basta. Dieses Gespräch führte unweigerlich in eine Sackgasse, und darauf hatte sie keine Lust. Als sie bereits an der Küchentür war, sprach Vera sie an: »Und? Ist es amüsant mit diesen Chaoten von drüben?«

Emilia schloss kurz die Augen und ließ die Mundwinkel fallen. Heute wollte ihre Vermieterin es wirklich wissen. Obwohl, diese Bemerkung hatte sie schon viel früher erwartet. Natürlich hatte Vera mitbekommen, dass sie viel Zeit mit Lars verbrachte, und sie kannte deren Meinung zu den Nachbarn. Vandalen, so lautete noch das freundlichste Urteil, das sie jemals über sie gefällt hatte. Die Vorwürfe und Beschimpfungen prallten an Emilia ab. Ihr tat es leid um Vera, die sehr wahrscheinlich überrascht gewesen wäre, wie gastfreundlich und sympathisch die Menschen aus dem

Nebenhaus waren. Nicht mein Problem, erinnerte sie sich in Gedanken. Dennoch drehte sie sich um. Vera rümpfte künstlich die Nase.

»Ja, wir haben eine gute Zeit. Die Nachbarn, die Kinder und ich. Lars ist wirklich sehr nett und ein super Gärtner. Sie sollten ihn kennenlernen.«

Vera zog die Augenbraue hoch. »Im Leben nicht. Das sind Leute, die sich Zeiten zurückwünschen, die sie nie erlebt haben. Das sollte sogar Sie misstrauisch stimmen. Für so reaktionär hätte ich Sie nicht gehalten.« Die Professorin sah sie herausfordernd an.

»Was denn für Zeiten, Vera? Ich verstehe nicht, wovon Sie reden. Da drüben …«, sie zeigte mit dem Daumen Richtung Nachbarhaus, »da drüben wohnen offene Menschen in einer großen Gemeinschaft. Und demnächst wird es einen wundervollen Garten geben.« Emilia hatte sich warmgeredet und streckte den Rücken durch. »Haben Sie schon mal einen Blick aus dem Fenster geworfen, um die Blumenbeete zu sehen? Diese wundervollen Farben? Diese Wogen aus bunten, vollen Blütenköpfen? Sie können doch unmöglich *nicht* das Lachen der Kinder gehört haben!« Voller Unverständnis schüttelte Emilia den Kopf. »Aber ich will mich nicht schon wieder streiten, Vera. Also belassen wir es einfach dabei.«

Odin kam in die Küche gelaufen und wedelte mit dem Schwanz, als er Emilia erblickte. Sie kniete sich zu ihm.

Vera war überraschenderweise still geblieben. Auch gut, dachte Emilia grimmig. An manchen Tagen war ihre miesepetrige Art raumfüllend. In einer Wohnung ohne Luft war das doppelt so schwer auszuhalten.

»Ich werde jetzt noch Odin versorgen, und dann bin ich wieder weg.«

Vera steckte sich energisch die Haarkämme fester und brummelte etwas Unverständliches, bevor sie ihren Rückweg auf das Sofa antrat.

»Du siehst hart genervt aus.« Lars hatte es sich auf der Palettenbank im Garten bequem gemacht. Als er sie kommen sah, rutschte er zur Seite. Mit einem tiefen Seufzer ließ sie sich neben ihn fallen und schlug mit dem Hinterkopf etwas zu heftig gegen die Bretter.

»Aua!«

»Es ist wegen Captain Sunshine, oder?«

Lachend rieb sie sich den Hinterkopf. Lars war wirklich gut im Aufmuntern. »Vera ist einfach so negativ. Gegen jeden hat sie was, und hinter jedem Baum scheint der Feind zu lauern.« Emilia schüttelte missbilligend den Kopf. »Und ich weiß einfach nicht, wer dieser Feind ist.«

»Das Gefühl kommt mir bekannt vor.«

Lars starrte auf seine Füße. »Als Kind und vor allem als Jugendlicher hatte ich auch immer das Gefühl, mich gegen jeden und alles verteidigen zu müssen. Und so ganz weit hergeholt war das ja auch nicht.«

Emilia erinnerte sich an seine Schilderungen über das dramatische Zusammenleben mit seiner Mutter.

»Es hat sich so angefühlt, als ob alles in mir im Kampfmodus war. Ich traute niemandem und war immer dagegen. Vor allem gegen mich selbst.« Nachdenklich strich er sich über die Stirn.

»Das hört sich anstrengend an. Und traurig.« Emilia warf ihm einen verstohlenen Blick zu. Sie war einerseits gerührt über seine Schilderungen, andererseits freute sie sich über das Vertrauen, das er ihr schenkte. Das hatte nach den letzten Zeiten, in denen sie sich öfter in die Haare bekommen hatten, etwas Versöhnliches.

Lars stand auf, nahm eine gefüllte Gießkanne und goss das Kräuterbeet.

»Der Einzige, der mich nie aufgegeben hat, war mein Großvater.«

Emilia dachte an den Tod ihrer Oma, die ein stattliches Alter erreicht hatte. Schwer und unsagbar traurig war es trotzdem gewesen. Sie hatte tagelang nicht in den Bauerngarten gehen können, weil sie das Gefühl hatte, von ihrem Schmerz überwältigt zu werden.

»Dann gab es auch keine Wochenenden mehr im Schrebergarten. Der war schneller weg, als ich Halt sagen konnte, und das hätte ja auch keinen interessiert. Ich war ein Kind.« Er zuckte mit den Schultern. »Also ging es los mit der Karriere.«

Emilia hatte ihm aufmerksam zugehört. »Welche Karriere?«

Er grinste. »Na, die mit dem Gärtnern bestimmt nicht. Zu viel Langeweile, zu viel Großstadt, zu wenig Perspektive. Und zu viele Freunde …«, er betonte das Wort so, als ob er auf bitterem Beifuß kauen würde, »denen es genauso ging.« Er ließ etwas Wasser aus der Gießkanne über seine Hände laufen. »Zum Glück war ich nicht der Mutigste, sonst wäre die nächste Station JVA Tegel gewesen.« Lars schüttelte sich die restlichen Wassertropfen von den Händen. »Und dann traf ich Ralle.«

Emilia wollte ihn unterbrechen und fragen, wozu er nicht mutig genug gewesen war, doch die Worte flossen nur so aus ihm heraus.

»Abends hing ich oft in der Döner Galaxy bei Deniz ab. Ich drückte mich immer in der hintersten Ecke rum. Die hatten eine riesige Leuchtreklame in so einem fiesen Türkis, in der nur noch das D geleuchtet hat. Und das hing genau über mir. Deniz und ich haben es immer Neonmond genannt.« Er lachte bei der Erinnerung daran. »Der ging jeden Abend wieder für mich auf, und meine Welt war einen Döner lang in Ordnung. Eines Abends reparierte ich den alten Holztresen. Damit kannte ich mich aus. Ralle beobachtete mich und gab mir eine Chance in seiner Tischlerei. Die Ausbildung war nicht gerade die Erfüllung für mich, aber er hat an mich geglaubt. Das hat mich in eine andere Richtung geschubst.«

Emilia hatte sich auf der Bank ausgestreckt und stützte ihren Kopf in die Hand.

»Und jetzt bist du da, wo du sein willst?«

Er zuckte mit den Schultern. »Darüber denke ich nicht nach. Ich mache keine Pläne. Dazu habe ich keine Lust, und das stresst mich. Was weiß ich, was morgen ist oder was mir einfällt? Ich will frei sein.« Seine Worte passten nicht zu seinem Gesichtsausdruck. Emilia wollte ihn wieder unterbrechen, aber er nahm die Gießkanne und spritze in ihre Richtung. Sie quiekte und sprang auf. Ihre Fragen würde sie sich für ein anderes Mal aufheben.

»Wollen wir jetzt das Fest organisieren?«

Lars grinste sie an. »Du und deine To-do-Listen.« Er wuschelte ihr freundlich durch das Haar und ließ sich wieder neben sie auf die Bank sinken.

22

Ich hätte nie, nie darauf gewettet, dass meine Kinder Salat essen.« Mit immer noch ungläubigem Kopfschütteln sah Maja zu Ludwig und Polly, die Salat aus kleinen, bunten Keramikschüsseln aßen und zufrieden kauten.

Lars nickte. »Ach, weißt du, wenn man will, dass Kinder Salat essen, dann muss man sie Salat anpflanzen lassen.«

Emilia war sich nicht sicher, wie ihre Nachbarin diese Weisheit aufnehmen würde. Wer ließ sich schon gern belehren? Aber Maja lächelte nur. Die Faszination über das Essverhalten der Zwillinge schien zu überwiegen, und soweit Emilia es beobachtet hatte, kam Lars mit seiner humorvollen und lockeren Art heute Nachmittag überall gut an.

»Ich habe noch mehr vorbereitet, Leute.« Er zeigte auf die Biertischgarnitur, auf der er unterschiedliche Pflanzen und Kräuter in bunten Keramikschalen aufgebaut hatte. Er hatte sich seit Tagen auf diesen Nachmittag und die Verkostung gefreut.

Überraschenderweise hatten sich die meisten eingefunden: Hannes und Maja mit den Zwillingen, Zeynep mit der kleinen Dilara und Franz. Anette war oben in der Wohnung geblieben, aber ihr Mann hatte sie per Facetime auf dem Handy mitgenommen. Vera war natürlich nicht da, sondern fristete ihr Dasein weiterhin vor dem Fernseher. Anne hingegen war endlich von ihrem Indonesienurlaub zurück und unterhielt sich angeregt mit Josie. Shenmi und Dennis standen zusammen, und hinter ihnen versuchten Shenmis Eltern, unauffällig Herrn Wagner zu mustern. Der hatte sich neben Franz gestellt und betrieb Small Talk.

Lars' tiefe Stimme riss sie aus den Gedanken.

»Okay, wer will anfangen? Wer ist mutig und probiert diesen Lauch?«

Wie ein Verkäufer, der auf dem Markt Bananen anpreist, hielt er ein grünes Bündel in die Luft.

Emilia biss sich auf die Unterlippe. Hoffentlich machte auch nur irgendwer mit.

»Ach, was soll's!« Zeynep, die Dilara an der Hand hielt, ging fröhlich auf Lars zu. »Du wirst mich doch nicht vergiften?«

Lars grinste. »Nicht wenn es sich vermeiden lässt. Beiß einfach ab und sag uns, was du schmeckst.«

Die Nachbarin schaute kurz irritiert auf. Emilia wusste, warum. Lars duzte jeden, einfach jeden, und zwar immer und sofort. Doch Zeynep ließ sich nicht beirren.

»Das schmeckt nach Schnittlauch, ja. Eindeutig.« Sie kaute intensiv und machte leise Schnalzbewegungen mit ihrer Zunge. Dilara lachte und verlangte auch nach einem Stück. Zeynep überlegte noch einen Moment lang und schüttelte dann den Kopf. »Moment. Nein. Da ist noch etwas anderes.« Sie fuhr sich mit der Zunge über die Lippen. »Ich hab's! Knoblauch, ja, genau, es ist Knoblauch!« Fragend sah sie Lars an. »Wie kann das sein?«

»Ha! Sehr gut erkannt. Das ist Chinesischer Lauch, auch Chinesischer Schnittlauch genannt.« Triumphierend sah er in die überraschten Gesichter. »Der Witz ist, dass dieser Lauch nahezu überall wachsen kann. Häufig sogar an Wegrändern.« Wie zu seiner eigenen Verwunderung lachte er in sich hinein.

»Das interessiert mich jetzt auch.« Franz, sonst ein eher zurückhaltender Mann, steckte sich eine Stange zwischen die Zähne, grinste seine Frau im Handy an und verzog dann das Gesicht. »Ganz schön pikant.«

Emilia sah, dass Lars ihn weiterhin beobachtete.

»Da fehlt das Hühnchencurry dazu, nicht wahr?«, kam Anettes Stimme vergnügt aus dem Gerät.

Der Zeitungszusteller nickte zustimmend. »Oder das Bier zum Nachspülen.«

Die Runde brach in Gelächter aus, als Lars ihm eine Flasche auf den Tisch stellte.

»Die Firma dankt.« Franz prostete ihm zu.

Emilia war erleichtert. Das Eis schien an dieser Stelle gebrochen zu sein.

»Ich will auch mal was probieren!« Pollys Augen wanderten über die einzelnen Schälchen und Gläser. Lars griff nach einem Glas und hielt es ihr unter die Nase.

»Nach was riecht das, Polly? Das kennst du doch bestimmt!« Er zog die Augenbrauen hoch und sah sie ermutigend an.

Polly schnupperte, und ihre kleinen Nasenflügel bebten. »Hä? Das ist ja komisch. Riecht ganz genauso wie Cola!«

»Probier doch mal.« Lars nickte ihr zu. Die Kleine näherte sich mit ihren Lippen ganz langsam dem Glas. Offensichtlich war ihr die Sache nicht ganz geheuer.

»Das *ist* Cola, Mama!« Aufgeregt drehte sie sich zu ihrer Mutter um und setzte das Glas gleich wieder an die Lippen.

»Cola? Das glaube ich nicht. Da brauche ich erst mal einen Geschmacksbeweis.« Maja zwinkerte und nahm einen Schluck.

»Oh!« Sie sah verblüfft zu Lars und dann zu ihrer Tochter. »Das stimmt ja wirklich.«

»Habe ich doch gesagt.« Polly verschränkte die Arme vor der Brust.

Lars grinste, ging zu einem großen Pflanztopf und hielt ihn in die Höhe. Eine krautige grüne Pflanze mit vielen aufrechten, verzweigten Stängeln präsentierte sich.

»Darf ich vorstellen? Die Eberraute! Colastrauch hört sich aber lässiger an, oder, Polly?« Er zwinkerte dem kleinen Mädchen zu und setzte die Pflanze auf dem Tisch ab. »Ihr könntet bald eure eigene Cola im Garten anpflanzen.«

Emilia sah das verschwörerische Lächeln, das seinen Mund umspielte. Mit Speck fing man Mäuse, und mit Colasträuchern gewann man vielleicht die Herzen von Kindern.

»Kommt mal her.« Er winkte sie zu sich, und auch die Erwachsenen kamen näher.

»Bald werden diese hübschen Geschöpfe blühen. Seht ihr diese winzig kleinen Blüten?« Vorsichtig hielt er die graugrünen Blätter zwischen den Fingern. »In einigen Wochen werden sie ihre Köpfe der Sonne entgegenstrecken und sich öffnen.«

»Dieser Duft!« Zeynep hielt die Nase ganz dicht an die Blätter und wedelte sich mit ihrer Hand den Geruch entgegen. Emilia kannte die Eberraute nur zu gut aus dem Klostergarten in ihrer Heimatstadt.

»Sie können aus den Blättern auch Tee aufgießen. Hilft gegen Bauchweh.«

»Ich will aber Cola.« Polly hüpfte auf und ab.

»Und ich auch!«, stimmte Ludwig mit ein. Auch Dilara zeigte auf die Kanne mit dem Cola-Eistee.

»Okay, okay«, wehrte Emilia scherzhaft ab und goss ihnen die Gläser voll.

»Schon ziemlich originell.« Hannes drehte das Glas in seiner Hand. »Und das alles mitten in Berlin und nicht gerade in der Pampa. Dabei dachten wir, schon mit Bionade weit gekommen zu sein.«

Das war ihr Stichwort, das konnte Emilia spüren. Nein, das hier war kein Platz irgendwo im Nirgendwo, das hier war Berlin. Gewaltige Bauten, anonyme Nachbarschaft, unverbindliche Beziehungen und ein schneller Lifestyle. Und das hier war die Chance, zwei Häuser, zwei sehr unterschiedliche Welten mit einem gemeinsamen Garten zu verbinden. Vermassele es jetzt nicht, sprach sie sich Mut zu.

Die Stimmung war mittlerweile gelöst, und es hatten sich Grüppchen gebildet. Sie sah Franz, der sich angeregt mit Josie unterhielt, und Shenmis Vater, der gemeinsam mit Maja die Lilien bewunderte. Das alles könnte eine gute Sache werden.

Emilia holte tief Luft und wollte gerade mit ihrer Ansprache beginnen, als sie bemerkte, wie Lars auf eine Bank stieg. Augenblicklich fühlte sie sich erleichtert. Der Mittelpunkt war nie ihr Lieblingsort gewesen. Lars zuppelte sich die Shorts zurecht und strich sich durch die braunen Locken. Er pfiff einmal kurz in die Runde, und die versammelten Nachbarn wandten sich ihm zu. Er fühlte sich wohl inmitten von Menschen, das konnte sie sehen. Die Bühne war sein natürliches Habitat.

»Emilia, komm mal rüber!« Lars machte eine einladende Handbewegung, und alle drehten sich zu ihr um. Sie wurde rot im Gesicht und verfluchte sich dafür. Schüchtern lächelnd ging sie zu ihm. Als sie neben ihm stand, zwinkerte er ihr aufmunternd zu und reichte ihr eine Hand. Verlegen nahm sie sie, zog sich auf die Bank hoch und zupfte sich am Ohrläppchen.

»Wir freuen uns total, dass ihr heute Nachmittag gekommen seid. Endlich lernen wir uns mal so richtig kennen. Jedenfalls so ziemlich alle.«

Die Nachbarn nickten einander zu.

»Emilia und ich kennen uns jetzt schon ein paar Monate.« Lars legte ihr eine Hand um die Hüfte und zog sie kurz an sich. Überrascht sah sie ihn an und versuchte, nicht das Gleichgewicht auf den Holzbrettern zu verlieren.

»Allerdings wollen wir nicht unsere Verlobung bekannt geben, auch wenn es sich gerade so anhört.«

Sie hörte Majas durchdringendes und tiefes Lachen.

»Schade eigentlich«, hörte sie Franz raunen. Emilia wusste nicht so recht, ob sie das lustig finden sollte, und beschloss die Flucht nach vorne.

»Also, es geht uns um den Garten. Um einen gemeinsamen Garten.« Sie versuchte, ihrer Stimme einen festen Klang zu geben. Überzeugung war jetzt alles. »Wir haben die große Chance, beide Grundstücke zu einem großen zu verbinden. Wir träumen von Gemüsebeeten, herrlichen Blumen und Insektenweiden. Und natürlich auch schönen Ecken für uns.« Fragend sah sie zu Lars hinüber, der den Ball dankend aufnahm.

»*We have a dream!* Lasst uns den Garten zum Leben erwecken!« Einladend streckte er den Zuhörern die Hände entgegen.

Für Emilia hatte das alles ein bisschen zu viel Pathos, doch als Franz begann, in die Hände zu klatschen, und die anderen einstimmten, atmete sie erleichtert auf. Seine Überzeugung kam tief aus seinem Herzen und hatte eine Strahlkraft, die sich auf nahezu jeden übertrug. Nur Wagner stand mit verschränkten Armen in einer Ecke und verzog die Augen zu Schlitzen.

Emilia ließ sich dadurch nicht beirren und strahlte glücklich in die Menge. Sie hatte an Mut gewonnen. »Ich, ich meine, wir …«, sie räusperte sich, »wir freuen uns riesig über eure Zustimmung!«

Lars klatschte ihr zu.

»Und über eure Hilfe.« Es sprudelte jetzt nur so aus ihr heraus vor Begeisterung. »Es wird noch ein wenig Arbeit auf uns zukommen, und wir könnten jetzt festlegen, wer …«

Lars legte ihr den Arm locker über die Schultern und fiel ihr ins Wort: »Wir könnten jetzt festlegen, wer noch was zum Grillen im Kühlschrank hat! Dieser Nachmittag ist doch zu schön, um schon wieder reinzugehen.«

Franz johlte zustimmend.

»Die Aufgaben können wir in den nächsten Tagen immer noch verteilen.«

Emilia nickte. Sie hatte seinen Wink mit dem Zaunpfahl verstanden. Er wollte die gute Stimmung nicht zerstören, und sie stimmte ihm zu. Die Arbeit lief nicht weg.

Lars hüpfte von der Bank und hielt ihr die Hand hin. »Wir sind ein gutes Team, oder, Emmie?«

Ihre Blicke trafen sich länger als sonst. Sie nickte verlegen. »Das sind wir. Und jetzt hol mir einen Wein, du Supergärtner.«

23

Am nächsten Wochenende glichen die Gärten einem Ameisenhaufen. Fleißige Helfer, allen voran Maja, Hannes und Franz, hatten zuerst den alten Maschendrahtzaun, der die beiden Grundstücke voneinander trennte, mit einem Minibagger abgerissen. Die Pflöcke waren fest einbetoniert, und Franz, der den Bagger steuerte, hatte einige Mühe. Lars und Hannes gaben ihm gute Ratschläge, und immer wieder hallten Sätze wie »Weiter rechts!« oder »Ja, jetzt dranbleiben!« wie Kanonenschüsse durch die Luft. Franz schien in seinem Element zu sein.

Als Emilia hochsah, entdeckte sie Anette am Fenster, die Bilder oder Videos von ihrem Mann zu machen schien. Anette war Feuer und Flamme für den Gemeinschaftsgarten gewesen, und so wenig sie tagsüber bei ihnen sein konnte, sosehr unterstützte sie im Hintergrund. Nach Sonnenuntergang war sie bereits in den Wochen zuvor oft in den Hof gekommen und hatte die Fortschritte, die Emilia, Lars und die Kinder gemacht hatten, inspiziert. Als der Gemeinschaftsgarten beschlossene Sache war, hatte sie sich sofort bereit erklärt, kleine Schilder für die Kräuter- und Gemüsebeete zu gestalten. Jedes Mal wenn Emilia ihr von ihrem Tagwerk berichtete und sie zusammen im abendlichen Hof saßen, war Emilia fasziniert von ihrer Haltung, mit der Anette ihr schwieriges Schicksal annahm. Bei dem Gedanken an die lustigen Abende mit ihr musste sie lachen. Mittlerweile war Anette ihr zu einer guten Freundin geworden.

»Emmie! Kannst du mir hier mal mit den Brettern helfen?«

Lars stand in einiger Entfernung unter der Kastanie und war gerade dabei, weitere Hochbeete zu bauen. Ralle hatte ihm für umsonst Europaletten überlassen, die sich in einem großen Haufen vor ihm auftürmten.

Die Zwillinge und Dilara standen daneben und wirkten so, als warteten sie auf ihren Einsatz. Auch Shenmi hatte sich heute zur Gruppe gesellt. Das Mädchen hatte Emilia eröffnet, dass sie samstags immer zwischen halb zwölf und halb zwei Zeit hatte. Danach war sie in der Tanzschule und davor bei der Nachhilfe. Sie hatte sogar eine Planungsapp auf ihrem Handy installiert, was Emilia sehr beeindruckte. Sie selbst war während ihrer Schulzeit zwar gewissenhaft gewesen und konnte sich an viele Pläne erinnern, die sie geschrieben hatte, Lernpläne, To-do-Listen und ganz früher natürlich auch Stundenpläne. Wenn sie sich allerdings vorstellte, was es für sie bedeutet hätte, sich als Vierzehnjährige an minutiös getaktete Zeiten halten zu müssen, schüttelte es sie. Das hätte sie nicht ausgehalten, sicher hätte sie stur reagiert. Ganz anders Shenmi, die das alles mit Ruhe und Selbstverständlichkeit hinnahm. Ganz offensichtlich ging es ihr gut damit.

»Also«, begann Lars, »lasst uns mal checken, ob wir alles haben, um mit dem Bau zu beginnen. Wir brauchen vier Europaletten.«

Ludwig zählte die Bretter ab und rief: »Check!« Emilia grinste. Für die Kinder war das ein Heidenspaß.

»Dann brauchen wir ein Drahtgitter.« Lars sah fragend in die Runde.

»Check!« Polly hob das Gitter kurz hoch.

»Okay, super.« Jetzt wandte er sich Dilara zu. »Und wo sind unsere Handschuhe?« Er strich sich mit der Faust über die Handinnenfläche. In den letzten Wochen hatte Emilia ihm einige Gebärden beigebracht. Verschmitzt sah Dilara ihn an und zog aus ihrer bunt gemusterten Tasche ein paar Handschuhe hervor. Lars reckte einen Daumen in die Höhe.

Emilia sah auf das restliche Sammelsurium auf dem Rasen. »Außerdem haben wir einen Akkuschrauber, die hoffentlich passenden Schrauben, Teichfolie und Vlies gegen Kraut, das wir hier nicht brauchen. Dazu noch Metallwinkel, eine Drahtzange und einen Tacker. Ich würde sagen, auf geht's!«

Mit einer dynamischen Handbewegung rollte Lars das Drahtgitter aus, und Emilia zeigte den Kindern, wie sie mit dem Metermaß ein Meter fünfzig abmessen konnten. Polly schnitt den Draht durch. Danach stellten sie gemeinsam die ersten beiden Paletten gegeneinander und verbanden sie mit Metallwinkeln.

»In die dicken Endstücke kommen die langen Schrauben und in die dünnen Bretter die kurzen.« Konzentriert erklärte Lars Shenmi, wie sie den Akkuschrauber ansetzen sollte. Er wirkt völlig in seinem Element, fand Emilia. Nach und nach schraubte Shenmi in allen Ecken die Winkel fest und grinste dabei triumphierend.

»Gibst du mir mal das Unkrautvlies, Polly?«

»Wofür brauchen wir das?« Neugierig sah sie ihm zu.

»Oh, wir ziehen das Vlies jetzt hier in diese Zwischenräume ein«, er nestelte zwischen den Paletten herum, »damit wir später Schlitze einschneiden können, in die wir zusätzlich was pflanzen können. Praktisch, oder?« Die Kinder nickten.

Emilia beobachtete ihn. »Den Trick kannte ich noch gar nicht.«

Stöhnend kam Lars aus der Hocke hoch. »Dass ich dich noch überraschen kann! Ein Wunder ist geschehen!« Die Kinder lachten über seinen Scherz.

»So, und jetzt brauchen wir noch die Teichfolie.«

Ludwig reichte sie ihm herüber.

»Die tackern wir jetzt auf der Innenseite an die Palettenwand. In den Zwischenraum können wir dann Erde füllen.«

Dilara zog an Emilias Bluse und bedeutete ihr, dass sie in das Hochbeet wollte, um Lars beim Tackern zu helfen. Gemeinsam befestigten sie die Folie, und Dilara sah stolz auf ihr Werk. Emilia war glücklich darüber, dass die Kleine so selbstverständlich einen Platz in ihrer Gemeinschaft gefunden hatte. Zwischen Kindern schien alles so unkompliziert zu sein.

»Wie pflanzen wir denn jetzt das Gemüse ein?« Polly sah ratlos in das leere Hochbeet.

Emilia strich ihr über das Haar. »Dafür müssen wir das Beet noch befüllen. Dahinten ...«, sie zeigte auf die Ecke unter der alten Kastanie, »dort haben wir ganz viel pflanzliches Material. Zuerst brauchen wir die Zweige und Äste. Ihr könnt euch die Schubkarre schnappen und das Zeug aufladen, okay?«

Die Begeisterung war groß, und sobald Shenmi die Schubkarre hochgehoben hatte, krabbelte Dilara hinein. Polly begann sofort zu zetern. »Ich will auch, ich will auch!«

Emilia drehte sich zu Lars um. »Hier ist was los.«

»Allerdings.« Lars seufzte. »Aber ich bin echt froh, dass wir aus dem Kleingartenverein noch so viel Heckenschnitt bekommen haben. Und das für umsonst. Echt nett.«

»Ja, und die Pflanzenerde und der Rohkompost haben uns auch fast gar nichts gekostet.«

Emilia dachte an das Gespräch, dass sie mit Lars vor einigen Tagen darüber geführt hatte. Sie war heilfroh gewesen, dass Franz einen Bruder hatte, der in einer Gärtnerei arbeitete. Die Beete brauchten Unmengen von Erde, die bezahlt und angeliefert werden musste. Franz' Bruder konnte einen günstigen Preis in seinem Betrieb aushandeln, und so wurden einhundertfünfzig Säcke mit Kompost- und Pflanzenerde geliefert. In der letzten Woche hatte Emilia Lars vorgerechnet, wie viel Füllmaterial sie für ein durchschnittliches Beet brauchen würden. Sie hatte mit Lars im Garten gesessen und sich Berechnungen in einem Schreibblock notiert.

»Ein durchschnittliches Hochbeet ist zwei Meter lang, eins Komma zwei Meter breit und null Komma acht Meter hoch. Das bedeutet, dass wir ein Volumen von knapp zwei Kubikmetern ausfüllen müssen«, sagte sie entschlossen. »Außerdem werden wir nicht alle Hochbeete auf den Rasenflächen aufbauen können, und das bedeutet, wir müssen für die, die auf dem gepflasterten Bereich stehen, eine Drainage vorsehen. Ansonsten …«

Grinsend unterbrach Lars ihre Ausführungen und ergänzte: »Ansonsten bildet sich Staunässe. Wenn das restliche Wasser nicht ablaufen kann, verdrängt es die Luft aus dem Boden, und die Wurzeln ersticken, weil sie keinen Sauerstoff bekommen. Dann wird es faulig, und es folgt das Unvermeidliche: Die Pflanze stirbt ab.«

Emilia nickte und sagte: »Und besonders schön sieht es auch nicht aus, wenn das Sickerwasser aus den Fugen rinnt und sich ausbreitet.«

»Amen.« Lachend faltete Lars die Hände. »Planen ist echt dein Ding, oder?«

Verlegen schaute Emilia zur Seite. »Wie soll das denn sonst auch gehen, ohne ein bisschen Rechnen und Überlegen? Wir können doch nicht irgendwie bauen.« Sie versuchte, sich nicht zu überspannt anzuhören, aber Lars' provokante Art und seine kleinen Sticheleien gingen ihr gewaltig gegen den Strich.

»Ich sag doch auch gar nicht, dass ich das falsch finde. Mir ist das, was du gerade gesagt hast, nur auch klar.« Lars' Stimme war nach wie vor freundlich, aber Emilia spürte Wut in sich aufsteigen. Da wollte sie helfen und es allen leichter machen, doch zum Dank konnte sie sich seine Sprüche anhören.

»Warum bist du eigentlich immer so schnell gekränkt?«, platzte es aus Emilia heraus.

»Und warum musst du immer recht haben?« Herausfordernd sah Lars sie an. Emilia wollte aufstehen und gehen. Manchmal war es ihr einfach zu blöd mit ihm. Ständig schien er sich in seiner Gärtnerehre angegriffen zu fühlen, dabei meinte sie es einfach nur gut.

»Ich muss gar nicht immer recht haben.« Trotzig verschränkte sie die Arme und schmollte.

»Okay, du hast recht.« Lars hatte jetzt ihre Pose übernommen, und ihre Blicke trafen sich. Sie bemerkte das Lächeln, das seinen Mund umspielte, und plötzlich begann sie zu prusten. Sie lachte so sehr, dass sie sich von der Bank langsam auf den Rasen fallen ließ und auf dem Rücken liegen blieb. Tränen liefen ihr über die Wangen, und sie hielt sich den Bauch. Lars hatte so bescheuert ausgesehen, mit seinen verschränkten Armen und wie er sie nachgemacht hatte. Vielleicht sollte sie nicht immer alles und vor allen Dingen sich selbst so wichtig nehmen.

Lars hatte mitgelacht und sie dann mit der Gießkanne nass gespritzt. Wider Erwarten hatte der Abend lustig geendet. Und mit dieser Leichtigkeit war es die ganze Woche weitergegangen.

Während Emilia sich kurz in ihren Gedanken verloren hatte, hatten Shenmi und die Zwillinge bereits zwei Fuhren Heckenschnitt zum Beet gebracht, und die kleine Dilara stand in der Kiste und trat das Pflanzenmaterial fest.

Lars klatschte in die Hände. »So, die Drainage ist jetzt fertig. Kommt mal alle rüber, wir verteilen als Nächstes eine Schicht aus Rohkompost. Da könnt ihr auch helfen, wenn ihr mögt.« Mit vereinten Kräften füllten sie die Schicht ein und verteilten sie gut.

Emilia drückte die letzte Handvoll Kompost fest. Das Material würde sich im Laufe der Zeit zersetzen und für einen Nährstoffnachschub sorgen. Die letzte Schicht bildete feiner, reifer Kompost, der mit Pflanzenerde vermischt war.

»Emmie!« Mit rotem Kopf kam Ludwig auf sie zugelaufen. »Ein Beet soll mir gehören, okay? Ich kümmere mich auch darum.« Bettelnd sah er sie an.

»Ein ganzes Beet für dich allein? Ludwig, das ist ein Gemeinschaftsgarten. Die Beete und das Gemüse sind doch für alle da.«

Ludwig trat einen Stein mit dem Fuß weg. »Immer teilen, teilen, teilen. Das nervt.«

Überrascht sah Emilia ihn an. Ihr war nicht klar, dass Teilen so ein großes Problem für ihn darstellte. Sie hatte gedacht, mit nur einer Schwester wäre das Teilen zu verkraften, aber sie konnte schwer mitreden. Als Einzelkind hatte sie nie teilen müssen.

»Ludwig, weißt du, was das Faszinierende ist am Gärtnern?« Emilia nahm einen zweiten Anlauf.

Ludwig rollte genervt die Augen. »Nee, was denn? Das ist jetzt bestimmt wieder so eine blöde Elternerklärung.«

Emilia tat, als hätte sie den letzten Teil seiner Antwort nicht gehört. »Das Faszinierende ist, dass es genug für alle gibt. Du musst gar nicht verzichten, und du würdest es auch nie schaffen, die Berge an Gemüse, die hier wachsen werden, allein zu essen. Wollen wir wetten?«

»Weiß nicht.«

»Du wirst es sehen, ganz bestimmt. Du kannst aber auf jeden Fall den Gießdienst für dieses Beet übernehmen. Das ist eine sehr wichtige Aufgabe, und du bist dann verantwortlich. Wäre das was für dich?« Emilia sah ihn freundlich an.

Bei den Worten »wichtige Aufgabe« hatte sich Ludwigs Blick verändert. Jetzt wirkte er interessiert.

»Na gut, aber ich bin der Einzige, der gießt, okay?«

»Einverstanden.« Emilia hob ihre Hand. »Schlag ein.« Ludwig klatschte sie ab. Sie war gerührt, dass es ihm so wichtig war, allein Verantwortung zu übernehmen. Vielleicht wurden Polly und er zu oft im Doppelpack wahrgenommen, und das störte ihn.

»Gut, Leute, es geht jetzt los mit dem Einpflanzen«, rief Lars. »Das hier wird unser Suppenbeet. Mit der Ernte können wir uns jederzeit leckere Suppen kochen.«

Seine Begeisterung sprang auf die Kinder über.

»Suppenbeet.« Polly kicherte. »Und was kommt da rein?«

Emilia drückte den Kindern Jungpflanzen in die Hand. »In die erste Reihe pflanzen wir Zucchini und Buschbohnen. Kennt jemand von euch schon Buschbohnen?«

Dilara schüttelte den Kopf, und Ludwig sagte: »Keine Ahnung. Ich weiß noch nicht mal, wie Zucchini schmecken.«

»Oh, die schmecken roh ein ganz bisschen nussig. Eines meiner Lieblingsgerichte sind Kartoffel-Zucchini-Taler. Die können wir nach der Ernte auch mal kochen.« Lars simulierte lautstark ein Schmatzen.

»Und Buschbohnen schmecken prima in einer Suppe. Lasst euch mal überraschen.« Emilia drückte die Erde über den Jungpflanzen an. »Jetzt kommen noch mittelfrühe Möhren, Brokkoli und Lauchzwiebeln dazu. Dann ist dieses Beet fertig.« Sie wandte sich an Ludwig. »Ach, und sobald wir hier alles eingepflanzt haben, musst du bitte einmal alles gut wässern, in Ordnung?«

Ludwig nickte eifrig. »Und dann jeden Tag?«

Lars mischte sich in ihr Gespräch ein. »Im Prinzip schon, es ist jetzt schon recht warm. Aber vor dem Gießen müsst ihr immer überprüfen, ob die Erde noch feucht ist. Ihr steckt einfach einen Finger hinein. Wenn die Pflanzen zu nass sind, faulen und schimmeln sie.«

»Iiih, schimmelige Bohnen!« Polly tanzte im Kreis.

Emilia fühlte sich so lebendig und voller Hoffnung in diesem Garten. Fast hatte sie vergessen, wie befriedigend es sein konnte, eigenes Gemüse zu ziehen. Alles war so voller neuer Anfänge. Während Lars mit Shenmi und den Kindern weiterpflanzte, ging Emilia zu Maja hinüber, die dabei war, vorhandene Beete von alten Gräsern zu befreien. An diesem Wochenende hatte sich ihre Nachbarin wirklich ins Zeug gelegt. Insgeheim hatte Emilia sich die Frage gestellt, ob Maja eigentlich Spaß an handwerklicher Arbeit hatte oder ob sie es aus reiner Höflichkeit tat.

»Hier geht es ja auch total voran«, sagte sie.

Ihre Nachbarin sah nur kurz auf, und Emilia bemerkte die tiefen Augenringe in ihrem Gesicht. Unermüdlich zupfte sie Gräser und wuchernden Löwenzahn aus der Erde. Sie lächelte nur kurz und nickte stumm. »Man muss das Problem an der Wurzel packen, weißt du.« Mit großen Mühen und rotem Gesicht zog sie an einem Löwenzahn, aber er gab nicht nach. Energisch stieß sie mit einer kleinen Schaufel in die Erde und versuchte, die Wurzel freizulegen. »Wenn man das Problem nur oberflächlich löst, kommt es einfach immer wieder. Es wächst und wächst unterirdisch weiter, und dann zeigt es sich in voller Blüte. Und wie du siehst …«, mit kräftigen, zackigen Bewegungen schlug sie auf die Wurzel ein, »wird es dann sehr schwer.«

Emilia war sich nicht ganz sicher, worüber Maja jetzt sprach, denn vor Kurzem hatte sie Emilia über einer Tasse Tee von ihren langen Tagen erzählt, die schon unmittelbar nach dem Aufstehen stressig waren. Die Zwillinge hatten oft keine Lust, zur Schule zu gehen, und manchmal reichte gutes Zureden nicht aus, und sie musste ihre Kinder regelrecht antreiben. Dabei wollte sie das unbedingt vermeiden, wie sie Emilia gesagt hatte. Das kannte sie nur zu gut aus ihrem eigenen Elternhaus und hatte es anders machen wollen. Am Abend, wenn ihr Arbeitstag endlich ein Ende gefunden hatte, wollten die Kinder bei ihr sein und sie am liebsten gar nicht schlafen lassen. Dazu ihre Beziehung zu Hannes, der sie kaum gerecht werden konnte, weil es zu wenig Zeit für Zweisamkeit gab. Das meiste besprachen sie über WhatsApp.

»Weißt du«, hatte sie Emilia mit der dampfenden Teetasse in der Hand gestanden, »ich bin so gerne beides, Mutter und Anwältin, aber manchmal zerreißt es mich innerlich. Dann meldet sich eine Stimme in mir zu Wort, die immer wieder fordert: ›Entscheide dich, Maja, entscheide dich endlich.‹ Aber ich will beides.«

Emilia hatte genickt, ohne eine genaue Vorstellung davon zu haben, wie sich dieser Spagat anfühlen musste.

Maja hatte sich dann weiteren Frust von der Seele geredet. Wahrscheinlich gingen ihr jetzt einige dieser Gedanken durch den Kopf, dachte Emilia.

Nachdem ihre Nachbarin den letzten Löwenzahn herausgezogen hatte, lag die trockene Erde wie ein beigefarbener Teppich ausgebreitet vor ihr. Mit ihrem Rechen begann sie, in gleichbleibendem Tempo Linien zu ziehen. Vor und zurück, vor und zurück. Dabei wurde Maja ganz still, und auch ihr Gesicht verriet nichts mehr von dem, was in ihrem Kopf vorging.

Eine Sache wurde Emilia mit einem Mal klar: Niemand war eine Insel und konnte sich vollständig unabhängig machen, sich lossagen von den anderen, sosehr man es sich auch wünschen mochte. Und ist das nicht ein großes Glück?, fragte Emilia sich. Selbst Vera, der es durch ihre grantige Art gelungen war, viele Menschen zu vergraulen, hatte sich nach ihrem Unfall hilflos gefühlt. Ohne Unterstützung wäre sie aufgeschmissen gewesen. Emilia seufzte schwer und betrachtete die gleichmäßigen Linien im Boden. Warum konnte das Leben nicht auch über längere Strecken so harmonisch sein? Warum lagen immer wieder Steine auf dem Weg, die so unüberwindbar zu sein schienen wie der Mount Everest?

»So. Das Beet ist bereit für einen Neuanfang.« Maja wischte sich eine Strähne aus der Stirn und sah Emilia stolz an. »Was sollte hier noch mal gepflanzt werden? Kräuter?«

»Ja, Kräuter. Und ich habe mir auch schon genau überlegt, wie wir das Ganze gestalten.«

Maja, die bis eben Erde in ihren Händen geknetet hatte, sah zu ihr auf.

»Gestalten? Ich dachte, die Pflanzen kommen einfach so in das Beet rein.« Sie lachte. »Wenn es ums Gärtnern geht, bin ich einfach im Tal der Ahnungslosen.«

Emilia dachte kurz an Lars' Bemerkung über das Planen, und plötzlich war ihr das eigene Verhalten unangenehm.

»Also, gestalten ist vielleicht ein bisschen übertrieben«, versuchte sie zurückzurudern. »Es ist nur so, dass Kräuter durch ihre viele kleinen Blätter ein wenig chaotisch aussehen. Im Gegensatz zu Kohl oder Salat. Und deshalb wäre meine Idee, dass wir die Kräuter in kleinen Quadraten pflanzen. Das ergibt dann hübsche Muster.«

Maja hatte ihr interessiert zugehört. »Kräutermuster. Eine faszinierende Vorstellung.«

Emilia war sich nicht sicher, ob Maja ihre Bemerkung aufrichtig meinte, aber sie konnte keinen spöttischen Unterton heraushören. Kurz schüttelte sie den Kopf und lachte Maja an.

»Das sieht später wirklich wunderschön aus. Wir bepflanzen dieses Beet mit Küchenkräutern und das daneben mit den mediterranen. Die brauchen weniger Nährstoffe.«

Nachdenklich sah sie in die Ferne. Da entdeckte sie eine Bewegung an dem Hoffenster im Parterre, hinter dem die Küche der Familie Walter liegen musste. Von Dennis hatte sie seit Wochen nichts mehr gesehen oder gehört, fiel ihr mit einem Mal ein.

»Warum ist Dennis eigentlich nicht bei seiner Mutter?« Emilia fragte sich in Gedanken, bei wem sie wohl geblieben wäre, im Falle einer Scheidung ihrer Eltern.

Überrascht sah Maja sie an. »Der hat sich nicht mit dem neuen Freund seiner Mutter verstanden. Da erschien ihm das Leben mit seinem Vater wohl als das kleinere Übel. Wie kommst du denn darauf?«

Emilia nickte kaum merklich mit dem Kopf in Richtung des wagnerschen Fensters, aber Maja verstand. Sie fuhr sich mit der Zunge über die Lippen und sprach leise weiter: »Ich meine, klar ist das verlockend: Du bist ein Teenager und kannst den ganzen Tag lang im Großen und Ganzen machen, was du willst. Da hätte wohl kein 14-Jähriger etwas dagegen. Aber ich als Mutter könnte so eine Entscheidung nur schwer verkraften. Ich habe meine Kinder gerne um mich.«

Etwas ratlos kratzte sich Emilia an der Stirn. »Schreckliche Entscheidung. In einer unglücklichen Ehe bleiben oder möglicherweise das Kind zurücklassen. Das kommt mir unmenschlich vor. Sieht sie Dennis denn in den Ferien oder an den Wochenenden?«

»Ich habe sie im Herbst mal vor der Tür parken gesehen. Da ist Dennis mit einem Koffer ausgestiegen. Vielleicht verreisen sie manchmal. Das würde ich ihnen sehr wünschen«, sagte Maja.

»Und wer weiß …«, Emilia hob die Schultern, »eines Tages überlegt er es sich anders und wohnt doch bei ihr. In dem Alter ändert man ja häufig seine Meinung.«

Ihre Nachbarin nickte. »So ein bisschen Gesellschaft würde ihm sicher guttun. Und ein wenig Sonnenlicht.« Sie grinste. »Er ist immer ganz blass um die Nase.«

»Du hast recht. Morgen werde ich mal bei ihm klingeln.« Emilia klopfte Maja auf die Schulter. »Und wir pflanzen jetzt endlich unsere Küchenkräuter ein.«

Sie griff nach einer Kiste, die voll mit Kräutern war, die Lars seit dem Frühling vorgezogen hatte. »In der Tasche da unten sind noch ein paar Samen.«

Die Hände in die Hüften gestützt, stöhnte Maja auf. »Eine Pause ist wohl nicht drin, oder?«

Lächelnd ließ sich Emilia auf den warmen Rasen sinken. »Doch, unbedingt. Das soll ja auch Spaß machen.«

24

Am Ende eines arbeitsreichen Wochenendes stand Emilia verschwitzt in der Küche ihrer Vermieterin und backte einen Kuchen. Draußen war es bereits dunkel, und Vera war vor dem Fernseher eingeschlummert. Morgen würde Vera siebzig werden. Anette kannte das Datum und hatte ihr vor einiger Zeit davon erzählt. Emilia konnte sich noch sehr gut an den siebzigsten Geburtstag ihrer Oma erinnern. Sie waren im Gasthof gewesen, der in der Nähe des Bauernhofes lag, und hatten dort einen Saal angemietet. Bestimmt fünfzig Gäste waren gekommen, hatten mit ihr gefeiert und gegessen. Ihre Oma war beliebt gewesen, durch ihre herzliche und bodenständige Art. Im Vergleich dazu war Vera das krasse Gegenteil.

Ganz schön traurig, dachte Emilia. Siebzig Jahre Leben, da war so viel passiert, und es hatte so viele Weggefährten gegeben. Irgendetwas oder irgendwer hatte doch bleiben müssen. Ihre Vermieterin hatte viel erlebt, angefangen von ihrem Leben in einem vergangenen Land, einem Neuanfang, einer verlorenen großen Liebe und vielen Reisen. Da musste doch mehr als Trauer und Verbitterung sein.

Oder war es so, wie es ihr ihre Oma kurz vor ihrem Tod gesagt hatte: »Wenn dir deine Erinnerungen wichtiger als deine Träume geworden sind, dann weißt du, dass du alt geworden bist.« Ratlos starrte Emilia auf die Küchenwaage. Auch wenn sich die Beziehung zwischen ihr und Vera kaum verbessert hatte im Laufe der Monate, würde sie ihren Geburtstag nicht einfach ignorieren.

Auf der Suche nach Zutaten für Veras Geburtstagskuchen hatte Lars sie auf die Idee mit dem Rhabarber gebracht. »Den haben wir vor Jahren hier eingepflanzt, und seitdem kommt er jeden Sommer wieder«, hatte er gesagt und dabei auf die riesigen, halb verwilderten Stauden neben dem Bretterzaun zur Straße gezeigt. Dank des milden Frühsommers war er sogar schon reif.

Emilia hatte einige der rotgrünen Stangen abgeschnitten und sich an ein altes Rezept für eine Rhabarber-Schnee-Torte ihrer Oma erinnert. Als Kind war sie allein vom Aussehen der Torte hingerissen gewesen. Die mit gehobelten Mandeln verzierten Sahnetuffs hatte sie geliebt. Die Zubereitung der Rührböden war zwar etwas aufwendig, aber beim Backen konnte sie sehr gut entspannen und träumen.

Ihre Gedanken wanderten zurück zu den Ereignissen der vergangenen Tage, Lars' improvisierte Gartenfeier, die groß angelegte Verschönerungsaktion … Inzwischen hatten sie sechs Hochbeete gebaut und vier davon bepflanzt. Es gab nun ein weiteres für Salate, eines mit Gemüse zum Einfrieren und Einmachen, das Suppenbeet und das Beet mit den Küchenkräutern. Letzteres würde besonders fantastisch aussehen, wenn erst einmal alle Kräuter gediehen waren. In die Mitte des Beetes hatten sie Liebstöckel gepflanzt, und am Rand würde bald Kapuzinerkresse wachsen und lang herunterranken. Schnittlauch, Petersilie, Kerbel und Schnittsellerie würden mit ihren unterschiedlichen Blattfarben- und formen wundervoll üppig aussehen. Die mediterranen Kräuter würde sie am kommenden Wochenende separat einpflanzen. Thymian, Lavendel und Co. brauchten viel weniger Wasser und Dünger, um ihre köstlichen Aromen zu entfalten. Und dann wäre es bald Zeit, den Naschgarten anzulegen, von dem sie schon so lange träumte.

Sehnsüchtig dachte Emilia an die Erdbeer-Lavendel-Marmelade ihrer Oma. In jedem Sommer – bis auf den letzten, da war sie schon zu schwach gewesen – hatten sie das Grün von den Erdbeeren entfernt und die lilafarbenen Blüten von den Rispen gestreift. In einem riesigen alten Topf hatten sie alles mit Zucker eingekocht und später in Einweckgläser gefüllt. Eines hatten sie immer nur für sich behalten, das »Emmie-&-Frieda-Glas«, wie es ihre Oma mit einem Augenzwinkern genannt hatte. Als sie sich dann die dunkelrote Konfitüre auf die erste Scheibe Weißbrot schmierten, hatte ihre Oma mit glänzenden Augen gesagt: »Das schmeckt wie der Sommer und die Sonne in Südfrankreich. Erst ganz süß, wie der Beginn der Ferien, und dann ein wenig bitter, wenn sie sich dem Ende zuneigen und es Zeit ist, Abschied zu nehmen.«

»Bittersüß«, hatte Emilia zwischen zwei Bissen gesagt, und ihre Oma hatte gelächelt und genickt. Sie war nie in Südfrankreich gewesen.

Emilia seufzte. Es war nicht nur so, dass ihre Oma nie in den Süden gekommen war, sondern auch nur zweimal aus Oldenburg heraus, für eine Rheumakur nach Bad Eilsen. Der Ort lag weder am Meer noch in malerischer Landschaft, dafür aber an der A2. Doch ihre Oma hatte sich nie beschwert. Ganz im Gegensatz zu Vera, dachte Emilia ärgerlich.

Ihre Vermieterin war viel herumgekommen, hatte unzählige Reisen nach Afrika und auch innerhalb Europas unternommen. Fotos in der Wohnung zeigten sie gemeinsam mit ihrem Mann an allen möglichen exotischen Orten. Und trotzdem versank Vera in Selbstmitleid. Ja, ihr Mann war gestorben, und das tat Emilia leid. Aber erstens, überlegte sie, war das schon viele Jahre her, und zweitens musste doch jeder irgendwann wieder erkennen, dass die Welt immer noch lebenswert war. Und was könnte ein größerer Beweis dafür sein als ein blühender Garten? Gemüse und Pflanzen, die unter den eigenen Händen gediehen? Wenn sich Vera nur mal einen Ruck geben könnte, mit ihr mitzukommen. Das müsste doch selbst ihr Herz berühren! Die Kinder mit ihrem

Eifer und den strahlenden Augen, ihre neugierigen Fragen, der Duft, die Farben!

Zum Abschluss des heutigen Gartentags hatten sie Schilder mit Regeln, die sie vorher gemeinsam überlegt hatten, gebastelt. Dilara hatte eine kleine Sonnenblume ausgeschnitten, die ein lachendes Gesicht zeigte, und Lars und Shenmi hatten abwechselnd die Regeln auf der Pappe notiert. Dort stand jetzt geschrieben:

Bitte geh sorgsam mit den Pflanzen um!
Zünde kein Feuer an.
Nimm deinen Müll wieder mit.
Du darfst alles pflücken, was reif ist – Teilen nicht vergessen!
Sei freundlich und nimm Rücksicht.

Das Schild hatten die Zwillinge und Dilara noch mit bunten Stiften verziert, und Lars hatte es am Pavillon angebracht.

Ein dumpfes Geräusch an der Tür und ein zartes Fiepen rissen sie aus ihren Gedanken. Schnell öffnete sie die Küchentür, bevor Vera aufwachte. Odin kam fröhlich schwanzwedelnd auf sie zu, und sie nahm ihn auf den Arm. Sanft schmiegte sie ihre Wange an sein Fell. »Ach, Odin. Warum müssen wir Menschen es uns immer so schwer machen?«

Das schrille und lang anhaltende Klingeln durchzog das Treppenhaus. Emilia klingelte jetzt schon zum zweiten Mal, und Odin trippelte bereits ungeduldig neben ihr. Nachdem sie den Rührteig in die Backformen gegeben, in den Ofen gestellt und die Cremefüllung vorbereitet hatte, hatte sie Odin auf eine kleine Abendrunde um den Block mitgenommen. Auf dem Rückweg war ihr beim Anblick des flackernden Parterrefensters der Wagners ihr Gespräch mit Maja wieder eingefallen.

Nun stand sie im Hausflur, und aus der Wohnung drangen Gemurmel und laute Computergeräusche, die sich nach Schüssen und Krieg anhörten. Immer wieder stöhnte jemand schmerzerfüllt auf.

»Ich läute jetzt noch *ein* Mal, Odin, und dann gebe ich es auf. Jedenfalls vorerst.« Der Dackel ignorierte sie und schnüffelte ausgiebig an der Fußmatte. Plötzlich verstummten die Geräusche, und sie hörte, wie jemand zur Haustür schlurfte.

»Ja?« Dennis sah sie überrascht an, und Odin bellte ihn kurz an. Erschrocken wich der Junge zurück. »Beißt der?«

»Nicht zwangsläufig.« Emilia versuchte es mit Humor, aber Dennis beäugte weiterhin misstrauisch den Hund.

»Odin ist wirklich okay. Hier …« Sie kramte einen kleinen Hundekuchen aus ihrer Tasche und drückte ihn Dennis in die Hand. Verblüfft sah er sie an.

»Beug dich einfach zu ihm runter und leg dir das Leckerli auf die flache Hand. So leicht findest du nie wieder einen neuen Freund.« Emilia war klar, dass dieses Manöver mehr als kühn war, andererseits gab es wenig zu verlieren. Außerdem ahnte sie, dass der Junge sehr gut einen Freund gebrauchen könnte.

Dennis kniete sich hin, und Odin schleckte ihm den Keks von der Hand. Schnell zog er sie zurück und wischte sie sich an der Jeans ab.

»Er scheint doch ganz nett zu sein, oder?«, fragte sie ihn lächelnd.

»Kann schon sein. Mein Vater ist nicht da. Wollen Sie Zucker, oder war ich irgendwie zu laut?«

Emilia zuckte kurz zusammen, wie immer, wenn jemand Jüngeres sie siezte. Augenblicklich fühlte sie sich wie einhundertzwei.

»Nenn mich einfach Emilia, und eigentlich will ich dich fragen, ob du mal mit uns in den Garten kommst. Wir wollen nächstes Wochenende Erdbeeren pflanzen und vielleicht auch noch was bauen. Und irgendwann diese Woche machen wir vielleicht eine Feuerschale an, wenn das Wetter hält. Hast du Lust?«

Beim Wort »Feuerschale« leuchteten Dennis' Augen auf. So hatte Emilia sich das vorgestellt.

»Mal sehen.«

Emilia zog Odin mit der Leine sanft zu sich. »Du kannst es dir ja überlegen. Ich und ein paar andere sind auf jeden Fall da.«

Dennis schob die Tür langsam zu. »Okay, ja, mach ich.«

»Siehst du, Odin? Wir sind als Team doch unschlagbar.«

25

Veras Geburtstag verlief fast genauso wie jeder andere Tag in ihrem Leben. Sofa, Fernsehen und Gezeter. Natürlich hatte Emilia ihr gratuliert und den Kuchen überreicht, und Vera hatte sich auch bedankt. Aber dann war alles seiner immer gleichen Wege gegangen. Emilia wusste, dass Vera keine Freundschaften pflegte, denn in den vergangenen Monaten hatte es nicht eine Person gegeben, die zu Besuch gekommen war oder angerufen hätte. Eigentlich richtig traurig, dachte sie, während sie in der Küche einen Kaffee aufsetzte. So ganz allein einen Geburtstag zu verbringen fühlte sich grauenhaft an. Sie hatte ihren letzten noch in lebhafter Erinnerung, aber da war es ihre Entscheidung gewesen, nicht zu feiern. Sie goss sich gerade einen Espresso in die aufgeschäumte Milch, als es an der Haustür klingelte.

»Ich mach schon auf, Vera!« Emilia ging zur Gegensprechanlage. »Wer ist da?«

Stille. Das Einzige, was sie hörte, war das Geräusch von einem hupenden Auto und den Wind.

»Hallo?« Genervt wollte sie schon auflegen und dachte an einen Klingelstreich, als sich doch noch eine Stimme meldete.

»Ich bin Alexander Rosentreter und will zu meiner Mutter.«

»Oh! Einen Moment.« Emilia drückte auf den Türsummer, und bevor sie die Haustür öffnete, rief sie Richtung Wohnzimmer: »Ihr Sohn!« Das ist ja eine Überraschung, dachte sie.

Neugierig spähte sie ins Treppenhaus, als er auch schon um die Ecke bog. Alexander Rosentreter war ein schlaksiger Typ mit hellen Haaren. Zur Jeans trug er ein weißes, akkurat gebügeltes Polohemd. In der einen Hand hielt er eine Geschenktüte, auf der ein Hund mit einer Geburtstagstorte abgebildet war. Richtig lieb, dachte Emilia. Und richtig komisch. Die beiden hatten sich zumindest im letzten halben Jahr nicht gesehen, und das musste doch einen Grund haben. Vera hatte erwähnt, dass ihr Sohn eine Praxis als Kinderarzt betrieb und stark beschäftigt war, aber für einen Besuch hatte man doch immer Zeit. Es sei denn …

»Hallo.« Mit kühlem Gesichtsausdruck trat er an die Türschwelle, und Emilia wich zur Seite, um ihn hineinzulassen. Zwischen ihre Füße hatte sich Odin gedrängelt und kläffte fröhlich.

»Und Sie sind wer?«

Emilia seufzte. Die freundliche Art schien er von seiner Mutter zu haben. Sie nahm den Hund auf den Arm und antwortete: »Ich bin Emilia. Die Untermieterin von Vera, äh, Ihrer Mutter.«

Suchend sah er sich um, er schien ihr gar nicht zugehört zu haben. »Mutti?«

Frisch in ein blaues Sommerkleid gekleidet und mit gekämmten Haaren kam Vera in diesem Augenblick aus dem Schlafzimmer. Hatte sie sogar Parfum benutzt? Ungläubig beobachtete Emilia das Szenario. Offenbar wollte Vera vor ihrem Sohn einen sehr aufgeräumten Eindruck machen.

»Alexander!« Überschwänglich umarmte sie ihn, was er auch zuließ, doch seine Arme baumelten unbeteiligt an seinem Körper, und keinerlei Lächeln huschte über sein Gesicht.

»Alles Gute zum Siebzigsten. Das ist für dich.«

Er drückte ihr die Tasche in die Hand, und Vera bedankte sich eifrig, ohne das Geschenk anzusehen.

»Komm doch, Alexander, wir wollen gerade Kaffee trinken, und Emilia hat einen wunderbaren Rhabarberkuchen gebacken.«

Alexander räusperte sich und sah auf seine Armbanduhr. »Aber nur kurz, Mutti. Du weißt ja, die Praxis führt sich nicht von allein.«

Sie nickte. »Natürlich, natürlich. Immer fleißig.«

In Veras Gesicht konnte Emilia einen Anflug von Enttäuschung ausmachen. Sie bemerkte den gewohnt bitteren Unterton in ihrer Stimme.

»Die Torte ist im Kühlschrank, Vera, aber ich muss ein paar Sachen erledigen.« Emilia setzte ihre Sonnenbrille auf und warf Alexander einen kurzen Blick zu. Sie würde sich von den beiden Miesepetern auf keinen Fall die Laune verderben lassen. Dann schnappte sie sich hastig Odins Hundeleine vom Haken im Flur. »Und der Hund muss auch mal.«

»Schön, dass wir uns getroffen haben«, sagte Alexander ohne große Regung in der Stimme. »Bis bald.«

»Ja, bis später.«

Emilia war sich nicht ganz sicher, ob er sich gefreut hätte, wenn sie geblieben wäre. Die ganze Szene kam ihr seltsam distanziert vor. Einfach merkwürdig. Aber nicht alles ist immer mein Problem, dachte sie und zog die Haustür hinter sich ins Schloss.

Am Maybachufer herrschte bereits herrlicher Sonnenschein. Als Emilia Odin eine halbe Stunde später zurück zu Vera gebracht hatte, war deren Sohn schon wieder verschwunden. Unbeirrt von Veras sauertöpfischer Miene hatte Emilia sich nur schnell Handtasche und Geldbeutel gegriffen und war dann mit Lars' Lastenfahrrad zur Gärtnerei Holländer am Treptower Park aufgebrochen.

Gestern Abend hatte sie an Anette gedacht und wie traurig sie es fand, dass sie nicht so recht am Garten mitarbeiten konnte. Aber so verführerisch der Garten im sonnigen Tageslicht war, so reizvoll konnte er auch in mondbeschienenen Nächten sein, und deshalb wollte Emilia ein Beet mit Nachtblühern für sie pflanzen. Irgendwann, wenn die Pflanzen üppig genug waren und die Sommernächte kurz und warm wurden, würde sie Anette mit einem Mitternachtspicknick überraschen. Sie würden sich berauschen am überbordenden, intensiven Veilchenduft der Nachtviolen und dem feinen, blumigen Aroma der Nachtkerze, in dem man manchmal frisch gemahlenen Pfeffer erahnen konnte. Das würde herrlich werden.

Emilia kaufte neben Viole und Nachtkerze Sternbalsam und Jasmin. Jasmin, die Königin der Nacht, die sich tagsüber unauffällig gab, um dann in der Dämmerung ihre Blüten zu öffnen und einen himmlischen Duft zu verströmen.

Schon als Kind hatte sie sich in diesen Duft verliebt und seither nie ein Parfum ohne diese verführerische Note getragen. Zu ihrem fünfundzwanzigsten Geburtstag hatte Max ihr ein atemberaubendes, orientalisches Parfum mit Jasmin und Ylang-Ylang in der Herznote geschenkt. Er hatte sie eben genau gekannt, ihre Vorlieben in jedem noch so kleinen Bereich ihres Lebens. Bei der Erinnerung daran musste sie seufzen. Traurigkeit und Wehmut schlichen sich in ihr Herz, während sie die Kisten mit den Pflanzen zur Kasse trug. Würde sie je wieder einem Mann so nahekommen oder auch nur lange genug mit ihm zusammen sein, damit er sie ebenso in- und auswendig kennen würde wie Max?

Aber wo hat mich das hingebracht?, fragte sie sich. Jahrelang hatten sie alles geteilt und einander alles gesagt, jedenfalls war Emilia davon immer überzeugt gewesen, und dann reichten ihm einige Monate aus, um die ganze große Liebe gegen die einer anderen auszutauschen? Wie war ihm das nur möglich gewesen?

Vor einigen Tagen hatte sie Anne eine Nachricht geschrieben und gefragt, ob es vielleicht doch an ihr gelegen haben könnte, dass sich Max von ihr getrennt hatte. In dem Moment war sie davon überzeugt, dass sie einen Fehler gemacht haben musste, oder auch mehrere, dass irgendetwas mit ihr nicht richtig war.

Anne hatte ihr zuerst einen Smiley mit hochgezogenen Augenbrauen zurückgesendet und dann eine Sprachnachricht hinterlassen: »Emmie. Du bist kein verdammter High-End-Smoothie-Maker, von dem man erwarten kann, dass er auch dann noch püriert, wenn man zehn Eiswürfel zu viel reinschmeißt! Hattest du mir nicht schon lange vor deinem Auslandssemester erzählt, dass Max unzufrieden mit sich selbst war, mit dem Stress an der Uni und zu Hause? Bitte mach dich doch nicht fertig! Du bist gut, so wie du bist. Ein Mixer ist und bleibt ein Mixer. Der wacht morgens auch nicht als Toaster auf.«

Emilia hatte über die aufmunternden Worte ihrer Freundin lachen müssen und dennoch zurückgeschrieben: *Vielleicht wäre es aber besser, wenn ich ein Toaster wäre.*

Daraufhin hatte Anne sie angerufen und ihr versichert, dass niemand, aber auch wirklich niemand mehr einen Toaster wollte. Oh, Anne, dachte Emilia jetzt und war dankbar, sie an ihrer Seite zu haben.

Konzentrier dich einfach darauf, anderen – Anette – eine Freude zu machen, sprach sie sich Mut zu, während sie die Pflanzen in ihrem Fahrradanhänger verstaute und sich auf den Heimweg machte. Gartenarbeit hatte etwas sehr Erlösendes.

Als sie die Tür zu Veras Wohnung aufschloss, hoffte sie, dass ihre Vermieterin vor dem Fernseher eingeschlummert war. Sie hatte keine Lust auf ein Gespräch mit ihr. Genug von Familie Rosentreter für heute, dachte sie augenrollend. Alexander Rosentreter schien auf den ersten Blick ganz in Ordnung zu sein, aber schlau wurde Emilia aus der Familiengeschichte noch immer nicht.

»Odin!« Flüsternd begrüßte sie den Hund, der ihr im Flur entgegenkam, und entdeckte im Augenwinkel, dass Vera auf dem Sofa saß. Auf dem Schoß hatte sie ein Buch aufgeschlagen, und in der Hand hielt sie ein Glas, das mit einer roten Flüssigkeit gefüllt war. War das Wein? Emilia wurde plötzlich bewusst, dass sie Vera noch nie hatte Alkohol trinken sehen. Merkwürdig, dachte sie. Ob das was mit ihrem Geburtstag zu tun hatte?

»Hallo, Vera.« Odin stupste sie mit seiner nassen Schnauze an. Emilia lachte kurz auf.

»Na, wenigstens einer von uns hat gute Laune.« Veras Stimme hörte sich vollkommen anders an als sonst. Weinerlich, dachte Emilia. Und seltsam verwaschen.

»Alles in Ordnung bei Ihnen?« Sie ließ Odin los und ging zu ihr ins Wohnzimmer.

Vera schüttelte den Kopf, und Emilia bemerkte ihre feuchten Augen. Sie griff nach einer Flasche auf dem Beistelltisch und schenkte sich nach. Dabei schwankte sie bedenklich von links nach rechts, und fast wäre Emilia aufgesprungen, um ihr zu helfen. Es ist Kirschlikör, stellte sie bei einem Blick auf die Flasche verwundert fest. Vera war betrunken, ganz offensichtlich.

Sie setzte das Glas an und nahm einen großen Schluck. Dann starrte sie wieder in das Buch auf ihren Knien, das Emilia jetzt als Fotoalbum ausmachen konnte.

»Ist sie nicht wunderschön? Einfach perfekt und wunderschön?« Mit tränenerstickter Stimme strich Vera über ein Foto. »Schauen Sie doch nur, Emilia.«

Sie winkte sie zu sich, und Emilia setzte sich neben ihr auf das Sofa. Nahezu alle Bilder zeigten ein kleines, blondes Mädchen, das die Haare zu einem Zopf geflochten trug. Vorsichtig löste Vera eines der Fotos, auf dem das Gesicht in Großaufnahme zu sehen war, von der Seite. Zärtlich küsste sie die Abbildung, und Emilia kam es so vor, als wäre in diesem Moment jede Härte aus Veras Gesicht gewichen. Sie erkannte Sanftheit, Trauer und … Liebe. Unendliche Liebe. War dieses Mädchen Veras Tochter?

Bevor Emilia die Frage stellen konnte, sagte Vera mit tränenerstickter Stimme: »Ihre Augen hatten ganz viele goldene Sprenkel. Tigerauge, so habe ich sie immer genannt. Teresa. Meine liebe, wilde Tessi.«

Tränen liefen ihr in Sturzbächen über das Gesicht. Sie schniefte.

»Warum musste das alles nur so kommen, warum?« Veras Stimme war vor lauter Schmerz kaum verständlich. »Ich hätte besser auf sie aufpassen müssen. Sie warnen müssen. Kinder sterben doch nicht vor den Eltern, Emilia, das ist gegen jedes Gesetz der Natur.«

Tief erschüttert legte Emilia einen Arm um die zerbrechliche Frau und streichelte ihr beruhigend über die Schulter. Sie fühlte sich so hilflos wie noch nie.

Vera nahm einen weiteren Schluck Likör. »Alexander und sie waren Zwillinge. Bernd und ich hatten uns immer zwei Kinder gewünscht. Als ich von den beiden erfuhr, hatte sich unser Traum erfüllt. Aber er war so schnell vorbei.« Voller Schmerz schluchzte sie auf.

Emilia musste an ein verwundetes Tier denken, so tief und wahrhaftig kam der Laut aus ihrer Kehle. Unablässig streichelte sie über Veras Rücken und wagte sich leise vor. »Was ist mit ihr passiert, Vera?«

Die alte Dame schnäuzte sich mit ihrem Taschentuch die Nase und atmete tief durch.

»Damals wohnten wir in einem ähnlichen Haus, und auch dort gab es einen Garten für alle. Tessi liebte es, mit ihren Puppen zu spielen.« Sichtlich bewegt von ihren Erinnerungen, machte sie eine Pause.

»Es war ein Samstag, ein warmer, sonniger Samstag. Was für ein Hohn.« Wieder griff sie zum Glas.

Emilia traute sich nicht, Vera davon abzuhalten. Diese Trauer musste in jedermanns Herz einschneiden wie eine frisch geschärfte Klinge, wer würde sich vor diesem Schmerz nicht wappnen wollen? Ohne Betäubung erschien es ihr unmöglich, und sie war nur eine Außenstehende.

»Ich war oben und korrigierte Hausarbeiten der Studenten. Vom Schreibtisch aus konnte ich in den Garten sehen, aber ich habe mich auf meine Arbeit konzentriert, Emilia, obwohl die Kinder noch so klein waren. Fünf Jahre, erst fünf Jahre.« Die Jahreszahl flüsterte sie, als ob sie immer noch fassungslos über sich selbst wäre, sie allein gelassen zu haben.

»Aber man kann doch auch nicht immer wie eine Glucke über den Kindern hängen, habe ich gedacht. Wir waren doch auch allein draußen, und keinen Menschen hat es gekümmert. Das war so ein Irrtum, Emilia, so ein riesiger Irrtum.«

Emilia reichte ihr ein neues Taschentuch.

»Einige Zeit später hörte ich erst Teresa schreien und dann Alexander. Ich stürzte zum Fenster und sah meinen kleinen Engel auf dem Rasen liegen, gleich neben der Hecke. Als ich im Garten ankam, war sie schon bewusstlos und ihr Hals ganz geschwollen.«

Wieder wurde sie von einem Weinkrampf geschüttelt.

»Alexander hatte ihre Lieblingspuppe in der Hecke versteckt, und sie griff hinein, direkt in ein Wespennest. Niemand von uns wusste, dass sie allergisch war. Niemand. Aber hätte ich es nicht wissen *müssen?* Ich bin doch ihre Mutter!«

Emilia hatte keine Ahnung, was sie Vera sagen konnte, außer dass es ganz sicher nicht ihre Schuld gewesen war, aber das hatte sie sicher schon Hunderte Male in ihrem Leben gehört. Und was hatte das geholfen? Nichts.

»Anaphylaktischer Schock, sagte mir später der Arzt. Multiorganversagen. Aber ich habe gar nichts gehört, sondern nur meinen kleinen Schatz gesehen, wie sie dalag auf dieser kalten Pritsche in einem gekachelten Raum. Ganz nackt und klein und zart. Legt ihr wenigstens eine Decke drüber, habe ich geschrien. Sie friert doch! Eine Krankenschwester hat genickt und sie zugedeckt. An die Tage danach kann ich mich nicht erinnern.«

Emilia spürte, wie ihr die Tränen über das Gesicht rannen. Sie umarmte Vera, fühlte deren nasse Wange an ihrer und hörte das erschütterte Schluchzen der Frau.

»Wissen Sie, was das Schlimmste war? Wenn ich später gefragt wurde, wie viele Kinder ich habe, sagte ich immer: einen Sohn. Weil Teresa tot ist. Aber ich habe doch immer noch zwei Kinder, nicht wahr, Emilia?«

Sie stimmte ihr leise zu. Veras Leid war in diesem Moment körperlich greifbar. Sie hielt die alte Dame noch eine Zeit lang im Arm, bis sie sich in das Badezimmer entschuldigte. Dort blickte sie in den Spiegel und in ihre verheulten Augen. Noch immer war sie erschüttert über Veras Geschichte. Sie drehte den Wasserhahn auf und spritzte sich kaltes Wasser ins Gesicht. Plötzlich hörte sie Odin aufgeregt bellen und knurren. Dann klingelte es. Sie trocknete sich eilig das Gesicht ab und öffnete die Tür. Doch Vera war ihr bereits zuvorgekommen.

»Hallo, Mutti.« Alexander stand im Flur. »Ich muss meine Jacke hier vergessen ...«

Als Alexander Emilia sah, war er überrascht. »Sie hier?«

Emilia zuckte mit den Schultern. »Ich wohne hier.«

Alexander zog verächtlich die Augenbrauen hoch und ging in das Wohnzimmer.

Vera war ihm dicht auf den Fersen. Doch auf einmal verlor sie das Gleichgewicht, und Emilia, die direkt hinter ihr hergegangen war, konnte sie gerade noch auffangen. Doch der kleine Tisch, der neben ihrem Sessel stand, fiel um. Die Likörflasche schepperte auf die Dielen und zerbrach.

»Mutti, kannst du mir bitte mal erklären, was hier los ist? Hast du getrunken?« Alexander warf Emilia einen verärgerten Blick zu und schüttelte voller Unverständnis den Kopf.

Emilia legte das Fotoalbum zur Seite, auf dessen Einband in bunten Buchstaben *Teresa* geschrieben stand, und half Vera aufs Sofa. Plötzlich verdunkelte sich Alexanders Gesicht.

»Das glaube ich ja nicht.« Er nahm das Album in die Hand und sah Vera anklagend an. »Hast du mit ihr über Teresa gesprochen?«

Zögerlich versuchte Emilia, die Situation zu erklären. »Sie wollte mir bloß … sie hat nur etwas erzählt von …« Mehr als Gestammel bekam sie nicht heraus. Alles in ihrem Kopf drehte sich, und sie versuchte, sich einen Reim auf die ganze Sache zu machen. Warum war Alexander so wütend, dass Vera ihr von seiner Schwester erzählt hatte?

Doch er ignorierte ihre Erklärungsversuche. »Du hast es also geschafft, mit einer fremden Person über Teresa zu sprechen? Mit einer Fremden?«, schrie er seine Mutter an. Er war außer sich vor Zorn.

Vera kauerte zusammengesunken auf dem Sofa und sah ihn aus großen Augen an. »Ich wollte ja mit dir reden, Alexander, ganz bestimmt, das musst du mir glauben.«

»Aber wann denn, Mutter, wann? In zehn Jahren? Zu deinem Achtzigstem? Oder wolltest du mir dein Mitgefühl zum Vierzigsten schenken?«

Jetzt hörte er sich so verbittert an wie Vera, wenn es ihr besonders schlecht ging.

»Erzähl doch deiner Untermieterin, wie du dich verhalten hast, all die Jahre! Wie du mir Vorwürfe gemacht hast, jeden einzelnen Tag, wie Teresa zu einem Tabu wurde, wie ich nicht über sie sprechen durfte oder darüber, wie traurig ich war. Los, erzähl es ihr!«

Auf seiner Stirn zeichneten sich Adern ab, und Vera hatte wieder zu weinen begonnen.

»Ich habe dir nie Vorwürfe gemacht, Alexander, niemals habe ich etwas gesagt.«

Er machte einen verächtlichen Laut. »O nein, Mutter, das brauchtest du auch gar nicht, etwas sagen. Jeder Blick von dir war ein stummer Vorwurf. Hast du *mich* mal gefragt, wie es *mir* ging nach Teresas Tod? Ein Mal? Oder wie ich meine Albträume überlebt habe in den ganzen Jahren? Du hast mir noch nicht mal *ein* Foto von ihr gegeben, nicht eins!«

»Alexander, wollen Sie nicht vielleicht …« Emilia versuchte, allen eine Atempause zu verschaffen, doch er schnitt ihr das Wort ab. Es war, als hätte jemand eine Flasche Mineralwasser geschüttelt und sie dann aufgedreht. Die ganzen Verletzungen und Enttäuschungen der vergangenen Jahre sprudelten aus ihm heraus.

»Das einzige Foto, das ich von meiner Schwester besitze, habe ich dir aus dem Album gestohlen und in einem Buch versteckt. Vor dir! So sehr war das ein Geheimnis. Und jetzt wagst du es, deine Trauer mit ihr zu teilen?«

Mit bebenden Lippen zeigte er auf Emilia, die sich mittlerweile so fehl am Platz fühlte wie eine Tomate zwischen Erbsen. Sie sollte nicht Zeuge dieser Unterhaltung sein.

»Ich bekomme keine Luft mehr.« Vera war jede Farbe aus dem Gesicht gewichen. Sie fasste sich an den Hals. »Ich kann nicht mehr atmen.« Bevor einer von ihnen reagieren konnte, kippte sie zur Seite und fiel vom Sofa.

»Mutti!« Besorgt eilte Alexander zu ihr, riss ihre Bluse auf und schlug gegen ihre Wange. »Emilia, rufen Sie einen Krankenwagen, schnell! Meine Mutter hat einen Herzinfarkt!«

26

Es war Juni geworden, und der Garten erwachte mehr und mehr zum Leben. Vera war jetzt seit einer Woche im Krankenhaus. Ihr Zustand war stabil, aber sie war nach wie vor schwach. Emilia hatte sich die ganze Woche um Odin gekümmert und so nur das Nötigste geschafft.

Dennoch hatten sie an diesem Samstagvormittag mit vereinten Kräften endlich die Erdbeeren in das Hochbeet gepflanzt. Dahinter hatten sie ein weiteres Spalier für die Johannisbeeren angebracht. Naschbeete, diesen Namen hatte ihre Oma immer verwendet. Emilia liebte Johannisbeeren. Als sie Kind war, hatte sie die kleinen roten Früchte immer mit Kondensmilch und Zucker gegessen. Das leicht säuerliche Aroma und die süße Milch hatten sich perfekt ergänzt. Sie hatte Dilara und den Zwillingen davon erzählt, doch die hatten sich nur geschüttelt und gelacht. Vielleicht würde sie es ihnen in ein paar Wochen einmal servieren. Heute wollte sie den Kindern auf jeden Fall etwas über Zucchini erklären.

Dennis hatte sich zu Emilias Überraschung unter der Woche auch kurz im Garten blicken lassen, um die Kräuter und Blumenbeete zu wässern. Eigentlich hätte sie sich gerne näher mit ihm unterhalten, aber vor lauter Sorge um Veras Gesundheitszustand hatte sie keine Zeit dafür gefunden. Sobald es Vera wieder besser ginge, hätte sie den Kopf auch wieder für ihn frei.

»Emmie, wir sind da!« Ludwig kam auf sie zugelaufen. Polly und Dilara stürmten hinterher, und auch Shenmi hatte sich ausnahmsweise dazugesellt.

»Na endlich!« Sie lachte. »Dann lasst uns mal nach unseren Zucchini sehen.«

Neugierig lugten die Kinder über den Beetrand.

»Die sehen ja immer noch klein aus.« Polly fuhr skeptisch mit ihren Fingern über die grünen Blätter, die sich über der Erde ausgebildet hatten.

»Ja, es wird noch mindestens einen Monat dauern, bis wir ernten können. Zucchini brauchen ganz viel Sonne, und wir müssen ihnen noch etwas zusätzlich zu essen geben.«

Dilara lachte.

»Damit sie gut gedeihen, müssen wir ihnen Hornspäne geben. Wisst ihr, was das ist?«

Alle schüttelten den Kopf. Emilia zog einen Joghurtbecher mit hellbraunem Inhalt aus ihrem Korb. Sie zeigte ihn herum. »Das sind Hornspäne. Das sind zermahlene Hörner und Hufe von Rindern.«

»Ih!« Polly schrak zurück. Dilara fasste vorsichtig mit den Fingern in die beige-graue, krümelige Masse.

»Die Späne helfen den Zucchini, schneller zu wachsen. Und jetzt verteilen wir sie um die Pflanzen herum.« Emilia machte es ihnen vor, und selbst Polly nahm die Späne in die Hand und begutachtete danach zufrieden ihr Werk.

»Können wir denn auch schon irgendwas ernten, Emmie?« Ludwig sah sich sehnsüchtig um.

»Wir können mal nach dem Schnittsalat schauen.«

Dilara verzog das Gesicht, schüttelte den Kopf und strich mit der Hand über ihren Brustkorb.

»Schmeckt der dir nicht? Der ist so lecker!« Shenmi, die die ganze Zeit über still gewesen war, sah die Kinder aufmunternd an.

»Bäh, Salat, den mögen wir nicht. Der schmeckt immer so bitter.« Polly und Ludwig warfen sich einhellige Blicke zu.

Emilia musste schmunzeln. Es war noch gar nicht so lange her, dass die Kinder mit großem Vergnügen Salat gegessen hatten, auf Lars' Gartenfest. Aber daran wollten sie sich wohl lieber nicht erinnern.

»Früher mochte ich auch keinen«, fuhr Shenmi versöhnlich fort. »Bis ich ein Rezept für ein richtig leckeres Dressing gefunden habe.«

Der Salat, den sie nach einem Rezept von Shenmi zubereitet hatten, war köstlich gewesen. Als Emilia von den Zutaten gehört hatte, war sie misstrauisch gewesen, ob das wirklich den Geschmack der Zwillinge und Dilaras treffen würde. Aber die Kinder hatten ihre Portionen anstandslos aufgegessen. Vielleicht war es auch die Kombination vom gemeinsamen Ernten und Kochen gewesen: In der großen Gemeinschaftsküche des Nachbarhauses hatten sie Tofu und selbst gezogene Radieschen angebraten und mit Sojasoße beträufelt. Dazu mischte Shenmi Sojasprossen und den frischen Lollo rosso. Das Dressing bestand aus Joghurt, Essig, Senf, Honig, Salz und Pfeffer. Alle hatten mitgeschnitten und gerührt. Dilara hatte begeistert auf einem Stuhl gestanden und in der Pfanne gerührt. Das mussten sie unbedingt wiederholen! Jetzt saßen sie an dem riesigen Esstisch und hielten sich glücklich die Bäuche.

»Shenmi, wo steckst du?«, tönte es in diesem Augenblick im Hausflur.

Erschrocken fuhr das Mädchen hoch. »Ich habe schon wieder meinen Ballettunterricht vergessen.« Sie sprang auf und wollte die Salatschalen zusammenstapeln.

Emilia griff ein. »Das brauchst du nicht zu machen. Darum kümmern wir uns schon.« Sie grinste. Inzwischen wirkte die junge Frau schon viel entspannter, wenn sie mal etwas vergaß. »Viel Spaß, Shenmi, und danke noch mal. Das war echt lecker.«

»Habt ihr etwa ohne mich gegessen? Das ist frech.« Lachend kam Lars in die Küche.

»Vom Salat ist noch etwas übrig. Wenn du mir später bei den Erdbeeren hilfst, hole ich dir einen Teller.« Emilia zwinkerte ihm zu.

»Wie könnte ich da Nein sagen?« Er ließ sich in einen Stuhl fallen und legte die Füße auf den Tisch. Die Kinder johlten.

»Das darf man nicht.« Ludwig sah ihn streng an.

»Stimmt. Außer wenn man hier ist. Wir brauchen nicht zu viele Regeln hier. Hauptsache, wir haben Spaß.« Er faltete die Hände hinter dem Kopf zusammen.

Emilia verkniff sich einen Spruch und versuchte, die Sache locker zu sehen.

»Was hast du eigentlich heute Morgen gemacht?«, fragte sie ihn, als sie ihm den Salat hinstellte. »Ich dachte, du wolltest auch schon früher was im Garten machen.«

»Hmm, das ist saulecker.« Er leckte die Gabel ab. »Oh, Josie hat bei mir übernachtet, und wir haben uns verquatscht.«

In ihrem Herzen verspürte Emilia einen Stich. Josie also. Sie nickte stumm, doch er schien ihren Blick bemerkt zu haben.

»Alles okay bei dir? Hast du was von Vera gehört?«

Sie sah ihn nachdenklich an. »Klar. Es geht ihr unverändert. Sie ist immer noch sehr geschwächt. Das macht mir riesige Sorgen.« Verzweifelt schlug sie sich die Hände vor das Gesicht und weinte. Sie spürte, wie Lars ihr seinen Arm um die Schultern legte.

»Das tut mir so leid, Emmie. Vera ist stark. Sie wird es schaffen, ganz bestimmt.«

Emilia schlug die Augen auf und nahm das Taschentuch, das Lars ihr hinhielt. Sie schnäuzte sich. »Danke.«

Er nickte ihr aufmunternd zu.

»Ich werde dann mal aufbrechen. Ich habe mich mit Alexander verabredet und will nicht zu spät kommen.« Emilia stand auf.

Verständnisvoll nickte Lars. »Schöne Grüße von mir. Und sehr gute Besserung!«

Immer noch schniefend und mit vor Sorgen gerunzelter Stirn eilte Emilia aus der Gemeinschaftsküche. Alles musste gut werden, sagte sie sich. Eine andere Möglichkeit wollte sie einfach nicht denken.

Eine halbe Stunde später schloss sie ihr Fahrrad vor dem Urban-Krankenhaus ab. Die Grünfläche am Planufer zum Landwehrkanal war bereits von Sonnenanbetern bevölkert. Hier war alles voller Leben. Vor einem Krankenhaus war das vielleicht ein hoffnungsvolles Zeichen, dachte Emilia, doch ihr war schwer ums Herz. Sie erblickte Alexander, der sie schon am Eingang erwartete. Sie wusste nicht so recht, wie sie ihn begrüßen sollte, nach allem, was passiert war, doch er umarmte sie herzlich. Die Sorge um Vera und das Wissen um die traurige Vergangenheit hatten sie näher zueinandergebracht. Emilia war das sehr recht. Sie fuhren mit dem Aufzug in die fünfte Etage.

»In welchem Zimmer liegt sie jetzt?« Fragend sah Emilia Alex an.

»In Zimmer 111. Ein Einzelzimmer. Du kennst sie ja. Sie ist einfach nicht geboren für Mehrbettzimmer.« Er lächelte schief, und Emilia war froh über seinen Humor. Das entspannte sie ungemein. Er klopfte kurz an die grüne Tür und trat ein.

Vera saß aufrecht im Bett. Sie trug die Haare offen, und Emilia fand, dass ihre Gesichtszüge dadurch viel weicher wirkten. Erleichtert stellte sie fest, dass Veras Wangen wieder eine rosige Farbe angenommen hatten.

»Es war haarscharf«, hatte die Oberärztin bei Emilias erstem Besuch nach Veras Herzinfarkt vor ein paar Tagen noch bemerkt. »Eine halbe Stunde später, und wir hätten sie nicht retten können.«

Alexanders Erste-Hilfe-Maßnahmen waren wohl entscheidend gewesen. Emilia fragte sich, wie sich das Verhältnis zwischen den beiden entwickeln würde. Würde Veras Sohn ihr verzeihen können? Vielleicht ging es auch nicht nur darum, dass er seiner Mutter vergab, überlegte Emilia und betrachtete Alexander von der Seite, wie er Vera eine Tasse Tee reichte. Vielleicht musste er sich selbst vergeben. Die quälende Frage nach dem »Was wäre, wenn« dürfte ihn sein ganzes Leben begleitet haben. So ginge es wohl jedem. Und was machte es aus einem Menschen, sich immer wieder zu fragen, was gewesen wäre, wenn er nicht die Puppe seiner Schwester in der Hecke versteckt hätte und sie heute noch leben würde? Teresa war seine Zwillingsschwester gewesen. Alexander musste furchtbar gelitten haben. Und Vera auch. Emilia seufzte. Das taten sie vermutlich immer noch.

»Schön, dass Sie da sind.« Vera lächelte sie freundlich an, und Emilia legte neue Rätselhefte auf den Rollwagen neben ihrem Bett.

»Danke, Emilia, das ist sehr nett von Ihnen.« Sie räusperte sich. »Da ich ja die sehr viel Ältere von uns bin, liegt es wohl an mir, Ihnen das Du anzubieten. Ich würde mich freuen, wenn Sie, du …«, stammelte sie. »Also, bitte nenn mich Vera.«

Erstaunt und ein wenig skeptisch sah Emilia Vera an, die ihren Blick wohl verstand.

»Ich weiß, dass ich mich in den letzten Monaten wie ein Rüpel benommen habe, und wahrscheinlich kann ich nicht alle meine schlechten Angewohnheiten auf einmal loswerden. Aber ich werde mich bemühen.« Sie sah zu Alexander. »Das habe ich meinem Sohn auch versprochen.«

Emilia sah Alexander fragend an.

»Wir haben uns ausgesprochen«, ergänzte er. »Und Mutti hat mich um Entschuldigung gebeten. Wir werden noch mal neu starten, mit dem, was wir haben.« Während er sprach, hatte er sich auf die Bettkante gesetzt und die Hand seiner Mutter genommen.

Vera lächelte glücklich und wandte sich dann an Emilia. »Auch wenn ich mich nie so verhalten habe, bin ich sehr froh, dass ich Sie um mich habe. Danke, dass Sie sich so sehr um mich und Odin gekümmert haben. Das habe ich ganz sicher nicht verdient.« Eine kleine Träne stahl sich aus ihrem linken Augenwinkel. »Meinen Sie, Sie können mir auch noch eine Chance geben?«

Emilia schloss kurz die Augen, so wie sie es vor acht Monaten getan hatte, als sie zum ersten Mal Veras Wohnung betreten und beschlossen hatte, zu bleiben.

»Du«, sagte Emilia. »Und ja, Vera, die gebe ich dir.«

Gerührt stand sie auf und nickte der Kranken zum Abschied zu. Als sie bereits die Klinke in der Hand hatte, um zu gehen, rief Vera sie zurück. Sie drehte sich um. »Soll ich dir vielleicht doch was vom Kiosk besorgen? Eine Zeitschrift oder …«

Vera unterbrach sie sanft. »Nein, Emilia, Unsinn. Ich wollte dir nur sagen, dass du so lange bei mir wohnen bleiben kannst, wie du magst. Wenn du magst.«

»Das mache ich, Vera, danke. Das weiß ich sehr zu schätzen.« Nachdenklich schloss sie die Tür des Krankenzimmers hinter sich. Wenn ihr das jemand im letzten November prophezeit hätte, sie hätte kein Wort geglaubt. Doch das hier war die Wirklichkeit und fast zu schön, um wahr zu sein.

27

Emilia hatte den ganzen Nachmittag lang mit den Kindern die Hochbeete bemalt. Das war schön, aber auch anstrengend gewesen. Polly hatte in einer Tour geplappert und sich mit Ludwig gestritten, und Dilara war unzufrieden darüber, dass ihre Blumen nicht so hübsch aussahen wie die von Polly. Zu allem Überfluss hatte Odin sich über einen Teller mit Keksen hergemacht und sich übergeben. Emilia beschloss, Vera erst einmal nicht zu alarmieren. Die hatte, immer noch im Krankenhaus, andere Sorgen und sollte erst mal wieder auf die Füße kommen. Emilia hatte das Tier im Blick und konnte im Fall der Fälle immer noch rechtzeitig reagieren.

Inzwischen dröhnte ihr der Kopf, und sie war sich nicht sicher, ob es allein von der Hitze kam oder vielleicht doch etwas mit ihren vollgepackten Tagen in letzter Zeit zu tun haben mochte. Erschöpft streckte sie sich auf der Palettenbank aus und lauschte dem Flüstern des Windes, der die sattgrünen Blätter der Platane streichelte. Die Luft roch süßlich nach Sommerflieder und nach dem Raucharoma von Grillkohle. »Essen«, flüsterte sie leise vor sich hin. »Das wäre was.«

»Emmie! Schau mal!« Lars kam mit Dennis im Schlepptau auf sie zu. Beide hatten einen Griff der schwarzen Feuerschale in der Hand und sahen sich suchend um. Emilia traute ihren Augen kaum. Schüchtern sah er zu Boden, als sie ihn anlächelte und begrüßte. Sie freute sich von Herzen, dass er es doch noch aus der dunklen Höhle herausgeschafft hatte, jetzt, wo sein Vater sicher unterwegs war. Sie warf ihm einen Blick aus dem Augenwinkel zu und bemerkte die blauviolette Verfärbung unter seinem rechten Auge. Wer hatte ihm dieses Veilchen verpasst und wieso?, überlegte sie besorgt.

»Wo wollen wir die hinstellen?«

Emilia schob ihre Gedanken zu Dennis' Verletzung zur Seite und sprang von der Bank auf. »Was haltet ihr von dieser Stelle?« Entschlossen ging sie auf den Platz mit den alten Waschbetonplatten zu. Lars hielt inne und gab dem Jungen ein Zeichen, die Schale abzusetzen.

»Die Idee finde ich nicht so gut. Die Platten sehen schrecklich aus. Ich dachte, auf dem Rasen ist es irgendwie gemütlicher. Zum Beispiel dahinten, bei der Hibiskushecke.«

Emilia verzog das Gesicht. Feuer auf trockenem Rasen, dachte sie, geniale Idee. Lars schien ihre Gedanken zu lesen und verdrehte die Augen.

»Oh, Emmie, es wird wegen ein paar Funken schon nicht gleich brennen, und wir sind auch in keinem trockenen Kiefernwald. Wenn es dich beruhigt, können wir ja einen Eimer Wasser danebenstellen.« Er wandte sich an Dennis. »Heb die Schale wieder hoch.« Danach sah er fragend zu Emilia.

Beleidigt zuckte sie mit den Schultern. »Wie du meinst. Du bist ja der ›gute Gärtner‹.«

Lars legte die Stirn in Falten und gab sich schmallippig. »Scheint dich ja schwer zu belasten.«

Ärgerlich und ohne auf seine Bemerkung zu antworten, stand Emilia auf und ging ins Haus zurück. Sollten sie doch allein grillen. Nicht dass sie sich später wieder anhören musste, immer recht haben zu wollen, oder dass sie immer alles planen musste. Bitte schön, dachte sie sauer, aber ruft mich dann bloß nicht, wenn es brennt. Sie hörte, wie Lars ihr nachrief, aber sie drehte sich nicht mehr um. Heute wollte sie nur noch ihre Ruhe haben.

Als Emilia aufwachte, fühlte sie sich immer noch erschöpft, aber ihre pochenden Kopfschmerzen waren verschwunden. Ihr Handy, das sie neben sich auf das Bett gelegt hatte, leuchtete auf. Lars rief an.

»Hey.« Sie versuchte, ihre Stimme so normal wie möglich klingen zu lassen.

»Hey, du. Kommst du runter? Ich sitze noch am Feuer und grille Marshmallows. Die Kinder sind schon ins Bett, aber der Sommer ist zu kurz, um ihn nicht zu genießen.« Lars hörte sich so lässig an wie immer. Merkwürdigerweise regte sie das nicht auf, sie freute sich stattdessen, seine Stimme zu hören. Entschuldigen könnte er sich trotzdem für seinen blöden Spruch, dachte sie.

»Ich weiß nicht«, sagte sie zögernd.

Er räusperte sich. »Du, ich bin manchmal etwas unsensibel. Meinst du, wir können das bei einem Bier bequatschen?«

Kurz hielt sie inne und sah aus dem geöffneten Fenster. Die warme Luft, die ihr entgegenströmte, und das sanfte Leuchten des Feuers dort unten verführten sie. Außerdem war sie nicht besonders nachtragend.

»Ich bin gleich unten. Aber ich hasse Marshmallows.«

Lars lachte und legte auf.

»Und, konntest du ein wenig mehr über Dennis erfahren? Ich habe mich echt gewundert, dass er überhaupt gekommen ist.« Emilia warf einen kleinen Ast in das Feuer. Lars schüttelte den Kopf. Wahrscheinlich war ihm das mit dem Veilchen viel zu unangenehm, und wer wollte schon Fragen gestellt bekommen, auf die er möglicherweise keine Antworten hatte? Doch dann begann Lars zu erzählen. Er hatte Dennis vor dem Haus getroffen und ihn direkt auf seine Verletzung angesprochen, und der Junge hatte ihm erzählt, dass es in der Schule eine Schlägerei gegeben habe, die er nicht angezettelt hätte.

»Aber ich glaube ihm kein Wort«, fügte Lars nun hinzu. »Er ist fast eins achtzig groß und kräftig gebaut. Ich kann mir vorstellen, was passiert ist: Er ist von jemand sehr Mutigem provoziert worden und musste diesmal selbst was einstecken. Wie auch immer der Gegner das geschafft hat.«

»Bewunderst du die andere Seite jetzt dafür?« Emilia legte die Stirn in Falten.

»Quatsch, Emmie. Aber ich weiß, wie das läuft. Ob du es glaubst oder nicht, ich war auch mal jung.«

Ihre Gesichtszüge entspannten sich. »Aber nur ganz kurz, oder?«

»Haha.« Er wuschelte ihr durchs Haar, und sie durchfuhr ein wohliger Schauer.

Verlegen räusperte sie sich. »Und nun? Haben wir einen neuen Gartenhelfer?«

»Das dachte ich erst. Heute Abend hatte er jedenfalls großen Spaß mit der Feuerschale. Aber …« Nachdenklich sah Lars zu Boden und zupfte an einem Grashalm. »Die Geschichte geht noch ein bisschen weiter.«

Emilia stutzte. »Und würdest du mir auch verraten, wie?«

»Du wirst, glaub ich, nicht begeistert sein. Ich habe ja manchmal so eine gewisse direkte *Art.*« Schuldbewusst verzog er den Mund.

»Lars. Jetzt tu uns bitte beiden den Gefallen und erzähl es einfach.« Seine Geheimniskrämerei begann ihr langsam auf die Nerven zu gehen.

»Also gut. Vorhin beim Grillen hat er Unmengen von Toast mit Mayo zu seinen Würstchen gegessen. Da hatte ich das Gefühl, dass er gar nicht so richtig mitbekommt, wie viele von den Teilen er sich nebenbei reinschiebt. Und dann haben ich ihm gesagt, dass das Zeug echter Dreck ist und dick macht. Ich habe ihm vorgeschlagen, dass wir gern mal zusammen kochen können. Mit den Zutaten aus unserem Garten.« Zerknautscht sah er sie an. »Vielleicht hätte ich mir das schenken sollen. Dieses Einmischen. Er ist ja schließlich nicht mein Sohn. Jedenfalls ist er richtig sauer geworden, hat mich angefahren, wer ich eigentlich bin und was ich ihm zu sagen habe. Dann ist er wütend rein, und das war's.«

Emilia trank einen großen Schluck Rotwein aus Lars' Glas und seufzte. Sie kannte diese Seite an ihm inzwischen gut und wusste, dass er manchmal schwer mit seiner Meinung hinter dem Berg halten konnte und nicht der Einfühlsamste war.

»Ach, Lars. Das war echt ziemlich unsensibel. Aber ein bisschen Wahrheit steckt schon darin, klar. Meinst du, er isst so viel, weil er sich einsam fühlt?«

Er zuckte mit den Schultern, nahm ihr das Glas aus der Hand und trank ebenfalls. »Keine Ahnung. Das ist mir zu küchenpsychologisch. Ganz oft denke ich, dass die Kids überhaupt keine Ahnung von Lebensmitteln haben, und schon gar nicht von gesunden. Denk nur an die Zwillinge. Die hatten bis vor ein paar Wochen noch nie was von Zucchini gehört. Da ist es doch logisch, dass man zum Dönerladen geht oder sich 'ne Pizza auftaut.«

Emilia war nicht ganz überzeugt. »Stimmt einerseits. Auf der anderen Seite denke ich immer noch, dass er ziemlich unter seinen abwesenden Eltern leidet. Und sein Vater …« Sie strich sich die Haare nach hinten. »Sympathischer Typ, der feine Herr Wagner.« Sie machte ein abfälliges Geräusch. »Dafür gibt es gute Nachrichten von Vera und Alexander. Sie wollen einen Neuanfang wagen. Vera hat ihn um Entschuldigung für ihr schlimmes Verhalten gebeten, und er hat angenommen. Unfassbar, oder?«

Lars legte ihr einen Arm um die Schulter. »Das freut mich sehr für Captain Sunshine und ihren Sohn. Ich glaube, Dennis wird auch zu uns zurückkommen, wenn sich der Ärger gelegt hat. Möglicherweise brauchte er mal jemanden, der ihm die Wahrheit sagt. Und wer will die schon gerne hören? Wenn bei Vera und

Alex Wunder geschehen, dann auch bei Dennis. Da wette ich drauf.«

Emilia konnte seinen Worten nur noch schwer folgen, denn seine Berührung hatte sie elektrisiert, und sie hatte seinen Geruch in der Nase, der sich mit den Aromen des Sommers verführerisch durchmischte.

Er zwinkerte ihr zu. »Ich habe ihm jedenfalls gesagt, dass er für die Beerensträucher zuständig sein kann, und er wollte es sich überlegen.«

Emilia nickte. »Gute Idee. Er braucht eine Aufgabe, glaube ich. Und einen Freund.«

Lars hatte den Arm jetzt wieder von ihr weggezogen und sah ins Feuer. »Das kriegen wir schon alles hin.«

»Bestimmt.« Sie leerte ihr Weinglas in einem Zug und gähnte herzhaft. »Bin ich müde. Ich glaube, ich gehe jetzt schlafen.« Sie stand auf, und Lars lächelte sie an. »Dann schlaf mal schön und zerbrich dir nicht den Kopf über die ganze Welt.«

»Auf keinen Fall. Bis morgen!« Etwas enttäuscht drehte sie sich um und ging zum Haus. Als sie die Treppen zur Wohnung hinaufging, dachte sie daran, wie es wohl gewesen wäre, wenn Lars mit ihr hochgekommen wäre. Natürlich hatte sie nicht ernsthaft damit gerechnet, aber es vielleicht erhofft. Sie seufzte und schloss die Tür auf. Mit diesen Gedanken musste jetzt Schluss sein, haderte sie mit sich, doch bis sie endlich im Bett lag, hatte sie sich einen anderen Ausgang des Abends im Kopf ausgemalt. Jetzt lag sie im Bett, doch alle ihre Überlegungen machten ihr einen Knoten im Gehirn. Schließlich wusste sie nicht, wie Lars zu ihr stand. Er war ein Freigeist, und sie hatte keine Ahnung, ob sie überhaupt schon wieder bereit war für eine Beziehung oder was auch immer das zwischen ihnen war.

Mit einem lauten Gähnen zog sie die Bettdecke nach oben und drehte sich auf die Seite. Es war eine herrliche Sommernacht.

Nicht schwül und stickig, sondern leicht und angenehm kühlend. Eine Nacht, die wie gemacht war für …

Draußen knallte es laut. Sie sprang auf und lief zum Fenster. Im Mondschein konnte sie die Silhouette eines großen, kräftigen Menschen erkennen. Seine weißen Turnschuhe leuchteten ihr entgegen. Das war doch Dennis! Was machte er mitten in der Nacht im Garten? Emilia warf sich eine Jeansjacke über und schlüpfte leise zur Tür hinaus. Sie ging die Treppe hinunter, ohne das Flurlicht anzuschalten. Die Tür zum Garten war nicht verschlossen, und das musste bedeuten, dass Dennis noch da war.

Sie trat in die kühle Nachtluft. Ungläubig beobachtete sie, dass Dennis wie ein Irrer Erdbeerpflanzen aus dem Hochbeet herausriss. Ein Schauer fuhr ihr über den Rücken. Was war nur in ihn gefahren?

»Hey!« So leise, aber so scharf wie möglich zischte sie ihn an. Dennis zuckte zusammen und drehte sich erschrocken um. Als sich ihre Blicke trafen, versuchte er, an ihr vorbei zur Tür zu rennen. Doch Emilia trat ihm in den Weg und stemmte ihre Hände in die Hüften.

»Sag mal, spinnst du total? Was soll das denn hier?« Sie war außer sich vor Wut.

Dennis sah sie ebenso erzürnt an. »Lass mich! Ihr mit eurem blöden Garten und den komischen Pflanzen! Wir wollen das nicht!«

»Es ist mir herzlich egal, was ihr wollt und was nicht. Das gibt dir noch lange nicht das Recht, hier alles zu verwüsten.« Emilia fiel es schwer, nicht laut loszuschreien. »Und wer ist überhaupt wir? Du und dein Vater? Seit wann seid ihr denn so ein Dream-Team?«

Dennis blieb stumm, und sein Gesichtsausdruck änderte sich. Plötzlich sah er gar nicht mehr zornig, sondern eher traurig aus.

Ihre Wut war nach wie vor unverändert. So leicht würde er nicht aus der Sacher herauskommen.

»Ich glaube, ich weiß, warum du das machst. Weil Lars dir heute die Meinung gesagt hat und weil du sauer auf ihn bist. Gut und schön, dann sei halt sauer, aber lass gefälligst den Garten in Ruhe! Und wenn du Probleme mit jemandem hast, dann habe ich einen Profitipp für dich: Reden hilft, anstatt sich zu schlagen oder Dinge zu verwüsten!«

Am liebsten hätte Emilia ihn geschüttelt. So etwas Idiotisches!

Dennis sah sie erschrocken an. Plötzlich wirkte er sehr viel kleiner, als er mit seinen ein Meter achtzig eigentlich war. »Was soll ich denn jetzt machen?«, flüsterte er.

»Eine Entschuldigung wäre ein Anfang, und sobald in ein paar Stunden die Sonne aufgegangen ist, erwarte ich von dir, dass du das Beet wieder in seinen ursprünglichen Zustand versetzt. Haben wir uns da verstanden?«

Kurz dachte Emilia, dass sie sich wie ihre eigene Mutter anhörte, verwarf den Gedanken aber gleich wieder. Und wenn schon. So ein Verhalten war für sie inakzeptabel.

Dennis nickte und bejahte. »Wirst du das Lars erzählen?«

Grimmig nickte sie. »Na, davon kannst du ausgehen. Er muss wissen, was hier passiert ist.« Sie atmete einmal tief durch.

Dennis sah sie zerknirscht und nahezu verzweifelt an. »Muss das wirklich sein? Er wird doch auch sauer sein, und dann sagt er es meinem Vater und …« Er verstummte und starrte auf seine Füße.

Emilia kam ein Gedanke. Sie hielt es nach wie vor für eine sinnvolle Sache, dass der Junge mehr Zeit im Garten und mit den anderen verbrachte. Er war nicht automatisch ein Idiot, nur weil sein Vater einer war, und Zorn hatte noch nie aus jemandem einen besseren Menschen gemacht. Wobei Zorn sowieso Traurigkeit in Arbeitskleidung war.

»Also schön. Wenn du dich in den kommenden Wochen hier bei der Arbeit im Garten beteiligst, bleibt diese Sache unter uns. Das verspreche ich dir. Sobald wir die Kantine eröffnen, kannst du dich auch beim Kochen nützlich machen.«

Zögernd nickte er. »Aber mein Vater will nicht, dass ich im Garten helfe oder so Mädchenkram mache wie Kochen.«

»Dein Vater ist doch tagsüber so gut wie nie da. Außerdem sollst du kein Sklave sein, sondern dann und wann mal mitmachen. Und stell dir vor, Dennis, vielleicht macht es dir sogar auch noch *Spaß*.«

Irgendwo wurde ein Fenster geschlossen, und Emilia betete inständig, dass niemand sie gesehen oder gehört hatte.

»Also.« Entschlossen hielt sie ihm die Hand hin. »Einverstanden?«

Dennis schlug ein. »Danke.«

Ernst sah Emilia ihn an. »Geh jetzt rein und versuch, nicht alle aufzuwecken.«

Er schlängelte sich an ihr vorbei, da hielt sie ihn am Arm fest. »Und, Dennis: Vergiss nicht, dir einen Wecker zu stellen. Die Sonne geht gegen fünf Uhr dreißig auf, dann wartet das Beet auf dich.«

Stumm kehrte er in das Haus zurück, und Emilia folgte ihm. Sag noch einer, dass Gärtnern langweilig ist.

28

Als Emilia am nächsten Samstagvormittag in den Garten kam, traute sie ihren Augen kaum: Shenmi und Dennis saßen nebeneinander auf der Palettenbank und unterhielten sich angeregt. Lars kam ihr entgegen und nickte in Richtung der beiden Jugendlichen.

»Sieh dir die beiden an. Wer hätte das gedacht, oder, Emmie?«

Emilia wurde es jedes Mal warm ums Herz, wenn Lars seine Sätze mit »oder, Emmie?« beendete. Mit der Zeit hatte das zu einer Art von geheimer Verbundenheit zwischen ihnen geführt. Aber vielleicht kam es auch nur ihr so vor. Der Mann war schwer zu durchschauen, und sie hatte beschlossen, sich innerlich etwas zu distanzieren.

»Ich hätte nicht drauf gewettet. Die beiden kommen aus so unterschiedlichen Welten.«

Gerade sah sie, wie Shenmi Dennis ein Kraut unter die Nase hielt, um ihm etwas darüber zu erklären. Der Junge hing förmlich an ihren Lippen.

»Findest du?«

»Finde ich was?« Emilia war vollkommen abgelenkt von den beiden. Dennis hatte sich in der vergangenen Woche tatsächlich an ihre Vereinbarung gehalten. Nachmittags schaute er im Garten vorbei und kümmerte sich um das Beerenbeet. Zum Kochen waren sie noch nicht gekommen, aber wenn sie die beiden so betrachtete, hielt sie auch das nicht mehr für unmöglich. Wahrscheinlich würde Shenmi ihn mit ihrer Begeisterung mitreißen. Es war fantastisch.

»Emmie, hast du mir jetzt überhaupt zugehört?« Lars zog sie am Ohrläppchen. »Ich finde nicht, dass Shenmi und Dennis aus sehr unterschiedlichen Welten kommen.«

Nachdenklich spürte Emilia dem Kribbeln an ihrem Ohr nach. »Finde ich gar nicht. Bei Shenmi ist es ganz offensichtlich, dass Susanne und Richard eine sehr klare Vorstellung davon haben, was ihr Kind können soll.« Sie rollte mit den Augen. »Und da spielt ganz sicher eine gehörige Portion Ehrgeiz mit. Aber Dennis? Ich weiß nicht, wie er in der Schule ist. In der Zockerei kann ich jedenfalls keinen sonderlichen Anspruch erkennen.« Fragend sah sie ihn an, und Lars schüttelte den Kopf.

»Ich meine etwas anderes. Vorhin habe ich ein bisschen was mitbekommen, als sie sich unterhalten haben.«

Emilia schlug ihm gegen die Schulter. »Hey, neugierig bist du zum Glück ja gar nicht.«

Lars grinste nur und ließ sich nicht beirren.

»Was kann ich dafür, wenn das Kräuterbeet und die Tomatenpflanzen so nahe beieinanderstehen? Auf jeden Fall beklagte sich Shenmi darüber, dass sie auf ihrer alten Schule gemobbt wurde, weil sie so anders aussah als ihre Mitschüler, und dass sie hier auf einen Neuanfang hofft.«

»Oh. Das hört sich traurig an.« Mit einem nachdenklichen Blick sah sie zu dem zarten, schwarzhaarigen Mädchen.

»Das finde ich auch. Verdammt traurig ist das. Nur, Dennis wird es genauso gehen, darauf kannst du wetten. Durch seine Größe und sein Gewicht sticht er aus der Menge hervor. Und jede Abweichung von der sogenannten Norm«, Lars' Gesicht verzog sich schmerzhaft, als er dieses Wort aussprach, »jede noch so kleine Auffälligkeit macht dich zum Opfer, wenn du in seinem Alter bist.«

Emilia fuhr sich durchs Haar. »Das könnte wirklich eine Gemeinsamkeit sein. Eine grausame Gemeinsamkeit.«

»Umso besser, dass sie hier ihre Ruhe haben. Vor allem, dass sie zueinandergefunden haben, oder, Emmie?« Ihre Blicke trafen sich wie so oft, aber diesmal war etwas anders. Der Blickkontakt war zu lang. Emilia hatte das Gefühl, sich in seinen Augen zu verlieren. Fast hätte sie den Blick nicht von ihm abwenden können, als unvermutet eine ganz andere Person in der Hoftür auftauchte.

»Da ist ja Vera.« Fasziniert und überrumpelt zugleich zeigte sie in ihre Richtung, und Lars drehte sich langsam um.

»Hast du es dir jemals so erträumt?«, fragte Emilia.

Vera saß, nachdem sie ihr zu Hilfe geeilt waren, auf der Trockenmauer, die das Kräuterhochbeet umsäumte. Eine Duftwolke aus Borretsch, Rosmarin, Oregano, Thymian, Muskatellersalbei und Minze umhüllte die alte Dame. Vera schien alles in sich aufzusaugen. Emilia beobachtete, wie sie die Augen schloss – einen kleinen Moment länger als gewöhnlich – und ein zaghaftes Lächeln ihre Lippen umspielte. Was hatte alles geschehen müssen, damit sie sich überwand und den Weg in den riesigen Garten fand. Emilia blinzelte in die Sonne.

Vera erhob sich mit einem leisen Stöhnen. Der Fahrradunfall lag bereits lange zurück, doch ihre Knochen bereiteten ihr nach wie vor Probleme. Ganz zu schweigen davon, dass Vera die vergangenen zwei Wochen an ein Krankenhausbett gefesselt gewesen war und sich ihr Körper erst langsam wieder an Bewegung und Belastung gewöhnen musste.

Emilia erinnerte sich genau an den Tag, an dem sie Vera vorgeschlagen hatte, einen Stock zu benutzen. Mit vorsichtigen Worten hatte sie ihr erklärt, wie viel einfacher ihr Leben wäre, wenn sie ein kleines Hilfsmittel nutzen würde. Doch ihre Vermieterin gab sich empört und beleidigt, gerade so, als wäre es wieder 1990 und man hätte ihre Befähigung zur Professorin infrage gestellt. Jetzt war Emilia trotzdem froh, den Stock gekauft zu haben. Nachher würde sie ihn aus seinem Versteck in ihrem Zimmer holen. Die Zeiten hatten sich zum Glück geändert, und Vera war hoffentlich bereit, Hilfe anzunehmen.

Sie hakte sich bei ihr unter.

»Die Kinder sind bestimmt oft in dem Gartenhäuschen, oder?«

»Klar! Für morgen haben wir eine Aktion geplant. Die Bänke und Tische sollen neu gestrichen werden. Polly kann es kaum erwarten und erzählt mir seit drei Tagen, welche Farben ...« Emilia war selbst so mitgerissen von der kindlichen Freude, dass sie jetzt erst bemerkte, wie langsam Vera neben ihr geworden war.

»Vera? Brauchst du vielleicht ein Glas Wasser oder ...?«

»Herrgott, Emilia, jetzt hör auf, mich wie achtzig und scheintot zu behandeln.«

Sie löste sich aus der Umarmung und sah ihr ins Gesicht. Ihre Augen schimmerten wie eine Zeichnung mit Aquarellstiften, die noch nicht ganz getrocknet war.«

»Immer wenn ich ...« Sie stockte. »Ich meine, wenn ich die kleine Polly sehe, mit ihren Locken und mit ihrer wilden lustigen Art, dann denke ich an ...« Vera schluchzte auf, und ihr Schmerz schien zwischen der aufblühenden Goldnessel auf seltsame Art gut aufgehoben zu sein. Alles hier strebte nach Wachstum, nach Wandel und Kreislauf. Nach Leben. Mehr noch: Es strebte nicht danach, es *war* bereits.

Emilia legte ihren Arm um die alte Dame und strich ihr über das Haar.

»Teresa hätte es hier sicher geliebt, Vera.«

Sie spürte die Nässe an der Schulter, an der Veras Kopf lag. Heute kam sie ihr nicht nur klein, sondern auch sehr verletzlich vor.

»Du könntest etwas für sie pflanzen.«

Vera schniefte laut auf. Das Beben, das ihren Körper während des Weinens erschüttert hatte, ebbte langsam ab. »Hilfst du mir dabei?« Ihre Stimme klang wieder gefasster.

Emilia nickte und schwieg und betete, dass Vera ihre Tränen nicht bemerken würde. »Aber jetzt musst du erst mal wieder ankommen. Schließlich kommst du gerade aus dem Krankenhaus.«

Zu ihrer Überraschung stimmte Vera zu.

»Alexander hat deine Tasche bereits in die Wohnung gebracht, und ich habe dir dein Bett frisch bezogen. Und rate mal, wer am sehnlichsten auf dich wartet.«

Vera sah sie dankbar an und tätschelte ihre Hand. »Das ist schön. Und ich will jetzt unbedingt zu Odin.«

Emilia führte ihre Vermieterin in das Haus zurück, und sie fuhren mit dem Fahrstuhl in die zweite Etage. Wie immer hörten sie bereits jetzt den Dackel bellen. Vera strahlte, und Emilia beeilte sich, die Tür aufzuschließen. Odin führte einen Freudentanz auf, und weil Vera sich nicht bücken konnte, brachte Emilia sie zum Sofa, auf das sich die alte Dame erschöpft sinken ließ. Odin sprang aufs Polster und schlappte seiner Besitzerin über das Gesicht. Das Wohnzimmer schien nur so überzuquellen vor Glück.

»Ich freue mich so, dass du zurück bist, Vera«, sagte Emilia. »Aber leider kann ich dir heute Nachmittag keine Gesellschaft leisten. Wir haben uns heute das erste Mal zum Kochen in der Gemeinschaftsküche verabredet. Wir wollen für die ›Kantine für alle‹ üben.«

Erstaunt sah Vera sie an. »Bei diesen Hippies?« Sie lächelte süffisant, und Emilia musste daran denken, dass Vera, bloß weil sie ihr das Du angeboten und sich entschuldigt hatte, nicht auf einmal ein anderer Mensch geworden war. Offensichtlich begegnete sie den »Bunten« von nebenan weiterhin mit Skepsis.

Emilia lachte auf. »Ja, Vera. Stell dir vor, die Kinder lieben es, mit den Zutaten aus dem Garten zu kochen. Du würdest staunen, was sie schon alles können! Und sobald wir genug ernten, wollen wir auch Leute aus der Nachbarschaft einladen, bei uns im Hofgarten zu essen.« Sie stand auf, und Vera zog verwundert die Augenbrauen hoch. Dann sagte sie mit einem leicht amüsierten Unterton in der Stimme: »Ich nehme an, mit *wir* meinst du diesen linken Gärtner und dich? Na, dann wünsche ich *euch* viel Spaß bei eurem kleinen Projekt …«

Emilia grinste immer noch, als sie fünf Minuten später die Wohnungstür hinter sich zuzog und sich auf den Weg durch den Garten ins Nachbarhaus machte. Vera war nach wie vor blitzschnell im Kopf.

29

Der Nachmittag war in den Abend übergegangen, und die Sonne strahlte warm und sanft auf die Terrasse. Anette und Franz legten das Besteck weg und lächelten sich zufrieden zu.

»Bravo, Kinder«, sagte Anette. »Ich hätte nicht gedacht, dass unser Garten jetzt schon so viel abwirft, dass wir alle davon satt werden.«

»Also, mir hat es ganz vorzüglich geschmeckt!« Maja steckte sich den letzten Bissen Lasagne in den Mund. Neben ihr brummte Hannes glücklich.

Zeynep nickte. »Köstlich! Und das habt ihr ganz allein zubereitet?«

Dilara erklärte ihr stolz ihren Anteil an dem Essen.

»Shenmi hat uns dieses Rezept verraten und uns alles gezeigt!«, warf Polly bewundernd ein.

»Aber Dennis hat die meiste Arbeit gemacht«, ergänzte Ludwig.

Überschwänglich hob Emilia ihr Wasserglas. »Auf Shenmi und Dennis!« Die anderen stimmten ein, und die Gläser klirrten aneinander. Richard und Susanne drückten ihrer Tochter jeweils ein Küsschen auf die Wange, und sie wurde rot. Dennis sah verlegen auf die Tischplatte.

Das Essen war entspannt abgelaufen, sie hatten sich alle gut unterhalten. Das Treffen war tatsächlich ursprünglich Dennis' Idee gewesen. Er hatte sie etwas unbeholfen dazu eingeladen und versichert, dass er allein kochen würde. Das Rezept hatte er von Shenmi bekommen, die ihm und den Kindern dann auch tatkräftig bei der Umsetzung geholfen hatte. Wenn Emilia nicht gewusst hätte, dass es sich bei dem Jungen um ein und denselben handelte, der vor Kurzem noch Beete verwüstet hatte, hätte sie ihn für einen Doppelgänger gehalten.

»Siehst du, Emmie? Das alles kann die Natur bewirken«, raunte Lars ihr augenzwinkernd zu.

»Die Natur? Das erste Verliebtsein wohl eher«, entgegnete sie lachend.

Plötzlich gab Shenmis Handy einen Signalton von sich.

Susanne sprang auf. »Oh, schon so spät. Wir müssen jetzt leider los, Shenmi hat heute noch Generalprobe vom Chor.« Suchend sah sie sich zu ihrer Tochter um. »Kommst du, Shenmi?«

Das Mädchen nickte stumm und winkte in die Runde. »Bis dann mal.«

»Bis hoffentlich bald!« Emilia sah der Familie nachdenklich hinterher.

Die anderen ergriffen die Gelegenheit beim Schopf und standen ebenfalls auf. Nachdem sich alle zum Abschied herzlich umarmt hatten und Lars ihnen versichert hatte, dass er allein aufräumen konnte, stand plötzlich nur noch Emilia in der Küche.

Lars räumte die letzten Teller in den Geschirrspüler, und Emilia reichte ihm die gebrauchten Gläser an. Nach einer halben Stunde war die Küche wieder so gut wie sauber.

»Hast du noch Lust auf ein Getränk?«

Emilias Augen weiteten sich, sie wurde ein bisschen nervös. »Gerne.«

Lars schnappte sich eine Rotweinflasche und zwei Gläser. »Wollen wir uns unter die Kastanie legen? Ich habe die Palettenbank gepimpt. Es gibt jetzt auch Decken und Kissen für mehr … Komfort.«

Beide brachen in Lachen aus.

Sie hatten es sich auf dem riesigen Palettenbett gemütlich gemacht. In der Kastanie hing eine bunte Lichterkette, die einen sanften Schein auf ihre Gesichter legte. Aus einem Bluetooth-Lautsprecher drang ein Song von The Killers, »Mr. Brightside«. Emilia fühlte sich so glücklich wie schon lange nicht mehr. Sie nahm einen großen Schluck Wein aus ihrem Glas und verschluckte sich. Lars klopfte ihr sanft auf den Rücken.

»Danke!« Emilia hatte sich wieder beruhigt.

»Wofür hast du mich«, erwiderte Lars fröhlich.

»Weißt du, wer, glaube ich, auch Hilfe brauchen könnte?«

Lars sah sie durchdringend an. »Nein. Du vielleicht?« Er grinste.

Emilia wich seinem Blick aus. Seine Sprüche waren manchmal unerträglich unpassend. Wenigstens schien er es zu bemerken.

»Weißt du, wie sich Gorillas entschuldigen?«, fragte er leise.

Verdutzt drehte sie sich zu ihm. »Gorillas?«

»Ja. Das geht so: Der, der sich entschuldigen will, macht das.« Er streckte ihr seine geöffnete Handfläche hin. »Und die, die die Entschuldigung annimmt, streicht mit ihren Fingern über die Hand.«

Emilia legte den Kopf schräg und schloss für einen Moment die Augen. Dann gab sie sich einen Ruck und fuhr ihm langsam über die Hand.

Lars sah sie ernst an. »Wir sind Freunde, oder, Emmie?«

Nachdenklich nickte sie und lächelte. »Ja, Lars, das sind wir.«

Sie nahm noch einen Schluck Wein, und plötzlich machte sich ein warmes Gefühl in ihr breit, ein Kribbeln in ihrem Bauch, das sie schon lange nicht mehr gespürt hatte. Ja, sie waren Freunde, das konnte sie ganz deutlich fühlen. Sie war sich nur nicht mehr sicher, ob das alles war. Alles, was sie gerade wollte, war, diesen Augenblick einzufrieren, und vielleicht ein bisschen mehr. Verdammt, fluchte sie in Gedanken. Ich habe mich verliebt.

»Emmie, weißt du, was ich an dir am meisten bewundere?«, fragte Lars plötzlich in die Nacht hinein.

Erstaunt sah sie ihn an. »Was? Nein, keine Ahnung.«

Auffordernd hielt er ihr das Weinglas entgegen. »Dass du so intensiv tagträumen kannst. Ich halte dir seit gefühlt zehn Minuten mein Glas hin.«

Sie lachte. »Ich liebe meine Tagträume.«

Er lehnte sich auf der Bank zurück und sah sie an. »Was lief eigentlich zwischen dir und diesem Tom?«

»Tom?« Sie verschluckte sich erneut und hustete. Was wusste Lars von ihm und, noch viel wichtiger: Von wem wusste er das überhaupt? Beim Adventsfest war er nicht dabei gewesen.

»Maja hat mal erwähnt, dass du dich mit ihm ganz gut verstanden hast.«

»Aha. Und was spielt das jetzt für eine Rolle?« Sie versuchte, nicht verärgert zu klingen. Lars hatte andauernd irgendeine Freundin zu Besuch, aber sie befragte ihn nie dazu. Warum auch? Er war es doch, der immer wahnsinnig viel Wert darauf legte, ein Freigeist zu sein, ohne jegliche Verpflichtung. Und Tom war ein Thema, das sie am liebsten in einer Bleikiste in der Ostsee versenkt hätte.

»Du interessiert mich einfach.« Unvermittelt legte er seine Hand auf ihre. Emilias Gedanken überschlugen sich so schnell, dass sie ihnen nicht nachspüren konnte.

»Aber … ich dachte … du und ich, wir leben auf zwei unterschiedlichen Planeten.« Ihre Worte waren hilflos, doch ihr Herz sehnte sich nach seiner Nähe.

Lars drückte ihre Hand sanft und zärtlich. Emilia traute sich kaum zu atmen, das Herz schlug ihr bis zum Hals. Passierte das hier wirklich?

»Auf unserem Gartenplaneten haben wir doch viel gemeinsam. Das Herz will, was das Herz will.« Lars sah sie mit funkelnden Augen an. »Oder, Emmie?«

Wärme überzog ihren Körper. Sie wollte einmal auf ihren Bauch hören und nicht auf ihren Kopf. Sie nickte und lächelte, dann küsste sie ihn leidenschaftlich. Schnell zog er sich das T-Shirt aus und schob seine Hände unter ihr Top. Emilia umfasste sanft seine Handgelenke und stoppte seine Berührungen. »Meinst du wirklich, hier …? Was ist, wenn uns jemand …«

Lars dachte nicht daran, aufzuhören. »Es schlafen schon alle, und hier sieht uns niemand.«

»Lügner«, hauchte sie und ließ sich von ihm ausziehen. Vielleicht war es an der Zeit, ganz ohne Plan zu lieben.

30

Dieser Juli war einer der schönsten, die Emilia jemals erlebt hatte. Sie lag auf der Wiese, die Sonne kitzelte in ihre Nase. Odin schnarchte zufrieden neben ihr. Wenn sie jemals das Wort magisch gebraucht hätte, um einen Ort zu beschreiben, dann wäre es ihr Garten gewesen. Alles stand in prächtiger Blüte, in einer Farbenvielfalt, die nahezu unvorstellbar war. Die Farbspiele zwischen Phlox, Sonnenhut und Silberkerzen wirkten wie gemalt in ihrer anmutigen Schönheit. Möhren und Buschbohnen hatten sie abgeerntet, damit sie nicht von den beachtlichen Zucchini und dem Brokkoli bedrängt wurden. Mittlerweile hatten sich beide Hausgemeinschaften zu einem eingespielten Team entwickelt. Lars hatte seine Pop-up-Kantine eröffnet, sie wurde durch die Nachbarschaft gut angenommen. Bis zum Oktober wollte er sie geöffnet lassen und dann überlegen, wie es im nächsten Jahr weitergehen sollte. Vera hatte sich zusehends von ihrem Herzinfarkt erholt und wirkte so entspannt wie noch nie. Überraschenderweise war sie zu einem beliebten Mitglied in ihrer kleinen Gemeinschaft geworden.

Ein Schatten huschte über sie. Sie blinzelte gegen das Licht. Lars. Er hockte sich zu ihr und küsste sie. »Das ist wie ein Traum.«

Sie stimmte ihm zu. »Fast zu schön, um wahr zu sein.«

Die Welt war auf einmal so süß wie Erdbeerbaiser und so prickelnd wie Limettenkaviar. Jede freie Sekunde der vergangenen Wochen hatte Emilia mit Lars verbracht. Sie ließ sich mehr und mehr von seiner unbekümmerten Art, das Leben zu leben, anstecken. Die Schwere, die sie seit der Trennung von Max gespürt hatte, war gewichen, und sie fühlte sich fast so leicht wie damals, als ihr Herz noch ohne Sprung gewesen war.

Jetzt war es so geflutet mit Liebe, dass sie ihr aus jeder Pore zu quellen schien. Der Zauber, die Magie des Neuanfangs hielten ihr Herz in leichten Händen und verwandelten selbst ihre Sprache in Seide, so sanft und zart wie die Blüten von Orientalischem Mohn. Dieser Sommer war an Herrlichkeit nicht zu überbieten, nach einem unendlich langen und kalten Winter. Die Welt war schön, jetzt, hier und heute, und Emilia machte sich zum ersten Mal keine Sorgen darüber, was morgen sein würde.

Auch im Garten und rund um die Gemeinschaft hatte sich etwas getan. Dennis war motivierter denn je. Er hatte Lars und Emilia sein Herz ausgeschüttet, über seine Einsamkeit, seinen strengen Vater und darüber, dass er seine Mama vermisste. Emilia hatte das sehr berührt, und sie hatte sich auch Gedanken darüber gemacht, dass Herr Wagner ihn nicht mehr zu ihnen lassen würde. Erst vor zwei Tagen hatte er Emilia, als sie einander im Hausflur begegneten, zugeraunt, sie solle seinen Sohn endlich mit diesem weibischen Garten- und Kochkram in Ruhe lassen. Am liebsten wäre sie ihm an die Gurgel gegangen, aber schlussendlich wollte sie sich nicht auf dieses Niveau begeben. Sie hoffte nur, er würde Dennis das Leben nicht noch schwerer machen, als es sowieso schon war.

Lars hatte sie beruhigt: »Ach, Emmie, Wagner wird schon kein Theater anfangen. Der hat viel zu viel Schiss um seine Karriere. Was, wenn die Leute auf einmal darüber spekulieren, ob er ein guter Vater ist oder warum er nicht mit den Nachbarn auskommt. Das kann der sich nicht leisten.« Lars lachte bitter auf. »Schade nur, dass das sein Beweggrund ist und er nicht erkennen kann, wie gut Dennis die Gemeinschaft tut.«

»Vor allem Shenmi.« Emilia zwinkerte.

»Umgekehrt ist es, glaub ich, ähnlich.« Lars umarmte sie zärtlich. »Das ist so wie bei uns.«

Glücklich sah sie ihn an. »Und nicht nur das. Wusstest du, dass Dennis eine Webcam im Garten installiert hat?«

»Nein«, antwortete er und küsste sie zärtlich auf die Stirn. »Hauptsache, sie filmt nicht das Palettenbett.«

»Auf keinen Fall. Darauf habe ich schon geachtet.« Sie grinste. »Die ist für Anette. Mit einer App auf ihrem Handy kann sie jetzt auch tagsüber den Garten bewundern und mit uns sprechen. Ist das nicht so was von mitfühlend von Dennis? Als mir Anette davon erzählte, konnte ich es kaum glauben.«

Lars küsste sie auf die Stirn und sah sie an. »Kannst du dich noch daran erinnern, als wir uns kennengelernt haben und ich dir die Nachbarschaft gezeigt habe? Das Moosgraffiti?«

Emilia war verwirrt, weil sie nicht wusste, auf was er hinauswollte, aber erinnern konnte sie sich.

»Klar.«

»Wenn es eine Basis gibt, auf der etwas gedeihen kann, wird alles blühen. Mir war, ehrlich gesagt, gar nicht so richtig bewusst, was das bedeutet. Umso klarer ist es mir jetzt. Dennis hat sozusagen eine neue Nährlösung gebraucht, um ein anderer zu werden.«

Gerührt hatte Emilia seine Hand gedrückt. »Vielleicht kein anderer. Vielleicht einfach er selbst.«

»Oma Veeeraaaa!« Pollys Ruf riss Emilia aus ihren Gedanken. Niemand konnte den Namen so lang ziehen wie Polly. Emilia richtete sich auf und spähte hinüber zur Sitzecke. Das Mädchen hielt einen Korb in der Hand und winkte. Vera, Ludwig und Dennis saßen an dem schmiedeeisernen Tisch im Schatten, und Vera half Dennis bei den Physikhausaufgaben.

Diese Hausaufgabenhilfe hatte sich mit der Zeit so eingebürgert. Emilia hatte erst Bedenken gehegt, als Vera sich dafür anbot. Ihre ungeduldige und spitze Art war Emilia in bester Erinnerung. Aber Vera gab sich handzahm. Sie bestand auf Sorgfalt und auch darauf, dass man ihr zuhörte, aber garstig war sie nicht. Bei Dennis schien sie gut anzukommen, und ebenso bei den anderen Kindern.

Jetzt winkte Vera Polly fröhlich zu. »Ich komme gleich!«

»Vera ist eine gefragte Frau.« Lars grinste.

Sie lachte laut auf. Manchmal wollte Emilia sich die Augen reiben. War das wirklich dieselbe Person, die noch vor wenigen Wochen jeden Tag isoliert in ihrer Wohnung verbracht hatte und deren einzige Freunde die Darsteller einer Daily Soap waren?

Emilia rappelte sich auf. »Zeit zu gießen.«

Lars verharrte einen Moment reglos in der Hocke und schnupperte. Er blickte zum Himmel, dann auf die Uhr, und dann grinste er Emilia an. »Ich weiß ja nicht ... wenn das heute noch gewittert, würde es mich nicht überraschen.« Achselzuckend stand er auf. »Ich mach mich mal lieber jetzt schon auf den Weg, Nachschub für die Kantine besorgen.«

Emilia ging zu Vera hinüber. Nach einer kurzen Beratung drückte sie Ludwig und Polly einen Eimer apfelgrüne Holzlasur und zwei Pinsel in die Hand. Die beiden waren nach all den Verschönerungsaktionen im Garten so erfahren im Umgang mit Farbe geworden, dass Emilia ihnen nicht mehr erklären musste, wie sie das Gartenhäuschen am besten streichen sollten. Lachend machten die beiden sich ans Werk. Dennis verabschiedete sich von Vera und ging ins Haus, Emilia griff sich die Gießkanne.

Während sie die Beete mit dringend benötigtem Wasser versorgte, pflückte Vera mit nachdenklichem Gesicht eine Erdbeere und lehnte sich gegen den Rand des Hochbeets.

»Man ist sich selbst der Blindeste, Emilia.«

Emilia war dabei, die Gießkanne neu zu befüllen. »Was meinst du damit?«

Vera drapierte eine Handvoll Beeren auf der Holzumrandung. »Schon vor Teresas Tod habe ich nur funktioniert. Als Professorin an der Universität, als Ehefrau, als Mutter. Jeden Abend, wenn ich mich ins Bett legte, dachte ich, dass ich alles perfekt erfülle, dass das jetzt eben meine Aufgaben waren. Die Frage nach Glück habe ich mir nie gestellt. Und damit meine ich das Gefühl, das man sich nur selbst geben kann. Aus sich heraus, ohne Zutun von außen. Als dann Teresa starb, bekam ich zum ersten Mal eine Ahnung davon, was es bedeutet, nicht mehr funktionieren zu können. Verstehst du, was ich meine?«

Emilia konnte es nur erahnen. Sie nickte.

»Dann verwischte die ganze Welt zu einem Grau. Schönheit, so ein herrlicher Ort wie dieser, wurde für mich unsichtbar.«

Sie ordnete die Beeren erneut. »Was bleibt, wenn nichts mehr bleibt?«

Lächelnd ging Emilia zu ihr und legte einen Arm um sie. »Hoffnung. Eine wilde Hoffnung.«

Vera sah sie gerührt an. Für einen Moment schwiegen sie beide. Dann griff die alte Dame nach ihrem Holzstock und richtete sich auf. »Wie dem auch sei. Ich gehe jetzt noch schnell zum Briefkasten, in der wilden Hoffnung, dass da nicht zu viele neue Rechnungen drin sind. Und dann kümmere ich mich ums Abendessen. Ich decke für dich mit.« Sie zwinkerte Emilia zu. »Oder sehe ich dich erst wieder morgen früh?«

31

Eine Viertelstunde später platzte der Regen mit voller Wucht auf die Erde. Emilia und Dilara drängten sich unter das rettende Wellblech, wo Vera mit einem ängstlichen Gesichtsausdruck schon wartete. Zum Glück haben es die Zwillinge gerade noch trocken nach Hause geschafft, ging es Emilia durch den Kopf, während sie Dilara eine nasse Strähne aus dem Gesicht strich und ihr gut zuredete. Das Mädchen hatte bei Gewitter immer große Angst. Als Emilia sich aufrichtete, hielt ihr die alte Dame stumm einen Brief unter die Nase, und eilig las Emilia die Zeilen, bevor sie das Papier sinken ließ. Entsetzt sah sie Vera an.

»Die wollen uns den Garten wegnehmen?« Selten war es Emilia so schwer gefallen, eine Frage zu stellen.

Wieder zuckte es über ihnen, und das graue, unwirkliche Licht, in das der Sommertag plötzlich getaucht worden war, leuchtete für einen kurzen Moment taghell.

Vera nickte langsam.

»Komm, lass uns erst einmal reingehen«, sagte Emilia und schob ihre Vermieterin sanft ins Haus. Dilara wich ihr nicht von der Seite.

Nachdem sie das Mädchen bei seiner Mutter abgegeben hatten, fuhren Emilia und Vera mit dem Aufzug zurück in ihre Wohnung. Draußen vor den Fenstern tobte das Sommergewitter.

Während Emilia den Dackel noch trocken rubbelte, ließ Vera sich aufs Sofa sinken und flüsterte: »Hätte ich doch bloß nie das Haus verkauft.«

Emilia starrte sie fassungslos an: »Dieses Haus hat mal dir gehört?«

Emilia nahm Vera den Brief aus den Händen und las die Zeilen noch einmal. Eine Firma namens CG Experience gab bekannt, dass sie aus Sanierungsgründen den Garten roden wolle, um dort ein Hinterhaus zu errichten.

Vera stöhnte auf. »Und das, wo wir doch gerade …«

»Wo doch gerade alles so schön ist«, ergänzte Emilia.

Mit einem lauten Knall fiel das Fenster zu.

»Hätte ich doch bloß nie das Haus verkauft«, wiederholte Vera. »Nach Bernds Tod kam heraus, dass er sich bei einem anderen Immobilienverkauf verspekuliert hatte. Nach der Wende hatte er in drei Eigentumswohnungen in Halle investiert. Die wurden damals von der Regierung subventioniert. Aber dann kam der Leerstand, und wir hatten keinerlei Mieteinnahmen mehr. Irgendetwas musste passieren, und da bekam ich das Angebot von dieser Firma.«

Mit großen Augen lauschte Emilia Veras Ausführungen. Das waren ja echte Neuigkeiten.

»Jetzt fällt mir das alles wieder auf die Füße. Warum kann nicht einmal irgendetwas glattgehen in diesem Leben?«, jammerte Vera.

»Lass den Kopf nicht hängen«, versuchte Emilia, ihr Mut zu machen. »Wenn diese Leute den Garten sehen und wir ihnen etwas über die Bedeutung für uns erzählen, dann können wir sie sicher umstimmen.« Als Emilia diese Worte sprach, glaubte sie selbst kaum daran. Solche großen Unternehmen interessierten sich nur für Geld. Für die spielte es keine Rolle, ob sie sich hier etwas aufgebaut hatten oder nicht. In ihrem Fokus standen höhere Mieteinnahmen und vielleicht auch eine andere Mieterschicht. Wer wusste das schon.

»Wir geben auf keinen Fall kampflos auf!« Energisch schlug sie mit der Faust auf den Esstisch. »Es muss doch hier einen Ansprechpartner geben, bei dem wir uns melden …« Plötzlich stockte ihr die Stimme. Sie warf erneut einen Blick auf den Brief in ihrer Hand. Ja, sie hatte richtig gelesen. In der Fußzeile waren die Gesellschafter aufgeführt: Mr. Jake Cody und Mr. Thomas Anthony Girard. Tom. Das war Tom. Sie konnte sich noch sehr gut an seinen Nachnamen erinnern, denn als sie die Nacht bei ihm verbracht hatte, lag ein Brief für ihn auf seinem Küchentisch, und sie hatte einen flüchtigen Blick darauf geworfen. Dabei hatte sie sich gewundert, dass er einen französischen Nachnamen trug. Den hatte sie sich gemerkt.

»Vera, kennst du Tom? Tom Girard? Er hat eine Wohnung im ersten Stock, ist aber nie hier.« Emilia überlegte. Seit ihrem One-Night-Stand hatte sie ihn tatsächlich nicht mehr gesehen. Allem Anschein nach wohnte er eher in London als in Berlin.

»Natürlich.« Aufgeregt nickte Vera, ihre Wangen glühten. »Er ist Jake Codys Bruder. Mit dem habe ich damals den Kauf abgewickelt.«

Überrascht versuchte Emilia zu rechnen. Der Verkauf musste mindestens zwanzig Jahre her sein, und Tom war gerade einmal Mitte dreißig. Konnten sie wirklich Brüder sein? Vera schien ihre Gedanken zu lesen.

»Die beiden sind Halbbrüder. Jake ist zwanzig Jahre älter als Tom. Ihr Vater hat noch einmal geheiratet, und Tom hat den Mädchennamen seiner Mutter angenommen. Den fand er klangvoller. Jedenfalls hat man sich das hier erzählt.«

Das passt zu ihm und seiner ausgewachsenen Profilneurose, dachte Emilia. Aber das spielte jetzt keine Rolle. Vielleicht konnte sie mit ihm reden und ihn umstimmen. Sicher wusste er nichts von ihrem Garten, und das Ganze war eine Sache, die gar nicht über seinen Schreibtisch ging. Vielleicht war es sein Bruder gewesen, der diese Entscheidung getroffen hatte. Aber sosehr sie auch über den Brief und die Investments, die diese Immobiliengesellschaft im Hintergrund machte, nachdachte, es hinterließ einen faden Nachgeschmack bei ihr. Irgendetwas war hier faul, und sie war bereit, herauszufinden, was es war.

Nachdem sie Vera vertröstet hatte, schnappte sie sich ihr Handy und scrollte durch ihre Kontakte nach Toms Nummer. Vor Monaten hatte sie ihn blockiert, weil er ihr immer wieder Nachrichten gesendet hatte, die einen drohenden Unterton hatten. Hoffentlich hatte er sie nicht auch blockiert.

Mit klopfendem Herzen startete sie den Anruf. Jetzt muss ich einfach mutig sein, dachte sie. Ich will nicht alles verlieren. Sie ging in ihr Zimmer und schloss die Tür hinter sich. Es klingelte immer noch, und sie wollte gerade auflegen, als er sich meldete.

»Emilia? *I can't believe it.*« Toms Stimme jagte ihr einen Schauer über den Rücken. »Hast du mich nicht gestoppt, *in your phone?*«

»Ich hatte das Gefühl, das wäre das Beste gewesen, nach unserer letzten Begegnung. Es war nicht böse gemeint oder so.« Augenblicklich ärgerte sie sich über ihre Aussage. Nicht böse gemeint? Er hatte sie terrorisiert und ihr auch ein bisschen Angst gemacht, und sie entschuldigte sich jetzt noch?

»Das Beste?« Tom lachte. »Was willst du von mir?« Seine Stimme war eiskalt.

Emilia versuchte, sich zu sammeln. »Vera hat Post von euch bekommen, genauso wie die anderen Mieter, wie ich vermute. Unser Hinterhof soll bebaut werden.« Sie zögerte. Ihn um seine Hilfe zu bitten erschien ihr wie Selbstverrat. Tu es wenigstens für die anderen, zischte sie sich innerlich zu.

»Bitte sprich mit deinem Geschäftspartner, dass das nicht geht. Unser Hinterhof ist ein riesiger Garten geworden. Wir haben hier so viel aufgebaut, du solltest die Beete sehen und die herrlichen Stauden. Bestimmt würdest du es mögen. Mach das nicht kaputt, Tom, bitte.« Die Worte strömten nur so aus ihr heraus.

Es blieb still am anderen Ende. Sie nahm das Handy vom Ohr, um zu überprüfen, ob die Verbindung noch stand. Das tat sie.

»Ich soll also nicht zerstören, was du liebst? Okay, *that's interesting.* So wie du nicht alles zwischen uns kaputt gemacht hast? *Forget it,* Emilia. So behandelt mich *nobody.*«

In Emilia stieg Wut auf. Auf ihn und auf sich selbst. Was bildete sich dieser selbstverliebte Typ eigentlich ein? Dass ihn niemand ungestraft kränken durfte? Dass Frauen nach seiner Pfeife zu tanzen hatten? Sie würde sich weder erpressen noch sich den Garten zerstören lassen, so viel stand fest. Und das ganze Drama einzig und allein wegen eines idiotischen Abends, an dem sie sich nach Zuneigung gesehnt hatte? Was für ein riesiger Fehler. In diesem Gespräch hatte sie ruhig bleiben wollen und diplomatisch, und vielleicht hatte sie ihm sogar ein bisschen schmeicheln wollen, doch damit war es jetzt vorbei.

»Weißt du was, Tom? Mich auch nicht.«

Erbost drückte sie den Anruf weg. Dann trat sie ans Fenster, blickte über den Garten im Hof, wo noch immer der schwere Gewitterregen auf die Blätter niederging. Sie verharrte einige Minuten lang still an der Glasscheibe, dann seufzte sie und rief eine andere Nummer an.

Lars trommelte wie ein Besessener auf den Holztisch in Veras Küche und verzog das Gesicht. »Du hättest mir ruhig erzählen können, dass da was zwischen dir und diesem Tom lief.«

Emilia saß zerknirscht vor ihm. »Ja, ich hätte es dir sagen können, das stimmt schon. Aber es gab kein Wir oder Uns zwischen Tom und mir. Es war ein schnöder One-Night-Stand.«

Er bearbeitete die Tischplatte weiterhin wie ein Irrer. »Ich hatte dich doch mal nach ihm gefragt. Erinnerst du dich?«

Langsam wurmte Emilia die Situation. Ausgerechnet Lars, der so verbindlich war wie der niemals fallende Schnee an Weihnachten, machte ihr jetzt Vorwürfe.

»Weiß ich jetzt nicht mehr«, entgegnete sie kurz angebunden.

»Die ganze Sache spielt überhaupt keine Rolle für mich. Der Typ ist mir einfach egal. Und jetzt hör endlich mit diesem Trommeln auf, das hält ja kein Mensch aus.«

Lars stoppte, er schien erleichtert zu sein. »Sorry. Ich wollte dich nicht blöd anmachen. Wie du sagst: Es ist einfach egal. Irgendwie hatte ich bloß kurz das Gefühl, dass du mich aus deinem Leben heraushältst, und das macht ein Scheißgefühl.«

Jetzt wurde sie richtig sauer. »Ich halte *dich* raus? *Dir* macht das ein schlechtes Gefühl? Spiele ich da auch irgendwo eine Rolle?«

Sein Blick wurde sanfter. »Klar, natürlich, Emmie, ich meine ja nur, dass …«

»Du meinst, Tom meint, alle meinen hier irgendwas über mich zu wissen oder sind sauer, weil ich Entscheidungen getroffen habe. Nur wie es mir dabei geht, ist völlig egal. Ganz toll, danke, echt.« Lars sprang auf und umarmte sie. »Es tut mir leid. Ehrlich. Das mit uns ist doch echt schön, oder, Emmie?« Mit sanften Augen sah er sie an, und bevor sie antworten konnte, küsste er sie.

Emilia fuhr mit dem Finger seinen Lippenbogen nach. »Natürlich, mein Lieblingsgärtner. Aber du musst mir vertrauen.«

32

Emilia zwängte sich mit einem Tablett voller Gläser und einer Karaffe selbst gemachtem Gingerale zwischen Maja und Hannes durch, die ernst den Reimanns zunickten. Susanne redete mit hochrotem Kopf auf sie ein, und Richard trommelte unaufhörlich auf sein Notizbuch. Plötzlich drehte sich Maja wild gestikulierend in Richtung des hohen Altbaufensters, aus dem man in den Garten sehen konnte. Emilia hatte Mühe, ihrer Armbewegung auszuweichen. Die Eiswürfel klirrten lautstark in der geschliffenen Glaskaraffe, die gelbliche Flüssigkeit drohte überzuschwappen.

»Oh!« Maja zog entschuldigend die Schultern hoch. Kurz lächelte sie ihr zu, um sofort wieder die Stirn zu runzeln und ihr Gespräch fortzuführen. Eilig stellte Emilia das Tablett auf Veras niedrigem Wohnzimmertisch ab und atmete tief durch. Beeindruckt sah sie sich um. Wie selbstverständlich stand ihre Vermieterin neben Anette, der Franz gerade ein Taschentuch reichte. Lächelnd nahm sie es entgegen und tupfte sich die Schweißtropfen von der Stirn. Es war bereits nach acht, aber der Abend gab sich trotz des Gewitters am Nachmittag hochsommerlich schwül. Emilia hatte Dennis gebeten, die Balkontür weit zu öffnen, um für Durchzug zu sorgen, doch es ging kein Lüftchen. Die Hitze drückte sich weiterhin von einer Ecke in die andere. Shenmi schien die Einzige zu sein, die völlig unberührt von den Temperaturen blieb. Sie saß im Schneidersitz auf einem der dicken Sitzkissen auf den Wohnzimmerdielen. Gedankenverloren starrte sie in ihr Handy und sah erst auf, als sich Dennis neben sie fallen ließ. Grinsend und aus großen Augen strahlte sie ihn an. Die beiden sind echt verknallt, dachte Emilia.

»Meinst du, es waren jemals so viele Leute in diesen heiligen Hallen?«, flüsterte Anne sanft in Emilias Ohr, und die lachte leise auf. Zum Glück hatte Vera sich bereit erklärt, ihr Wohnzimmer für eine eilig anberaumte Krisenbesprechung zur Verfügung zu stellen.

Emilia schüttelte den Kopf. »Wahrscheinlich nicht. Aber zum Glück hat sich so viel verändert. Wenn nur der Anlass nicht so dramatisch wäre.« Stirnrunzelnd sah sie ihre Freundin an. »Meinst du, wir haben überhaupt eine Chance?«

»Ach.« Zuversichtlich schlug ihr Anne auf die Schulter. »In meiner Heimat gibt es einen Spruch: Et hätt' noch emmer joot jejange.«

Irritiert schaute Emilia auf. »Was?«

»Artikel 3 des kölschen Grundgesetzes. Wird schon gut gehen.« Anne beugte sich zu Odin, der Aufmerksamkeit einforderte, indem er mit seiner Pfote unaufhörlich und vehement an ihr Schienbein klopfte.

»Nicht wahr, Odin?« Liebevoll nahm sie ihn auf den Arm und drückte ihr Gesicht in sein struppiges Fell. Der Dackel ließ sich das nur zu gern gefallen und ließ entspannt den Kopf hängen. Für ihn musste dieser Menschenauflauf auch etwas Außergewöhnliches sein. In der letzten halben Stunde war er aufgeregt zwischen den Nachbarn hin und her gelaufen, hatte sich streicheln lassen und einige seiner Spielzeuge angeschleppt. Emilia hatte ihn amüsiert dabei beobachtet, wie er unter großer Anstrengung seine riesige Gummiente vom Esszimmer in den Flur geschleppt hatte, um sie Lars zu präsentieren. Bis vor einigen Momenten hatte der auch noch mit ihm gespielt, aber inzwischen hatte sich Lars zu Vera gesellt und sah sich suchend im Raum um. Als sich ihre Blicke trafen, lächelte sie ihn an. Augenzwinkernd winkte er sie zu sich.

Noch immer war Emilia beeindruckt von Veras Sinneswandel und ihrer Bereitschaft, die gesamte Nachbarschaft, inklusive Anne und der Bunten, in ihre Wohnung einzuladen. Es geschehen noch Zeichen und Wunder, dachte sie erstaunt.

Die alte Dame griff nach einem Glas und schlug mit einem Kugelschreiber dagegen. Der helle Ton hallte durch den Raum, und das Stimmengewirr verstummte augenblicklich. Alle Köpfe drehten sich erwartungsvoll zu ihnen.

»Danke, dass Sie alle gekommen sind.« Vera räusperte sich kurz und fuhr dann fort: »Wie Sie ja alle wissen, haben wir einen Liebesbrief von der Immobilienverwaltung erhalten.«

Das Wort »Liebesbrief« betonte sie mit aller Ironie, die sie aufbringen konnte.

»Was haben die eigentlich genau vor?«, meldete sich Josie, die erst heute von einer Reise zurückgekehrt war, aus dem Hintergrund.

»Sie wollen uns den Garten wegnehmen!«, antwortete Vera trocken.

Ein entsetztes Raunen ertönte.

Lars holte tief Luft. »Tja, es geht wie immer um das liebe Geld. Wenn man es essen könnte, würden die sich eine leckere Suppe daraus zubereiten.« Er verzog den Mund, ein Schatten legte sich auf sein Gesicht. »Die wollen im Hinterhof ein neues Haus bauen. Das bringt horrende Mieteinnahmen.«

»Und unser Garten?«, warf Richard Reimann ein. »Die können doch nicht einfach alles plattmachen! Da muss es doch Gesetze geben oder irgendwelche juristischen Schlupflöcher.« Er blickte zu Maja, die ihn ratlos ansah.

Anette nickte Richard energisch zu. »Genau! Es gibt doch für alles Mögliche irgendwelche Ausnahmen. Wir können nicht einfach so aufgeben!«

Es wurde wieder laut im Raum, und auch Emilia fühlte Wut und Verzweiflung in sich aufsteigen. Ihr Zufluchtsort, ihre grüne

Oase, die ganze bunte Schönheit sollte zerstört werden. Und wofür? Für die Immobilienfirma mochte das einfach nur eine Freifläche sein, die bebaut werden konnte, doch für sie alle war es ein Paradies. Ihr Paradies, das sie gemeinsam in vielen Stunden erschaffen hatten. Es musste doch eine Lösung geben!

Dennis hatte es sich auf den Dielen gemütlich gemacht, den Kopf auf ein Kissen gelegt, und streichelte Odin. Emilia bemerkte Traurigkeit in seinen Augen. Zu Hause würde ihn sicher niemand trösten. Sein Vater war ein solcher … Noch bevor sie den Satz zu Ende denken konnte, blitzte eine Idee in ihr auf.

»Maja!« Emilia schrie ihren Namen fast, um sich durch das Stimmengewirr zu kämpfen, und alle drehten sich neugierig zu ihr. Sie spürte ihre brennenden Wangen, doch ausnahmsweise war es ihr egal. »Maja, mir ist was eingefallen.«

Die Anwältin sah sie gespannt an.

»Dennis, dein Vater …« Emilia begann zu stottern, denn es war ihr unangenehm, in seinem Beisein über seinen Vater zu sprechen, aber es ging nicht anders. Augen zu und durch, spornte sie sich an.

»Dein Vater ist doch Baustadtrat. Er kann also Baugenehmigungen für Grundstücke verweigern oder verzögern, stimmt's?«

Der Junge hatte sich wieder aufrecht hingesetzt und sah sie aus großen Augen an. »Ich könnte mit ihm reden. Vielleicht macht er das für mich.«

Shenmi warf ihm einen ungläubigen Blick zu, und auch Emilia ertappte sich dabei, dass sie sich nicht eine Sekunde lang vorstellen konnte, wie Wagner irgendjemandem einen Gefallen tat.

Dennis schien ihre Gedanken zu lesen und schob etwas gereizt hinterher: »Manchmal lässt er mit sich reden. Echt. Außerdem bin ich sein Sohn.« Trotzig schnippte er mit dem Finger gegen sein Glas, dann sah er Emilia fragend an und sagte: »Aber was hat das mit Maja zu tun?«

Maja nickte und grinste Emilia wissend an. Sie musste sich ebenfalls erinnert haben. »Die Idee finde ich gut«, sagte sie. Verschwörerisch blickte sie zu Dennis und dann in die Runde. »Lasst uns damit beginnen. Das ist unser Plan A.«

»Und was soll Plan B sein?« Vera wirkte nicht sonderlich überzeugt.

Maja setzte ihr Pokerface auf, das Emilia schon einmal an ihr bemerkt hatte. So stellte sie sich ihre Nachbarin vor Gericht vor.

»Ganz einfach: Druck.« Die Anwältin zuckte mit den Schultern. Ihr Blick wanderte zu Emilia, die ihren Daumen bestätigend in die Höhe reckte, und senkte dann die Stimme, als sie weitersprach. »Zufällig weiß ich, dass er in der Vergangenheit Informationen aus einer vertraulichen Verhandlung, sagen wir mal, für sich genutzt hat.« Kurz sah sie zerknirscht zu Dennis. »Tut mir leid.«

Dennis winkte ab. »Ich kenne ihn ja. So läuft es eben manchmal in der Politik. Von mir erfährt er nichts.« Er machte eine Geste, als ob er sich den Mund mit einem Reißverschluss zuzog. Für einen Vierzehnjährigen kam er Emilia sehr abgeklärt vor. Zu abgeklärt für ihren Geschmack, aber es war nicht zu ändern.

»Danke, Dennis.« Maja fuhr sich durch die roten Haare. »Wenn Plan A nicht fruchtet, werde ich ihn unter Druck setzen. Immerhin könnte ich ihn auffliegen lassen.«

Im Wohnzimmer war es jetzt ganz still geworden. Alle schienen zu überlegen, ob das ein guter Weg war. Hannes runzelte die Stirn und räusperte sich, aber Maja kam ihm zuvor: »Ich sage es euch ganz ehrlich: Mir ist ganz und gar nicht wohl bei dem Gedanken, jemanden zu erpressen. Und sei es zu noch so einem guten Zweck.« Seufzend ließ sie sich in einen Sessel fallen. »Ihr wisst, ich liebe den Garten, und von den Zwillingen will ich gar nicht erst anfangen. Aber ich würde es tun.«

Frau Reimann, die sich bis jetzt zurückgehalten hatte, ergriff das Wort. »Maja, ich glaube, ich spreche für uns alle hier, wenn ich sage, dass das eine echte Option ist und wir dir sehr dankbar wären. Trotzdem kann es wirklich nur der allerletzte Weg sein.«

Alle bejahten.

Hannes massierte Maja sanft die Schultern und sagte: »Lasst uns abstimmen. Wer ist dafür, dass Dennis zuerst mit seinem Vater spricht, und wenn das nichts bringt, Maja ihren Zug macht?«

Es dauerte keine zwei Sekunden, bis sich ein geschlossenes Bild zeigte. Alle Anwesenden hatten die Hände gehoben und wirkten entschlossen.

Dennis stand auf. Von dem störrischen, unsicheren Jungen war nichts mehr zu sehen. »Ich spreche gleich morgen mit ihm. Wünscht mir Glück.«

Shenmi umarmte ihn stürmisch, und er lächelte. Emilia begann zu klatschen, auch die anderen stimmten mit ein. Ihr Plan war besiegelt. Unser Garten bleibt, dachte sie mit einem irrationalen Gefühl der Hoffnung. Ihr war klar, dass die Chancen gering waren, und doch: Wer jemals versucht hatte, Löwenzahn aus der Erde zu entfernen, wusste, wie sinnlos dieses Unterfangen auf lange Sicht war, und tat es trotzdem.

33

In den Tagen nach der Krisensitzung befand sich Emilia in einem seltsam melancholischen Zustand. Sie wusste nichts mit sich anzufangen, und wenn sie sich endlich zu etwas aufgerafft hatte, verharrte sie in Gedanken, die sich im Kreis drehten. Erst gestern, als sie dabei gewesen war, dem Lavendel einen letzten Schnitt vor dem Herbst zu geben, stand sie minutenlang mit der Schere in der Hand vor dem Beet und starrte auf eine Hummel, die laut summend die lilafarbenen Rispen umflog. Sie hoffte so sehr, dass Wagner sich durch seinen Sohn erweichen ließ, und trotzdem nagten große Zweifel an ihr. Bislang hatte sich der Junge noch nicht gemeldet, und sie wusste nicht, ob sie das als gutes oder schlechtes Zeichen verstehen sollte.

Trübe Gedanken lagen wie ein grauer Schleier über den herrlichen Sommertagen. Doch an diesem Morgen wachte sie mit dem Gefühl auf, dass sie so nicht weitermachen wollte. Ungewissheit hin oder her, das Leben ging weiter. Draußen war bestes Wetter, und es war der erste Tag im August. Beschwingt sprang Emilia aus dem Bett und warf einen Blick auf ihr Handy, auf dessen Display eine Nachricht aufleuchtete. Anette hatte ihr geschrieben und sie auf einen Kaffee zu sich eingeladen. Emilia lächelte und schrieb ihr sofort zurück:

Heute lade ich dich mal ein, liebe Anette.

»Wann kann ich denn die Binde endlich abmachen, du Geheimniskrämerin?« Anettes Stimme zeugte von einer Mischung aus Vorfreude und Ungeduld.

Emilia hatte sich bei ihr untergehakt und bewegte sie langsam, aber bestimmt zu der kleinen Ecke im Garten. Es war kurz vor Mitternacht.

»Jetzt noch einen Schritt, und du kannst das Tuch abnehmen.«

Das ließ sich Anette nicht zweimal sagen. Vorsichtig blinzelte sie in den nächtlichen Garten. Emilia streckte ihren Arm mit einer theatralischen Geste in Richtung Beet aus.

»Ta-dah!«

Der Nachtjasmin hatte seine grünlich-weißen, röhrenförmigen Blüten bereits entfaltet, sein himmlischer Duft hing schwer in der Luft. Im Gras hatte Emilia Laternen aufgestellt, und in einem Korb auf der Picknickdecke warteten vorbereitete Speisen. Die zierliche Frau sah staunend auf das prächtige Beet. Emilia erlebte Anette zum ersten Mal sprachlos.

»Komm, setz dich.« Emilia ließ sich nieder und zog eine Flasche Rosé aus dem Korb. »Wir haben außerdem selbst gebackenes Brot, Schnittlauchquark, Tomatenbutter und Erdbeeren mit Sahne. Und hier ist Aioli nach einem Geheimrezept von Anne. Aber ich sag es dir gleich: Unser Knoblauch hat einen ganz schönen Wumms.« Emilia kicherte. Anette grinste sie an und blieb vor dem Beet stehen. Mit geschlossenen Augen roch sie am Jasmin.

»Oh, Emmie, das ist göttlich!« Mit strahlendem Gesicht sah sie zu ihr.

»Ja, nicht wahr?« Emilia freute sich, dass ihr Geschenk offenbar gelungen war. Wie lange mochte es wohl her sein, dass Anette an einer Blüte unter freiem Himmel hatte schnuppern können? »Jasmin duftet intensiv, ist aber nie zu stark. Er erinnert mich auch immer an Pfirsichblüten. Schwer zu beschreiben.«

»Ich rieche noch etwas anderes. Etwas, das mich an Weihnachten oder Plätzchen erinnert. Oder Glühwein.« Sie kicherte. »Verrückt.«

»Schau mal neben den Jasmin.« Emilia stand auf und nahm eine Laterne mit, die das Beet in sanftes Licht hüllte. »Das ist Sternbalsam. Für mich duftet der nach Marzipan.« Sanft streichelte sie über die kleinen, sternförmigen Kronblätter, innen burgunderrot und oben weiß. »Sind sie nicht wunderschön? Eine meiner Lieblingspflanzen.«

Anette drückte ihre Nase an die Blüten. »Es riecht auch ganz schön nach Vanille. Oder Amaretto. Deswegen dachte ich wohl auch an Glühwein. Köstlich.«

»Apropos.« Emilia goss Wein in zwei Gläser und drückte ihr eines in die Hand. Sie stießen an. »Auf unser nächtliches Picknick und die Nachtblüher dieser Welt.«

»Und was sind das für Blumen?« Anette zeigte auf die Nachtviolen, die ihre gefüllten violetten Blüten schon weit geöffnet hatten. Emilia hatte die Stauden in eine Rabatte neben das Hochbeet gepflanzt. Sie hatte sich überlegt, im Herbst Rosen dazuzupflanzen. Die Viole war ein wunderbarer Begleiter für sie. Mit einem Mal wurde ihr schwer ums Herz, und sie fragte sich, ob es den Garten im Herbst wohl noch geben würde. Aber trotz ihrer Sorgen wollte sie Anette den Moment nicht ruinieren und sprach unbekümmert weiter: »Riech mal dran. Vielleicht erkennst du sie an ihrem Duft.«

»Hmm«, machte Anette und beugte sich zu der Staude hinunter. »Nelke! Eindeutig.«

Emilia klatschte in die Hände. »Ja! Ein sehr würziger Duft. Mit einem Hauch Veilchen. Daher hat sie auch ihren Namen: Nachtveilchen oder Nachtviole. Ich liebe sie einfach. Dieser Duft erinnert mich immer an meine Kindheit.« Emilia nahm einen Schluck Wein. Sie ging ein paar Schritte weiter und deutete auf das Ende des Beetes. »Übrigens habe ich auch noch eine Nachtkerze angepflanzt. Im nächsten Jahr wird sie schon viel größer sein und ihre gelben Blüten zeigen.«

Erschrocken hielt Emilia inne. Jetzt hatte sie das Thema doch auf die unsichere Situation des Gartens gelenkt. Sie sah zu Anette, aber die nickte nur lächelnd und sagte: »Mach dir keine Sorgen, Emilia. Lass uns einfach diesen schönen Abend genießen. Ich hatte so was schon so lange nicht mehr, ich hoffe einfach, dass alles gut ausgeht.«

Emilia stimmte ihr seufzend zu und ging in die Hocke. »Jetzt erkennt man nur die Blattrosette. Siehst du das, was so rötlich überzogen ist? Das ist die Wurzel.«

»Irre! Und wie hoch wächst sie dann?« Anette strich sanft mit den Fingern über die kleinen Blätter.

»Ziemlich hoch. Bis zu zwei Meter, wenn es gut läuft.« Emilia lächelte, dann setzte sie sich auf die Decke.

Anette hockte sich neben sie, setzte ihr Glas ab und umarmte sie. »Ich weiß gar nicht, was ich sagen soll, außer: Danke, Emmie. Das alles ist so zauberhaft hier.«

»Gerne. Ich habe ja auch was davon. Wer picknickt schon um diese Zeit?«

Emilia schenkte ihnen Wein nach, und schweigend saßen sie eine Weile nebeneinander. Schließlich bestrich Anette ein Stück Brot großzügig mit Aioli und biss ein gewaltiges Stück ab. Dann ließ sie sich amüsiert auf den Rücken fallen. Emilia legte sich neben sie.

Sie seufzte tief. »Warum sind Nächte nicht immer so wie heute, voller leuchtender Sterne, wolkenlos und mit einem Mond, der silbrig schimmert?«

Emilia hörte Bitterkeit in Anettes Stimme.

»Wenn ich mir vorstelle, dass hier bald Bagger durch unsere Blumenbeete rollen und statt der alten Platane Kräne im Garten stehen, wird mir ganz anders.«

Nachdenklich rieb Emilia sich am Kinn. »Am Ende wird alles gut. Und wenn es nicht gut wird, ist es noch nicht das Ende.«

Anette drehte sich zu ihr. »Glaubst du wirklich daran?«

»Zumindest gibt mir das Hoffnung.« Emilia zuckte mit den Schultern. »Anne, meine beste Freundin, hat mir mal eine Karte mit dem Spruch geschenkt, und ich habe ihn mir gemerkt.«

»Entschuldige.« Ihre Nachbarin setzte sich auf. »Für dich ist die Situation sicher noch schlimmer als für alle anderen. Wie geht es dir denn? Wie läuft es mit Lars? Ich habe euch zwei neulich im Garten gesehen.« Sie zwinkerte verschwörerisch. »Vermisst du noch …« Nachdenklich rieb sie sich über die Stirn.

»Max. Er heißt Max«, komplettierte Emilia ihren Satz. »Manchmal vermisse ich ihn sogar sehr. Wenn mich ein Lied an ihn erinnert oder eine Situation. Zum Beispiel der Jasminduft, er hat mir dieses Parfum zu meinem Geburtstag geschenkt, und bis zu unserer Trennung habe ich es immer getragen. Erst als ich umgezogen bin, habe ich alle möglichen Dinge, die er mir geschenkt hat, weggeschmissen, und ich dachte, dass das reicht, um mich vor gemeinsamen Erinnerungen zu schützen. Aber das funktioniert natürlich nicht.« Sie holte tief Luft.

»Liebst du ihn noch, Emilia?« Anettes Stimme klang leise und samtig.

»Ich vermisse die Zeit, in der ich noch einen festen Plan für mein Leben hatte. Es tut weh, wenn ich an die unbeschwerten Zeiten denke. Aber ich liebe ihn nicht mehr, nein.« Sie hörte, wie sich Anette eine Zigarette anzündete, und lauschte dem Knistern des Filterpapiers.

»Ich wünschte, ich könnte all die Erinnerungen einfach anzünden und verbrennen.«

»Das mit Max, und jetzt mit dem Garten … es tut mir sehr leid für dich, Emilia.« Sie strich ihr über den Arm. »Aber Lars ist doch … ein feiner Kerl, oder?«

Sie spürte, wie sie rot im Gesicht wurde, und war froh, dass es dunkel war. »Das ist er. Ein feiner Kerl.«

»Aber?«, hakte Anette nach.

»Ach, eigentlich nichts aber. Er ist ein richtig guter Typ, und ich mag seine Art sehr.«

»Hast du dich in ihn verliebt?« Anette sah sie weiterhin forschend an.

Emilia fuhr fort: »Ich glaube schon.« Nickend sah sie ihre Nachbarin an und hielt kurz inne. »Aber die Sache mit Josie verunsichert mich. Ich weiß nicht, was da zwischen den beiden läuft oder ob er etwas für mich empfindet. Er ist kein Typ, der sich festlegt. Vielleicht lassen wir es einfach auf uns zukommen.« Emilia verzog den Mund. »Ich kann nicht glauben, dass ausgerechnet ich so einen Satz sage. Lars ist einfach das komplette Gegenteil von Max. Seine unverbindliche Art ist neu für mich, und ich kann ihn schwer einschätzen. Andererseits will ich jetzt auch nichts überstürzen. Der Garten, die ganze ungeklärte Situation ist schon belastend genug. Der Gedanke, schon wieder etwas Schönes zu verlieren, macht mich manchmal verrückt. Kommt Zeit, kommt Rat, oder so.«

Anette brummte zustimmend. »Wir dürfen die Hoffnung nicht aufgeben. Glaub mir, mit Verlusten kenne ich mich auch aus, aber vorher aufgeben gilt nicht. Und wegen Josie: Ich glaube, die beiden sind nur gute Freunde. Franz hat mir erzählt, dass er sie vor einigen Tagen mit einem anderen Mann vor der Tür getroffen hat. Sie haben sich geküsst.«

Emilia warf ihr einen erstaunten Blick zu. »Ach ja?«

»Ja.« Anette stupste sie in die Seite. »Also, ran an die Buletten. Schenk uns noch ein bisschen Wein ein, und dann geht die Party weiter!«

Emilia lachte. »Du Feierlotte!« Plötzlich hörte sie, wie sich die Tür zum Hof mit einem lauten Quietschen öffnete. Schritte kamen näher.

»Hat hier jemand Party gesagt?«, ertönte es hinter dem Naschbeet.

»Lars!«, rief Emilia überrascht.

Verschwörerisch grinste Anette und flüsterte ihr zu: »Wenn man vom Teufel spricht …«

»Hey!« Lars umarmte Anette, dann küsste er Emilia. »Du kennst doch das Sprichwort: Zwei sind ein Paar, drei sind eine Party.«

Als er das Picknick bemerkte, stutzte er. »Oder wollt ihr lieber unter euch bleiben? Ich hatte bloß Stimmen gehört und die Laternen gesehen und dachte …«

»Machst du Witze? Wir müssen dieses Fleckchen Erde genießen, solange wir können.« Anette strahlte übers ganze Gesicht und klopfte auf das freie Stück Decke neben sich. »Wir freuen uns auf eine Sommernachtsparty mit dir!« Euphorisch hob sie ihr Glas. Emilia dachte an ihr Gespräch von zuvor. Auch Nächte mussten nicht einsam sein.

34

Der nächste Morgen war ein Samstag, und Emilia hatte gemeinsam mit Lars den Holztisch gedeckt. Er hatte Zimtschnecken und Rosinenbrötchen gebacken, der köstliche Duft zog aus der Gemeinschaftsküche in den Garten. Die Sonne brannte bereits vom Himmel. Emilia war gerade dabei, den orangefarbenen, riesigen Sonnenschirm aufzuspannen. Die Kinder würden sicher bald kommen, und sie wollte, dass sie sich so wohl wie möglich fühlten. Das, was sie ihnen gleich offenbaren mussten, war schrecklich genug, und am liebsten hätte sie ihnen eine Höhle gebaut, um sie irgendwie zu beschützen. Aber sie war nicht Superwoman und der Garten kein Fuchsbau.

»Leider«, seufzte sie laut auf.

Lars, der gerade einen Korb voller Gebäck auf den Tisch stellte, sah sie fragend an. »Was meinst du?«

»Vielleicht sollten wir es doch lieber geheim halten. Warum die Pferde scheu machen, wenn noch gar keine Entscheidung gefallen ist?« Trotzig schob sie die Unterlippe nach vorne.

Lars ging zu ihr. Sanft umarmte er sie, und sie konnte seinen Atem an ihrem Ohr spüren. »Das haben wir doch schon besprochen.« Er flüsterte beruhigend auf sie ein. »Wenn Dennis oder Shenmi etwas rausrutscht, wäre das viel schlimmer für die Kleinen. Außerdem ist es eine ganz schöne Last, so ein Geheimnis bewahren zu müssen.«

Emilia holte Luft und wollte protestieren, aber er nahm ihren Kopf sanft zwischen seine Hände und kam ihr ganz nah. Seine Stirn berührte ihre, und er sah ihr tief in die Augen. »Vertrau mir,

Emmie. Wir werden sanfte Worte finden und für sie da sein. Gemeinsam und ganz gleich wie die Nummer hier ausgeht, okay?«

In seinen Augen lag so viel Zuversicht, dass Emilia auch an ein gutes Ende glauben wollte. Wieso auch nicht? Wie hieß es doch immer so schön? Denken muss man sowieso, warum dann nicht gleich positiv.

Sie hätte noch Stunden in seiner Umarmung verharren können, aber laute Kinderstimmen kamen näher. Lars warf ihr einen aufmunternden Blick zu und nahm Dilara in Empfang, die sich lachend in seine Arme fallen ließ. Dennis hatte Polly huckepack genommen und sah triumphierend zu Ludwig hinunter, der brav neben Shenmi herging. Emilia bemerkte die tiefen Augenringe des Mädchens. Für sie war es sicherlich auch nicht einfach. Die erste zarte Liebe sollte unbeschwert sein, Wagner war allerdings eher der Elefant im Porzellanladen.

Jubelnd fielen die Kinder über die Zimtschnecken her, und Emilia goss ihnen Kakao in die Tassen. Dennis saß bedrückt vor seinem leeren Teller. Lars räusperte sich lautstark. Die Kinder sahen zu ihm auf und verstummten.

»Wir müssen euch jetzt etwas sagen, das euch bestimmt traurig macht.«

Polly zog die Augenbrauen zusammen und runzelte die Stirn. »Wieso?«

Ludwig fragte: »Und was wollt ihr uns sagen? Bestimmt dürfen wir das Gartenhäuschen jetzt doch nicht weiter anmalen. Das ist alles deine Schuld, Polly, weil du beim letzten Mal die Farbe auf den Rasen …«

Emilia fiel ihm sanft ins Wort. »Es hat gar nichts mit euch zu tun. Ihr habt nichts falsch gemacht.« Hilfe suchend sah sie zu Lars, der das Wort übernahm. »Eine Firma will hier Wohnungen bauen, und das heißt, dass wir dann hier keinen Garten mehr haben.«

Die kleine Dilara begann als Erste zu weinen. Emilia eilte sofort um den Tisch und drückte ihr Köpfchen an sich. Mit leisen Worten versuchte sie, das Mädchen zu beruhigen. Es zerriss ihr fast das Herz, in die entsetzten Augen der Kinder zu sehen. Selbst Polly, die sonst immer wütend reagierte, schluchzte auf und fiel ihrem Bruder in die Arme. Shenmi hatte sich an Dennis' Schulter gelehnt. Beide hielten den Blick gesenkt.

Alles an dieser Szene kam Emilia falsch vor. Hatte die Baumfirma auch nur den Hauch einer Ahnung, was dieses Fleckchen Erde für sie alle bedeutete? Der Gedanke riss sie aus ihrer eigenen Traurigkeit.

»Wir Erwachsenen werden alles dafür tun, damit wir den Garten behalten können.« Emilia war jetzt wieder gefasster. »So schnell geben wir nicht auf!«

Polly schniefte. »Ist das auch wirklich versprochen? Oder ist das nur wieder so ein blödes Erwachsenenversprechen? Die kenne ich schon, die werden immer gebrochen.«

Emilia sah betrübt zu ihr. So viel Leid an einem Sommermorgen.

»Mama!« Ludwig schrie laut auf, als er seine Mutter in den Garten kommen sah. Er lief zu ihr. »Hier soll ein Haus gebaut werden, aber Emilia und Lars sagen, dass ihr was dagegen tun könnt. Das stimmt doch, Mami, oder?« Drängend sah er sie an.

Maja stupste ihn an die Nase. Sie wich seiner Frage aus und nestelte einen Zehneuroschein aus ihrer Hosentasche. Mit einem kurzen Lächeln drückte sie ihn Ludwig in die Hand. »Vanille & Marille hat schon geöffnet. Geht euch Eis kaufen, es ist superheiß heute.«

Polly sah ihre Mutter misstrauisch an. »Eis zum Frühstück? Das ist nicht erlaubt.«

»Bei so einer Hitze schon, meine liebe Tochter. Und jetzt schnappt euch Dilara, und auf geht's.«

Die Aussicht auf ein köstliches Eis ließ Pollys Zweifel dahinschmelzen, und sie liefen zu dritt aus dem Garten. Maja blieb stehen. Erst jetzt bemerkte Emilia den wütenden Ausdruck in ihren Augen.

»Hast du mal eine Minute für mich?«

Emilia nickte und fing dabei Dennis' ängstlichen Blick auf. Sie lotste Maja ins Haus und in die Gemeinschaftsküche, in der noch nichts los war, dann sah sie sie drängend an. »Was ist los, Maja? Es ist doch wegen des Gartens, oder?«

Die Anwältin fuhr sich mit der Zunge über die Oberlippe. »Allerdings. So was habe ich auch noch nicht erlebt. Der Idiot denkt gar nicht daran, sich auch nur einen Zentimeter zu bewegen.«

»Was hat er gesagt?« Emilia musste sich bemühen, um nicht laut loszuschreien.

Maja beugte sich zu ihr und sagte: »Dass er es gar nicht einsieht, warum er uns helfen soll.«

Emilia kniff die Augen zusammen und wiederholte fassungslos: »Dass er es nicht einsieht? Dass er es nicht *einsieht?*«

Mit aller Kraft schlug sie auf die Arbeitsplatte aus Eichenholz. Es knallte so laut, dass Shenmi draußen aufsprang und zu ihr herübersah.

»Jetzt reicht's!« Sie zog die verdutzte Maja hinter sich her in den Garten und winkte Dennis zu. »Wir werden jetzt deinen Vater fragen, was eigentlich sein Problem ist.«

»Da bin ich dabei.« Der Junge erhob sich.

Emilia nickte ihm zu. »Nur Mut! Das nehmen wir jetzt selbst in die Hand.«

Zu dritt stapften sie durch den Garten und in den Hausflur. Schon vor der Wohnungstür konnte Emilia Wagners Stimme hören. Er erteilte gerade irgendjemandem am Telefon Anweisungen. Sie klingelte Sturm.

Wagner riss die Tür auf, hielt sein Handy noch am Ohr. Er warf einen entnervten Blick auf sie und murmelte seinem Gesprächspartner zu: »Ich rufe dich gleich wieder an. Hier stehen hysterische Damen vor meiner Tür.«

Mit einem schäbigen Grinsen ließ er das Handy in die Tasche seiner Anzughose gleiten und streckte den Rücken durch. Sein Gesichtsausdruck war jetzt kühl.

»Also, was soll der Auflauf hier? Und was machst du da mittendrin?«, herrschte er Dennis mit eiskalter Stimme an. »Sieh zu, dass du reinkommst.« Der Junge unternahm keine Anstalten, sich von der Gruppe zu lösen. Mit verschränkten Armen stand er neben Emilia. »Verstehe«, fuhr sein Vater fort. »Die haben dich bereits …«

Emilia hielt seine herablassende Art keine Sekunde länger aus. Wutentbrannt unterbrach sie ihn. »Was fällt Ihnen eigentlich ein, Sie misogyner Idiot? Nur weil Sie alles, was außerhalb Ihrer ach so männlichen Bubble stattfindet, als Weiberkram abtun, lassen wir uns noch lange nicht den Garten kaputt machen!« Die Worte schossen nur so aus ihr heraus. Sie stand jetzt sehr nah vor ihm. »Haben Sie sich auch nur einmal gefragt, wie es Ihrem Sohn geht? Haben Sie ihn in der letzten Zeit auch nur einmal angesehen und ihn gefragt, warum er so glücklich ist? Nein? Da kann ich weiterhelfen!« Grimmig zeigte sie aus dem großen Flurfenster. »Deswegen! Wegen der frischen Luft, dem Gärtnern und unserer Gemeinschaft! Weil er Aufgaben hat und Freunde! Sagt Ihnen das was, Herr Wagner? Freunde?«

Sie hatte sich so sehr in Rage geredet, dass Wagner völlig verblüfft einige Schritte nach hinten in seinen Flur gewichen war. Emilia dagegen rückte immer weiter vor und stand jetzt fast in seiner Wohnung. Maja hielt sie am Arm fest und versuchte, sie zu beschwichtigen, doch Emilia schüttelte sie ab.

»Nein, Sie kennen das alles nicht, Freunde, Gemeinschaft, Garten! Aber eines sage ich Ihnen, Sie pseudoprivilegierter Möchtegern-Bestimmer: So nicht. Nicht mit mir! Wenn Sie uns fertigmachen wollen, dann wird das ein Bumerang, das verspreche ich Ihnen. Ich habe null Komma null Skrupel, dem Landgericht einen Tipp zu geben, wenn es nötig ist. Das ist eine meiner leichtesten Übungen. Und anders als Maja hier«, sie deutete auf die verdutzte Nachbarin neben sich, »habe ich auch keinen Ruf zu verlieren.« Sie sprach jetzt leise und überdeutlich. »Ist die Botschaft angekommen, Herr Wagner?«

Der große Mann zeigte keinerlei arroganten Gesichtsausdruck mehr. Seine Züge wirkten plötzlich erschöpft, seine Haut sah gräulich aus. Dennis schob sich vor Emilia, sein Vater musterte ihn aufmerksam. »Du beweist Mut, mein Sohn, das gefällt mir.« Anerkennend nickte er ihm zu, doch Dennis blieb unbeeindruckt. »Du siehst auch gesünder aus. Ich schätze, du hast fünf Kilo abgenommen.« Dennis wurde rot, aber Emilia spürte, wie gut ihm die Worte seines Vaters taten.

»Wenn das alles durch diesen Garten kommt, dann kann ich das nur begrüßen. Was recht ist, muss auch recht bleiben.« Staatsmännisch wandte er sich wieder Emilia zu, die sich zusammenreißen musste, seinen letzten Satz nicht scharf zu kommentieren.

»Nun gut. Ich setze noch heute ein Schreiben auf und werde der Immobilienfirma die Bauerlaubnis entziehen.«

Maja sah ihn misstrauisch an. »Und auf welcher Grundlage?«

Wagner atmete tief ein. »Streng genommen ist die Grenze zur bestehenden Bebauung um ein paar Meter zu schmal. Mir obliegt ein gewisser Ermessensspielraum, von dem ich nun Gebrauch machen werde. Ich bin ja schließlich nicht irgendwer.«

Er ist wieder ganz in seiner Rolle, dachte Emilia genervt, doch das war jetzt ganz egal. Hauptsache, er würde die Bauarbeiten stoppen und ihr Garten wäre gerettet! Sie würde sich zwar weigern, ihn als Helden zu feiern, ihn andererseits jetzt aber auch nicht weiter beschimpfen. Ihre Worte hatten Wirkung gezeigt, das war alles, was zählte. Wenn sie ihm nicht in aller Deutlichkeit klargemacht hätte, dass sie überhaupt keine Sekunde gezögert hätte, um ihn anzuschwärzen und sein ach so perfektes Image zu ruinieren, würde er ihr auf keinen Fall helfen. Leider auch nicht seinem Sohn zuliebe, dachte sie ernüchtert. Trotzdem hoffte sie für Dennis inständig, dass sich die Beziehung zu seinem Vater verbessern würde. Ein Schritt nach dem nächsten.

35

Emilia saß im Schatten der großen Platane. Der warme Wind strich sanft durch die Blätter. Das Rascheln, das allerorten durch die Büsche und Bäume ging, klang für sie heute wie ein großes Aufatmen des Gartens. Sie selbst fühlte genauso. Es war wahrscheinlich nur noch eine Frage von Tagen, bis endlich die Absage der Baufirma eintrudeln würde, und dann könnten sie endlich ganz ohne diese Bedrohung weitermachen. Niemand würde beim Einpflanzen von Radicchio oder beim Ernten der Tomaten mehr Angst haben, dass es vielleicht das letzte Mal wäre, und keiner würde sich mehr ausmalen müssen, wie Bagger in wenigen Minuten die herrlichen Blumenbeete zerstörten.

Gott sei Dank, dachte Emilia. Heute wollten sie grillen, um die neue Feuerstelle einzuweihen, die Lars und Franz gebaut hatten. »Auf geht's«, murmelte sie und schlenderte auf die Terrasse zu.

Shenmi und Dennis saßen am Biertisch und schnitten gigantisch große Radieschen klein. Sie unterhielten sich angeregt. Als das Mädchen Emilia erblickte, lächelte sie. »Willst du uns helfen? Wir machen Radieschen-Gurken-Salat.«

»Na klar.« Emilia griff nach einer sattgrünen Gurke und begann, sie zu schälen. In diesem Moment kamen Franz und Hannes laut lachend aus der Gemeinschaftsküche der Bunten und trugen Bierkästen nach draußen. Maja saß gemeinsam mit den Zwillingen auf der schmiedeeisernen Bank und zeigte ihnen etwas auf dem Handy. Vera lag in einem beigefarbenen Liegestuhl auf der Terrasse, darüber hatte Lars ein gelbes Sonnensegel gespannt. Das war ihr neuer Stammplatz, der noch gemütlicher als ihr alter unter der Platane war. Die Reimanns saßen auf Hockern neben ihr und erzählten von ihren Reisen nach China. Odin lag schnarchend auf dem Schoß der alten Dame und genoss die Nähe. Aus allen Gesichtern war die Anspannung gewichen und hatte einer großen Zuversicht und Ruhe Platz gemacht. Ihr Garten blieb, sie würden noch viele Sommer gemeinsam genießen. Der Optimismus unter den Nachbarn war fast greifbar.

Emilia schnitt mit schnellen Bewegungen die Gurke in kleine Würfel und schnippte sich ein Stück in den Mund. Köstlich, dachte sie. Es ging einfach nichts über selbst gezogenes Gemüse. Knackig, ohne Giftstoffe und frisch.

Zeynep kam mit einer vollen Schale Erdbeeren aus dem Naschbeet. Stolz stellte sie ihre Ernte auf dem Tisch ab. »Das schreit nach einem Erdbeerkuchen, Emilia.«

»So was von!« Emilia grinste. »Jedenfalls die Hälfte. Von dem Rest machen wir uns eine Bowle für heute Abend. Was meinst du?«

Verschwörerisch zog Zeynep die Augenbrauen hoch und lachte. »Die haben wir uns verdient!«

Kichernd putzte sie die Früchte, als sie plötzlich Emilia anstupste, die gerade den Salat abschmeckte. »Wagner kommt. Das ist bestimmt das dritte Mal, dass er sich die Ehre im Garten gibt.«

Emilia verschluckte sich am Dressing und bekam einen Hustenanfall. Wagner baute sich vor ihr auf und trommelte mit den Fingern gegen seine Oberschenkel. Als ihr Anfall schließlich verebbte, legte er ihr seinen Arm um die Schulter und bugsierte sie so einige Meter von der Gruppe weg. Unter der Kastanie blieben sie stehen.

Emilia sah ihn fragend an. Was hatte das nur wieder zu bedeuten? Ihre Augen wanderten durch den Garten, und plötzlich wünschte sie sich, dass Lars an ihrer Seite stünde. Noch immer war Dennis' Vater eine unberechenbare Größe für sie.

Der Mann schien ihre Gedanken zu lesen. »Kommen wir gleich ohne Umschweife zur Sache. Etwas ist schiefgelaufen.«

Emilia war in allerhöchster Alarmbereitschaft. »Schiefgelaufen? Was denn schiefgelaufen?«

Wagner sah sich um und beugte sich zu ihr, so als ob ihm seine Antwort unangenehm wäre. »Es ist kaum zu glauben und auch für mich ein Novum, aber jemand hat sich offenbar über meinen Kopf hinweggesetzt.« Jetzt flüsterte er fast, doch sein Tonfall war scharf. »Irgendein unfähiger, übereifriger Kollege hat die Baugenehmigung erteilt! Es ist nur noch eine Frage von Tagen, bis der Räumungsbescheid mit der Post kommt.« Zerknirscht sah er sie an. »Es ist mehr als bedauerlich, Emilia, aber ich fürchte, da kann ich jetzt nichts mehr tun.«

Emilia wurde schlecht, und ihre Beine wurden weich. Sie wusste nicht, warum, aber sie glaubte ihm seine Betroffenheit. An der Situation änderte das so oder so nichts. Langsam glitt sie auf das sommerliche Gras und sah sich um. Sie würde sich alles gut einprägen müssen, um die Erinnerung an dieses kleine Paradies lebendig zu halten. Es war vorbei. Für sie, für Lars, die Kinder, für Vera, die ganze Hausgemeinschaft. Keine Feste mehr, kein Grillen, keine »Kantine für alle« und keine Nachmittage mehr unter der Platane. Keine Blumenmeere, an denen man sich sattsehen konnte, keine Gemüsebeete, in denen man den Zucchini beim Wachsen zusehen konnte, keine kleinen Kinderfüße, die mit Gießkannen zwischen den Beeten hin und her liefen und stolz die Pflanzen wässerten.

Emilia weinte, und Wagner drückte ihr unbeholfen die Schulter. Er murmelte etwas Entschuldigendes und eilte ins Haus zurück. Sie ließ sich bäuchlings ins Gras fallen und schluchzte laut auf. Odin war auf sie aufmerksam geworden und schlappte ihr tröstend übers Gesicht. Dann ertönte eine vertraute Männerstimme. Emilia sah auf.

Lars legte sich neben sie und strich ihr eine Strähne aus der Stirn. »Was ist los, Emmie?«

»Es ist vorbei, Lars. Unser Garten ist verloren.«

Die Nachbarn und die Kinder hatten die Nachricht wie erwartet mit großem Entsetzen aufgenommen und das Grillfest abgesagt. Sie waren sich so sicher gewesen, dass Wagner alles im Griff hatte und sich das Blatt zum Guten wenden würde. Emilia wollte sich am liebsten in der Wohnung verkriechen und gar nicht mehr in den Garten gehen. Der drohende Verlust war so unerträglich für sie, dass sie dachte, es wäre einfacher, gleich mit dem Vergessen anzufangen.

Inzwischen war es Sonntagvormittag, und sie lag noch immer im Bett. Selbst Odin oder Anne konnten sie nicht aufmuntern. Die Situation war trostlos. Gerade wollte sie sich noch einmal umdrehen, als es energisch an ihrer Zimmertür klopfte. Genervt polterte Emilia los. »Vera, ich will einfach nicht raus. Lass mich einfach nur hier liegen.«

»Das kommt gar nicht infrage. Lars ist da, und der Hund muss auch raus. Wir unternehmen einen Sonntagsausflug.«

Fluchend setzte Emilia sich auf. Veras Tonfall hörte sich so an, als würde sie keinerlei Widerspruch akzeptieren, und natürlich wollte sie Zeit mit Lars verbringen.

»Also gut, ich komme. Aber gebt mir 'ne Viertelstunde.« Schnell schnappte sie sich ihr blaues, kurzes Sommerkleid und rannte ins Bad. Sie rief Lars, der mit Vera in der Küche stand, nur ein fröhliches »Guten Morgen« zu. Er zog beide Augenbrauen hoch und grinste schelmisch. Emilia duschte in aller Eile, schlüpfte in ihre Sachen und stürzte aus dem Bad. Odin war mittlerweile ausgehbereit, und Vera hakte sich bei Emilia und Lars unter. »Auf geht's!«

Trotz aller Trauer freute sich Emilia darüber, dass ihre Vermieterin auf diesen Ausflug bestanden hatte. Jenseits der Arztbesuche war das ihr erster Spaziergang seit Monaten, jedenfalls auf eigenen Beinen. Und vor allem war sie jetzt eine ganz andere Vera. Zugewandt, freundlich und viel weniger gehässig. Wer hätte das noch vor einiger Zeit gedacht? Sie selbst vielleicht am wenigsten, überlegte Emilia. Inzwischen war Vera sogar eine beliebte Ersatzoma für die Kinder geworden. Jeder unterhielt sich gern mit ihr, wenn er sie im Garten traf. Die alte Dame war ein fester Bestandteil der Gemeinschaft und aufgeblüht wie ein Krokus in den ersten Sonnenstrahlen. Und nun würde sich wieder alles ändern.

Sie waren inzwischen am Maybachufer angekommen, und Lars kam mit drei Eistüten aus einer neu eröffneten Eisdiele, die er an sie verteilte. Odin schnüffelte jeden Grashalm ab, und Vera leckte genüsslich an ihrem Zitroneneis und starrte ein Pärchen an, dass großflächig tätowiert war.

Langsam schlenderten sie weiter, bis Lars sie aus ihren trüben Gedanken riss: »Siehst du den alten Platz dahinten neben dem Rewe?« Er zeigte über die Straßenseite zu einer beachtlichen Brachfläche.

Emilia nickte und seufzte.

»Ich weiß, Emmie, es ist nicht unser Garten, aber es könnte unser Garten werden. Das ist doch echt kein Problem für uns, sondern einfach nur ein Angehen.« Optimistisch lächelte er sie an.

»Macht dir das denn alles gar nichts aus?« Emilia schnippte Steine in den Kanal und lauschte den lauten Ploppgeräuschen.

»Natürlich! Ich gehe nach so einer Nachricht auch nicht nach Hause und mache mir 'ne Limo auf.« Nachdenklich schüttelte er den Kopf. »Aber ich versuche, nach vorn zu sehen. Überleg doch mal, wie wir angefangen haben mit unseren Saatbomben und den Touren mit den Kids. ›The Happy Tribe‹, weißt du noch? Wir können immer noch Spaß haben. Und, ähem, unsere Hälfte des Gartens bleibt ja bestehen.«

Emilia verstand schon, was Lars ihr sagen wollte. Er hatte auch bestimmt recht damit, aber der Hof war ihr Baby gewesen, etwas, das sie von ihrem Liebeskummer mit Max abgelenkt hatte. Die Zeit war so hart gewesen, aber sie hatte durch das Bepflanzen neuen Mut geschöpft. Jede Pflanze, die sie gesät hatte, der sie beim Wachsen zugesehen hatte, die sie gegossen hatte, war auch immer ein kleiner Teil ihres gebrochenen Herzens gewesen. Durch stetige Pflege hatte sie es repariert, und zwar vollständig. Das alles sollte jetzt schon wieder vorbei sein? Schon wieder ging etwas kaputt, wurde ihr etwas genommen, ohne dass sie etwas dagegen tun konnte. Wagner war gescheitert, sie als Hausgemeinschaft konnten nur noch auf die Bagger warten. Ihnen blieb die Rolle der verstörten Zaungäste, und das war vielleicht die schlechteste Position, die man einnehmen konnte.

»Schaut mal!« Lars war einige Meter vorgelaufen, denn Odin hatte heute den Dackelturbo gezündet, und Emilia erkannte augenblicklich die Gegend wieder.

»Da ist unser Moosgraffiti!« Aufgeregt lief Emilia zu Lars.

Vera kam interessiert hinterher. »Ein Graffiti aus Moos.« Sie berührte die pelzige Schrift mit den Fingern. »Faszinierend. Früher dachte ich, dass ihr Wände verschandelt oder zerstört. Aber das hier …«, sie öffnete beide Arme, als würde sie Segen empfangen, »das hier ist einfach nur schön.«

Hoffnung.

In großen grünen Lettern prangte das Wort an der grauen Betonwand, und in Emilia machte sich das Gefühl breit. Trotz allen Kummers war die Welt nicht verloren, ihre Welt, denn sie hatten sich alle gefunden, und daraus konnte auch ein weiteres Mal etwas Wundervolles entstehen.

36

Es waren die ersten Tage im September, und Emilia konnte spüren, dass der Herbst nun näher vor ihnen als der Sommer hinter ihnen lag. Abends wurde es jetzt bereits früher dunkel, und in den ansonsten so milden Wind mischte sich kältere Luft. Dennoch barg dieser Monat so viel Zauberhaftes, die Blätter, die sich bunt färbten, die Farben der Natur, die jetzt wärmer wurden, und die Sonne, die die ganze Welt in goldenes Licht tauchte. Emilia liebte diese Übergangszeit ganz besonders und fühlte sich von den warmen Farben wie von einer weichen Decke umhüllt. Die Hokkaidokürbisse waren noch nicht ganz reif, ihre Stiele noch nicht verholzt, und sie klangen noch dumpf, wenn man dagegen klopfte. Das waren die eindeutigen Anzeichen, dass man sie ernten konnte, aber im Moment schmückten sie den Garten mit ihrer orangefarbenen, leuchtenden Schale.

Dilara hatte ihr damals beim Einpflanzen eindringlich klargemacht, wie gern sie Kürbissuppe aß. Ein Stich fuhr Emilia ins Herz bei dem Gedanken an die Kinder. Wer wusste schon, ob sie überhaupt noch dazu kommen würden, die Kürbisse zu ernten? Bald würde ihr wundervoller Garten, ihr Rückzugsort mit allen seinen Früchten, dem Erdboden gleichgemacht werden.

Sie sah hinüber zu den Sonnenblumen, die die Zwillinge vor Monaten gepflanzt hatten und die jetzt um die Wette strahlten. Ihre goldenen Blütenkörbe reckten sie der Sonne entgegen, Dutzende von Bienen sammelten Pollen und Nektar aus den Röhrenblüten. Was für ein Paradies, das hier zerstört wird, dachte Emilia traurig. Es waren nur noch zwei Wochen, bis die Bagger für die

Zwangsräumung anrollen würden, und weiterhin war keine Lösung in Sicht.

Lars war auch im Garten und erntete mit den Kindern die verbliebenen Radicchioköpfe und Stangenbohnen. Emilia musste schlucken bei dem Gedanken daran, dass es diese Momente bald nicht mehr geben sollte. Zeynep, Maja und Hannes, die Reimanns, sogar Herr Wagner – sie alle hatten versucht, ihren Kindern schonend beizubringen, dass ihnen die Hände gebunden waren und sie nichts mehr gegen die Immobiliengesellschaft und deren Baupläne tun konnten. Natürlich fiel es den Kindern schwer, die Ausweglosigkeit der Situation zu begreifen. Sie waren traurig und sauer und konnten nicht verstehen, warum die Erwachsenen nichts unternahmen. Lars hatte versucht, sie damit zu trösten, dass sie immer noch die andere Seite des Gartens nutzen konnten, aber das half nichts gegen die Trauer, die sich an diesem Nachmittag über die gemeinsame Arbeit gelegt hatte.

»Wir sind doch eine Gartenfamilie!«, stellte Ludwig empört fest, während er die reifen Bohnen in den Korb legte, und Emilia war gerührt über seine Wortwahl. Ja, sie waren eine Gartenfamilie. Sie säten gemeinsam, sie ernteten gemeinsam, und sie pflegten den Garten gemeinsam. Sie hatten begriffen, dass es diesen Dreiklang brauchte, damit alles in der Balance blieb. Tröstend umarmte Emilia gerade Ludwig, als Vera in den Garten gehumpelt kam. Odin war ihr dicht auf den Fersen.

»Lars, du hast doch diesen Internetsender, dieses YouTube oder wie das heißt.« Die alte Dame war völlig verschwitzt. Emilia stand auf und schenkte ihr ein Glas kühles Minzwasser ein.

»Stimmt«, antwortete Lars. »Willst du auch mal mitmachen? Wir könnten ein Video über …«

»Ach nein, Unsinn, Junge.« Ungeduldig unterbrach sie ihn. »Wir brauchen jetzt kein Video über die Behandlung von Blattkrankheiten, sondern einen Aufruf. Du hast doch so viele Fans. Die werden wir jetzt mobilisieren.«

Lars sah zu Emilia und klatschte sich gegen die Stirn. »Na klar, wir brauchen Öffentlichkeit, das erzeugt Druck!« Schwungvoll umarmte er sie. »Danke, Vera, du bist die Beste!«

Sie winkte ab. »Schon gut, schon gut, aber ich will mit auf das Video.«

»Na dann …« Lars reichte ihr übertrieben galant die Hand. »Auf los geht's los.«

Am Tag der Rodung ging Emilia am frühen Morgen in den Garten. Barfuß lief sie über den feuchten, weichen Rasen. Sie atmete die Sommerluft ein und wünschte sich Unendlichkeit. Leider hatten auch die zahlreichen Kommentare der YouTube-Nutzer, den Garten zu bewahren, Toms Immobilienfirma nicht erweichen können. Lars' und Veras Appelle waren ungehört verhallt. Wie würde es nun weitergehen mit den Nachbarn, mit dieser Gartenfamilie ohne Garten? Würde sie überhaupt bei Vera wohnen wollen, wenn sie jeden Tag auf das zerstörte Paradies blicken müsste? Was sollte aus ihr und Lars werden? Würden sie sich wieder aus den Augen verlieren? Selbst wenn sie bei ihm einzöge, wäre diese Wunde für immer sehr präsent.

Traurig ging Emilia die Beete entlang. Sie erblickte zuerst eine leere Stelle, an der abgesehen von der braunen Erde nur noch zu erahnen war, dass Shenmi hier ihre Küchenkräuter angepflanzt hatte, die in fast keinem Gericht, das sie gemeinsam zubereitet hatten, fehlen durften. Gestern hatte sie das Mädchen und Dennis dabei beobachtet, wie sie mit bedrückten Gesichtern Petersilie, Liebstöckel, Kerbel und Schnittlauch abgeschnitten und in kleine Plastiktüten gepackt hatten, um sie später einzufrieren. Die Pflanzen hatten sie erst einmal in Schalen auf die Terrasse gestellt. Dort sollten sie verweilen, bis sie einen Platz in Lars' Gartenhälfte gefunden hatten. Jetzt lautete die Devise, alles zu retten, was es noch zu retten gab.

Seufzend trat sie an das Hochbeet mit den Zucchini, dem Brokkoli und den Lauchzwiebeln. Sie hatten es das »Suppenhochbeet« getauft, weil man hier alles finden konnte, um kräftige Eintöpfe zuzubereiten. Das war Ludwigs Beet gewesen, dachte Emilia wehmütig und sah ihn noch mit leuchtenden Augen und voller Begeisterung vor sich, wie er die Setzlinge in die Erde brachte. Mit eingeklemmter Zunge, ganz vorsichtig, hatte er die Pflänzchen behandelt. Dieses Beet war ganz allein seine Sache gewesen, ohne die herrischen Anweisungen seiner Schwester und der anderen Kinder, die manchmal so viel selbstbewusster waren als er und gegen die er sich nicht durchsetzen konnte.

Ludwig verstand sich gut mit Lars, er hing ihm förmlich an den Lippen, wenn der ihm Tricks verriet, um seine Zucchini noch größer wachsen zu lassen. Doch was war jetzt geblieben? Die Blätter der Zucchinipflanzen waren gelb angelaufen und kräuselten sich, weil sie so trocken waren. Die Sonne hatte sie versengt, der anhaltenden Dürre hatten sie nicht standhalten können. Ludwig hatte sich seit Tagen nicht mehr im Garten blicken lassen, und Maja hatte ihr erzählt, dass er vor lauter Traurigkeit auch seine Pflanzen nicht mehr gießen wollte.

Bitterkeit stieg in ihr auf, aber auch ihr fehlte die Energie, das verbliebene Gemüse zu versorgen. Dir fehlt nicht die Energie, Emilia, dir fehlt das *Wofür,* dachte sie. Ihre Schultern fühlten sich plötzlich bleischwer an, und nichts war mehr von der positiven Einstellung der letzten Tage geblieben, als sie alle gemeinsam die Palettenbänke weggeräumt und die verbliebenen Pflanzen in Töpfe ungesetzt hatten. Bei einigen Stauden fehlte ihr der Glaube, dass sie den Umzug überleben würden.

Sogar das Gartenhäuschen der Kinder hatten sie sorgsam in Einzelteile zerlegt, um es später auf dem Nachbargrundstück wieder aufbauen zu können. Polly, die ihnen dabei zugesehen hatte, war erst wütend geworden und lud ihre Gefühle bei ihrem Vater ab. Mit ihren kleinen Fäusten trommelte sie ihm schluchzend auf die Brust, bis er zärtlich ihre Handgelenke nahm und sie an sich zog. Seine Hand war groß genug, um Pollys Hinterkopf ganz zu umschließen, und während Hannes seine Tochter liebevoll tröste- te, hatte er Emilia einen verzweifelten Blick zugeworfen.

Sie ging zu der alten Platane, deren Blätterdach sich schon etwas ausgedünnt hatte, und sammelte ein Blatt auf. »Mach's gut, alter Freund.« Emilia weinte und umarmte den Stamm mit seiner hellgelben, aufgeplatzten Borke. An ihrer Wange fühlte sie sich nicht kratzig an, sondern kühl, und ihr harzig-erdiger Duft war vertraut. Das alles hier war ihr Neuanfang gewesen und eine neue Heimat.

Emilia rieb sich über die Augen. Noch vor einigen Monaten hätten diese Gedanken sie mit sich gerissen wie in einen riesigen Strudel, sie hätte sich immer weiter im Kreis gedreht. Doch der Garten hatte sie gelehrt, dass der ewige Wandel etwas Unaufhaltsames war, etwas Unabänderliches. Sie wusste jetzt, dass sie sich anpassen konnte, die Fähigkeit besaß, sich weiterzuentwickeln und Neues auszuprobieren. Blieb sie starr, würde sie beim nächsten Frost oder bei einem Herbststurm das Nachsehen haben. Das Leben war Veränderung, so oder so. Sie seufzte.

Sie hatte Änderungen immer als negativ empfunden. Aber inzwischen wusste sie es besser. Hätte Max sich nicht von mir getrennt, dachte sie, wäre ich niemals bei Vera eingezogen, hätte keinen Garten gegründet und wäre jetzt nicht mit Lars zusammen. Bei der Vorstellung schloss sie die Arme um sich und schüttelte sich. Nein, das hier war keine Notlösung, das war ihr wunderschönes Leben. Ganz gleich was passieren würde. Sie ging zurück zum Haus. Ihr Blick wanderte hinauf zum Fenster von Franz und Anettes Wohnung, an dem ihre Nachbarin plötzlich erschien und ihr traurig zuwinkte. Emilia presste die Lippen aufeinander und winkte mutlos zurück. Das war also das Ende, die letzten Momente im Paradies. So langsam wie möglich durchschritt sie den Garten, in dem noch immer das Leben vibrierte. Nach wie vor hörte sie das Summen der Bienen, das Lachen der Kinder, das Gläserklirren der Erwachsenen, wenn sie sich an lauen Sommerabenden mit ihren Weingläsern zuprosteten. Sie roch den Duft des Flieders, schmeckte die köstlichen Erdbeeren auf ihrer Zunge und fühlte die Rauheit der Feuerlilien unter ihren Fingern. Sie dachte an Küsse, die nach Himbeeren schmeckten, an zart aufkeimende Liebe und an Veras wundersame Wandlung. Sie dachte an Odin, wie er friedlich und zufrieden seufzend neben ihr im Gras lag, und an ihre Tagträume, die sie manchmal in den Garten ihrer Oma entführten. Es war vorbei, unweigerlich vorbei, dachte sie bitter, und heiße Tränen liefen ihr über die Wangen, als sie einen letzten Blick zurückwarf.

37

Die Bagger kamen am selben Tag gegen acht. Lars, Emilia, Vera und Alexander hatten sich vor dem Bretterzaun zur Straße aufgebaut. Maja, Hannes, Franz und Zeynep hielten Plakate in die Höhe, auf denen »Hände weg von unserem Garten« stand, »Ohne Gärten keine Zukunft« und »Gartenlust statt Baggerfrust«. Auch die Zwillinge und Dilara waren da. Die Kinder trugen T-Shirts von den Blumenkriegern. Shenmi hatte sich einen Blumenkranz gebunden, und Dennis hatte sich schwarze Kriegerstreifen unter die Augen geschmiert. Josie hatte zusammen mit Anne ein großes Peacezeichen mit Kreide auf die Straße gemalt, und die Kinder hatten den Asphalt zusätzlich mit Blumenzeichnungen geschmückt. Die Reimanns hatten ein Megafon organisiert, durch das sie abwechselnd riefen: »Unser Garten, das sind wir, unser Unglück, das seid ihr!« Wagner war auch gekommen und trug entgegen seinem gewohnten Dresscode Jeans und ein weißes Polohemd. Er hielt ein Plakat in die Höhe mit der Aufschrift: *Umweltschutz ist Menschenschutz.* Als Emilia ihn erblickte, rollte sie innerlich kurz die Augen. Noch eine Nummer größer ging es natürlich nicht für ihn, aber heute war es wenigstens für eine gute Sache.

Auf der Straße hatte sich eine Menschenkette von einer Straßenseite zur nächsten gebildet. Fast alle Bewohner aus Lars' Haus hatten sich zusammengefunden, um zu demonstrieren. Es war ein beachtlicher Menschenauflauf, und die Straße schien bereits ohne Bagger zu beben.

Ein großes silbernes Auto bog um die Ecke, und Emilia erkannte sofort, dass Tom am Steuer saß. Das kann ja spannend werden, dachte sie bitter. Mit einer Vollbremsung kam er vor den Demonstranten zu stehen, die sich erstaunlich unbeeindruckt gaben und nicht einen Zentimeter nach hinten gewichen waren. Er schaltete den Warnblinker ein und ging genervt auf sie zu.

»*And that's it,* Emilia? Mehr Leute hast du nicht?« Spöttisch grinste er und drängelte sich an ihr vorbei.

»Wir wollen keinen Krieg, Tom«, rief Emilia ihm hinterher. »Pfeif deine Leute zurück, und wir reden nicht mehr über diese Sache.«

Aber Tom warf ihr nur einen verächtlichen Blick zu und machte Anstalten, die ersten losen Bretter aus dem Zaun zu reißen, als es plötzlich laut wurde in der Straße. Emilia hörte Trillerpfeifen und Menschen, die skandierten: »Gartenlust statt Baggerfrust!«

»Wo kommen die denn her?« Lars sah Vera verblüfft an.

»Möglicherweise habe ich vor ein paar Tagen unter unserem Video zu einer Demo aufgerufen«, sagte sie und grinste Lars stolz an. »Als ›Kinderarzt_Alexander123‹.« Sie warf ihrem Sohn einen verschwörerischen Blick zu, und der zwinkerte schelmisch zurück.

»Ich halte ja, ehrlich gesagt, gar nichts von den sozialen Medien«, sagte Alexander, »aber meiner Mutter konnte ich diesen Wunsch einfach nicht abschlagen, und dafür habe ich jetzt eben ein YouTube-Konto.«

Emilia war sprachlos und eilte auf die Fahrbahn. »Das sind mindestens dreihundert Menschen, bewaffnet mit Plakaten«, rief sie.

Wenig später blieben die Demonstranten vor dem Bretterzaun stehen und umringten die Bagger und die Leute der Baufirma.

»Das ist ja der Wahnsinn!« Emilia hüpfte vor Freude in die Luft und wäre Vera am liebsten um den Hals gefallen. Dilara pfiff wie verrückt auf einer Trillerpfeife, da zupfte Ludwig sie am Ärmel. Er zeigte auf die Häuser der gegenüberliegenden Straßenseite, in denen sich Fenster geöffnet hatten. Einige Bewohner schauten raus, andere standen auf dem Gehweg, um sich das Spektakel aus nächster Nähe anzusehen.

Ein Mann in grauer Latzhose trat aus der Tür und stellte seinen Werkzeugkoffer ab, als er den Auflauf entdeckte. Er zündete sich eine Zigarette an, die er sich in den Mundwinkel klemmte, und begann, mit seinem Handy zu filmen. Maja, die nur einige Meter von Emilia entfernt stand, wurde von einem jungen Pärchen neugierig angesprochen. Ihre Nachbarin erklärte ihnen in kurzen Worten, um was es ging.

»Die ganze Stadt wird ausverkauft!« Eine der beiden Frauen, die eine riesige Sonnenbrille trug, war aufgebracht, Emilia bemerkte rote Flecken an ihrem Hals und auf ihrem Dekolleté. Ihre Freundin stimmte ihr heftig nickend zu. Mit kratziger Stimme und geballter Faust stellte sie fest: »Wer nicht kämpft, hat schon verloren! Wir demonstrieren mit euch!«

Maja strahlte über das ganze Gesicht und klebte beiden Blumenkrieger-Aufkleber auf ihre T-Shirts.

Emilia fasste wieder Mut. Vielleicht war doch nicht alles zu spät, und die Aktion könnte noch gestoppt werden. Wenn sich bloß mehr Menschen anschließen und der Räumung entgegenstellen würden!

Tom war in der Zwischenzeit auf die andere Straßenseite gewechselt, stand am Kanalufer und telefonierte. Er wirkte nicht sonderlich besorgt.

»Schau mal, dahinten!« Lars zeigte links die Straße hinunter, in die gerade ein Übertragungswagen einbog. An den Seitentüren prangte das Logo des RBB, und auf dem Dach waren zwei Satellitenschüsseln angebracht. Der Wagen hielt direkt hinter den Baustellenfahrzeugen. Ungläubig schüttelte Lars den Kopf und drückte Emilia an ihren Schultern. Wie elektrisiert sah er sie an. »Das ist das Lokalfernsehen, Emmie!«

»Wie sind die denn auf uns gekommen?«, fragte sie verwundert.

»Höchstwahrscheinlich, weil ich ihnen eine E-Mail geschrieben habe.« Vera, die sich zuvor im Hintergrund gehalten hatte, grinste verschlagen.

»Mutti!« Alexander tat empört, lächelte seine Mutter aber bewundernd an.

Eine Reporterin mit exakt geföhnten Haaren stieg aus dem Transporter. Ihr folgte eine Kamerafrau in grünen Cargoshorts. »Los, Carmen«, sagte sie energisch zu ihrer Kollegin, »wir fragen erst mal ein paar Demonstranten.«

Emilia beobachtete staunend, wie sie mit Leuten aus der Menge sprach. »Glaubst du, das Fernsehen kann was ausrichten?«, fragte sie Lars. Sie sah fasziniert zu der Reporterin.

»Ich weiß nicht. Gesetze sind Gesetze, und die Immobilienfirma wird ihr Recht in jedem Fall durchsetzen wollen.« Er nickte in Richtung Tom. »Der hat nicht umsonst telefoniert. Pass mal auf, wenn gleich die Polizei kommt.«

Mist, dachte Emilia. Daran hatte sie im Eifer des Gefechts gar nicht gedacht. Die Reporterin kam auf sie zu und hielt ihr ein Mikrofon unter die Nase. »Ina Bauer, RBB: Was wollen Sie mit dieser Aktion erreichen, und in welcher Beziehung stehen Sie zu den Bewohnern?« Emilia starrte die Lippen der Frau an und war kurz verwirrt, weil ihr knallroter Lippenstift wie lackiert wirkte. Die Bewohner. Das hörte sich so an, als würden sie vom Mars kommen und wollten jetzt Kontakt aufnehmen.

»Die Bewohner, also der Garten …« Sie stotterte und wollte den Satz gerade neu beginnen, als hinter ihr ein markdurchdringender Schrei ertönte. Erschrocken drehte sich Emilia um und sah die kleine Dilara, die gekrümmt auf dem Boden lag und sich eine Hand an den Hals hielt. Polly und Ludwig, die neben ihr gestanden hatten, sahen hilflos zu Emilia.

Panisch kniete sie sich neben das Mädchen, griff ihr unter die Arme und versuchte, sie in eine aufrechte Position zu bringen. Ihr kleiner Körper war über und über mit roten Nesseln übersät. »Hilft mir hier vielleicht mal jemand?«, brüllte Emilia verzweifelt. Endlich sah sie Alexander, der sich durch die Menge gedrängt hatte.

»Das war eine Wespe!« Vera war außer sich und zitterte am ganzen Körper. »Alexander, das war eine Wespe! Wir brauchen einen Krankenwagen! Rufen Sie einen Krankenwagen!« Sie gestikulierte wild Richard Reimann zu, der sich endlich aus seiner Schockstarre löste und hektisch auf sein Handy tippte.

Zeynep kämpfte sich durch die Menge und eilte zu ihrer Tochter. Auf ihrem Gesicht lag Panik. »Dilara!« Sie stürzte zu ihr auf den Gehweg. Alexander versuchte, das bewusstlose Kind zu beatmen, als ein zweiter Schrei durch die Menge ging. Vera!

Emilia sah, wie Vera zusammenbrach und reglos auf dem Asphalt zum Liegen kam. Emilia lief zu ihr, doch Maja war schon da. Sie hielt Veras Kopf. Blut rann ihr aus einer Wunde an der Stirn. »Vera«, flehte Emilia, »bleib jetzt bei uns, bitte!« Aber die alte Dame flüsterte mit halb geschlossenen Augen: »Das Mädchen, rettet das Mädchen.«

Dilara, durchfuhr es Emilia. Wenn ihr jetzt etwas passieren würde, würde sie sich das für immer vorwerfen.

Endlich ertönte das Martinshorn des Rettungswagens, der in die Straße einbog. Sie sah, wie die Sanitäter Dilara in den Wagen einluden und Zeynep mitfuhr. Mit einem lauten Geräusch wurden die Türen geschlossen, und in derselben Minute traf ein zweiter Krankenwagen ein.

»Jetzt kommt Hilfe für dich, hörst du?« Außer sich vor Sorge strich Emilia über Veras silbernes, feines Haar. »Dilara ist schon auf dem Weg ins Krankenhaus. Ihr müsst jetzt beide stark sein, verstehst du mich?«

Tränen liefen ihr über das Gesicht, doch die alte Dame antwortete nicht mehr. Die Sanitäter hievten sie vorsichtig auf die Trage, und Emilia hielt ihre Hand auf dem Weg zum Krankenwagen. Sie schluchzte laut auf, als er davonfuhr.

Lars umarmte sie. »Es wird alles wieder werden, Emmie. Ganz bestimmt. Vera ist zäh, wie wir wissen. So schnell haut sie nichts um.« Er versuchte ein Lächeln, aber Emilia nahm es ihm nicht ab. Dennoch waren seine Worte tröstlich.

»Danke, dass du hier bist. Bei mir. Bei uns.« Seine Umarmung wurde noch fester, und er küsste sie auf die Stirn.

Die Frau mit der großen Sonnenbrille kam mit bestürzter Miene auf sie zu. »Was ist hier nur los, Mann, Mann, Mann. Das tut mir so leid für Sie.«

Emilia nickte ihr zu. »Danke, dass Sie sich für uns starkgemacht haben.«

Die Frau winkte ab. »Ach, nichts zu danken! Wir müssen alle zusammenhalten. Allein kommt man einfach nicht weiter im Leben. Hoffentlich geht alles gut aus. Ich drücke Ihnen die Daumen!« Mit hängenden Schultern zog sie von dannen. Die Stimmung war bedrückt, die anderen Demonstranten machten sich ebenfalls auf den Heimweg. In ihren Gesichtern stand die Betroffenheit geschrieben. Mit so einem Ausgang hatte wohl niemand gerechnet.

Emilia und Lars hockten sich gemeinsam mit Maja, Hannes und Franz auf die kleine Mauer vor dem Eingang zum Paul-Lincke-Ufer 23. Niemand sprach ein Wort. Heißt es nicht immer: die Ruhe vor dem Sturm?, überlegte Emilia. Das war in jedem Fall die Ruhe danach. Wohl eher der Schock, resümierte sie bitter. Sie sah, dass die Bauarbeiter ihre Gerätschaften wieder auf die Wagen verluden und sie dabei keines Blickes würdigten. Für die ist es eh nur ein Job, überlegte sie. Konnte man ihnen einen Vorwurf machen? Sie verwarf den Gedanken. Für alles und jeden Verständnis zu haben konnte auch keine Lösung sein. Zumindest würden die Rodungsarbeiten nicht heute beginnen. Ihr Kopf fühlte sich wie Watte an. Alles, was für sie zählte, war das Überleben von Dilara und Vera.

Lars stupste sie an und riss sie aus den Gedanken. »Was wollen die denn jetzt hier?« Eine Polizeistreife bog in die Straße ein und parkte in einiger Entfernung direkt auf dem Gehweg. Die Beamten machten keine Anstalten, auszusteigen.

Emilia zuckte mit den Schultern. »Keine Ahnung, und es ist mir auch egal. Das muss gar nichts mit uns zu tun haben.«

»Hmmm.« Lars wirkte wenig überzeugt von ihrer Antwort, und Emilia hörte, wie er erneut tief Luft holte, als die Tür vom Übertragungswagen laut schnappend aufgerissen wurde. Ina Bauer und ihre Kamerafrau kamen auf sie zu.

»Emilia, richtig?«

Etwas überrascht nickte Emilia und überlegte, ob sie der Frau bislang ihren Namen genannt hatte, aber sie beschloss, dass das jetzt keine Rolle spielte.

»Genau. Emilia.«

Ina Bauer warf ihr einen aufmunternden Blick zu und wandte sich dann an Lars. »Und Sie sind Lars, der ›gute Gärtner‹ und jetzt auch Rächer aller Kleinodbesitzer?« Fragend hielt sie ihm das Mikrofon vor das Gesicht.

Er wirkte perplex, wie Emilia fand. Doch das dauerte nur den Bruchteil einer Sekunde, dann hatte er zu seinem charmantesten Lächeln zurückgefunden. Er erklärte ihr, was es mit dem Projekt auf sich hatte.

Betroffen wandte sich die Moderatorin an Emilia. »Und dann ausgerechnet heute diese Tragödie mit dem kleinen Mädchen und der alten Dame. Meinen Sie, die Bedrohung durch die Zwangsräumung hat ihr auch stark zugesetzt?«

Emilia stimmte ihr zu. »Natürlich. Die Belastung ist für jeden von uns groß, aber für Frau Rosentreter war … ist der Garten etwas ganz Besonderes. Außerdem ist sie die gute Seele für die Kinder, für die unsere grüne Oase auch ein geschützter Ort ist. So etwas wie eine Höhle, eine ganz eigene Welt. Und das alles soll jetzt zerstört werden! Und für was? Für Geld, Geld und noch mehr Geld!«

Emilia hatte sich in Rage geredet, und die Moderatorin hatte sie nicht unterbrochen. Im Gegenteil, sie hatte ihr die ganze Zeit über zugenickt. Jetzt richtete Ina Bauer erneut das Wort an die Zuschauer, die dieser Beitrag einmal haben würde.

»Das sind weitere kapitalistische Wahnsinnstaten in unserer schönen Stadt, meine Damen und Herren, und für uns der Aufreger des Monats. Doch diese tapferen und engagierten Mieter lehnen sich auf. Es gibt sie noch, die couragierten Bürger Berlins, die sich nicht alles gefallen lassen, gleich hier am Paul-Lincke-Ufer.«

Die Reporterin klang jetzt energisch, sie wandte sich wieder an Emilia und Lars: »Ich wünsche Ihnen viel Kraft in Ihrem Kampf. Wir vom RBB werden Sie auch weiterhin unterstützen und begleiten.« Dann blickte sie eindringlich in die Kamera. »Ihr Team aus der Sendereihe *AufGedeckt*. Ihnen allen einen friedlichen Abend, Ihre Ina Bauer.« Nachdem sie das letzte Wort ausgesprochen hatte, drehte sie sich auf dem Absatz um und wies ihre Kamerafrau an, noch einige Aufnahmen vom Garten, dem Haus und der Straße zu machen.

Emilia sah Lars an. »Lass uns jetzt zum Krankenhaus fahren, okay? Ich halte es keine Sekunde länger aus, nicht zu wissen, wie es den beiden geht.«

»Erst mal ist Zeit für die Clowns.« Verächtlich nickte er mit dem Kopf zur anderen Straßenseite, und irritiert drehte sich Emilia um. Tom stand dort, lässig und mit einem verächtlichen Lächeln auf den Lippen. Als sich ihre Blicke trafen, kam er auf sie zu.

»Wow, du hast es geschafft, Emilia. Jetzt du bist ein TV-Star.« Zynisch klatschte er in die Hände. »Und das mit diese kleine Gartensache. Jetzt hast du ja dein *dog* gefunden, der alles macht, was du sagst zu ihm.« Er warf Lars einen verächtlichen Bick zu. »*Good boy.*«

Lars blieb betont ruhig, und Tom fuhr fort: »Aber er wird dich nicht helfen können, bei dieser Sache. Mein Anwalt hat mir gerade ein Go gegeben. Morgen die Bauarbeiter kommen wieder und dann mit Polizeischutz. Dann nutzt dir nichts mit deinem Theater mit dieser alten Frau. Wahrscheinlich, das alles ist eine Lüge.«

Emilia, die seinem Monolog nur widerwillig zugehört hatte, wäre ihm am liebsten an die Gurgel gesprungen. Was bildete sich dieser arrogante Fatzke eigentlich ein?

»Weißt du, was dein Problem ist, Tom?«, schoss es aus ihr hervor. »Dein Ego, das in keinen Raum reinpasst, vielleicht ist es sogar zu groß für ganz Amerika. Alles, was du willst, ist Rache, Rache an mir, weil ich das kleine Wort Nein benutzt habe, das in deinem Wortschatz anscheinend nicht vorkommt.« Emilia war außer sich. Die ganze Wut, die sie seit den letzten Wochen in sich trug, bahnte sich ihren Weg. Sie wurde lauter. »Zu dem großen, *awesome* Tom sagt natürlich keine Frau Nein. Vor allen Dingen nicht so ein zartes, harmloses Pflänzchen wie ich. So dachtest du dir das doch, Tom, oder? Dass du der große Erretter bist und ich dich bis ans Lebensende anbete! Interkontinental, versteht sich!«

Im Augenwinkel sah Emilia, wie Lars die Reporterin zu ihnen heranwinkte, und sie hoffte, den Plan ihres Freundes richtig zu deuten. Tom, der sich vor ihr aufgebaut hatte und sie mit seinen Augen fixierte, bemerkte nicht, dass sich die beiden Frauen näherten. Selbst seine Blicke sind besitzergreifend, dachte Emilia, und es lief ihr kalt den Rücken hinunter. Aber sie ließ sich nicht einschüchtern. Jetzt war die Zeit, um zu kämpfen.

»Da du hast es mir aber gegeben, kleine Emilia. Bravo.« Er tat so, als ob er sich verbeugen wollte. »Aber ich sag dir was …«

Sie unterbrach ihn harsch. »Nein. Jetzt sag ich dir was, und du hörst gut zu: Ich weiß, dass euer Bauantrag eigentlich abgelehnt wurde, weil die Grenzen zu den anderen Gebäuden nicht ausreichend sind. Das kann unser Nachbar, Baustadtrat Wagner, aus erster Hand belegen und wird es auch tun. Wenn ans Licht kommt, dass du den Bauantrag mit illegalen Mitteln durchgedrückt hast, dann seid ihr erledigt. Du und deine großartige Firma. Also freu dich nicht zu früh, Thomas Anthony Girard.«

Emilia sah ihn eindringlich an und deutete dann triumphierend zu Ina Bauer, die ihr mit einem »Daumen hoch« antwortete. »Wir haben alles drauf, eins a!«

Tom, der mit versteinerter Miene Emilias Ausführungen gelauscht hatte, atmete tief in seinen Brustkorb und warf einen verächtlichen Blick in die Runde. Dann drehte er sich wutentbrannt um. Er eilte zu seinem Auto und brauste mit quietschenden Reifen davon.

Maja begann laut zu johlen, die anderen stimmten ein. Emilia lachte. So stark und lebendig hatte sie sich schon lange nicht mehr gefühlt.

Ihre Tränen hatte Emilia in den letzten Stunden nicht gezählt. Neben ihr auf der Parkbank saß Lars und hielt ihre Hand. Jedes Mal wenn sich die automatische Schiebetür des Urban-Krankenhauses öffnete, schnellten ihre Köpfe zur Seite. Doch von Zeynep und Alexander war weit und breit nichts zu sehen.

»Meinst du, Vera und Dilara sind okay?« Emilia traute sich nicht, Lars in die Augen zu sehen. »Sie haben doch überlebt, oder?«

Er atmete tief durch. »Ich weiß es nicht, Emmie. Ich weiß es wirklich nicht.«

Sie schluchzte, und er nahm sie in den Arm. »Die Ärzte werden alles versuchen. Wir stehen das jetzt zusammen durch.«

Die Tür ging ein weiteres Mal auf, und eine Krankenschwester sah sich suchend um. »Sind Sie Emilia Lehmann und Lars Fink?«

Emilia wurde augenblicklich übel.

»Ja, das sind wir«, antwortete Lars.

Die Schwester nickte ernst. »Dann kommen Sie bitte mit mir mit.«

Emilia stand auf und klammerte sich an Lars fest. Ihre Füße schienen nicht mehr ihr zu gehören.

Als sie die Tür zu Zimmer 444 öffneten, traute Emilia ihren Augen kaum. Dilara hockte auf Veras Bett, vor sich einen Infusionsständer, mit dem sie mittels Braunüle verbunden war. Beide Patientinnen sahen blass aus, wirkten aber fröhlich. Zeynep und Alexander saßen in den Sesseln neben dem Bett und winkten Emilia und Lars herein.

Auf einmal wurde Emilia schlecht. Sie konnte nur noch kurz die Hand heben, bevor ihr schwarz vor Augen wurde.

Als sie erwachte, hörte sie Vera herzhaft lachen. »Also, wenn wir so weitermachen, können wir ein Großraumzimmer ganz für uns allein mieten.«

Verwundert sah sie sich um, dann verstand sie, dass sie kurzerhand in Veras Bett verfrachtet worden war. Die alte Dame stand neben ihr und hielt ihr die Hand.

»Wie lange war ich weg?«, fragte sie verdattert.

Dilara gebärdete ihr, dass sie schon drei unterschiedliche Eisbecher gegessen hatte. Glücklich streckte Emilia ihren Daumen nach oben und ließ den Kopf zurück ins Kissen sinken.

Lars schmunzelte sie an. »Das war heute wohl alles ein bisschen viel«, sagte er in die Runde.

Da erinnerte Emilia sich wieder an den Grund ihres Besuchs. »Geht es dir gut, Vera?«

Ihre Vermieterin lachte. »O ja, blendend. Ich hatte nur einen kleinen Schwächeanfall wegen der ganzen Aufregung. Dilara«, sie wuschelte dem Mädchen liebevoll durchs Haar, »ist wirklich allergisch gegen Wespenstiche. Aber es war glücklicherweise nur einer, und Alexander«, sie sah voller Stolz zu ihrem Sohn, »Alexander konnte sie retten.«

»Es gibt noch eine gute Nachricht«, schaltete Lars sich in das Gespräch ein. Er hielt sein Smartphone in die Höhe. »Tom hat Maja eine Nachricht zukommen lassen: Wir können den Garten behalten, sie ziehen den Bauantrag für den Hinterhof zurück, und Tom wird in London bleiben. Die schlechte Publicity wollte er wohl doch nicht riskieren. Maja versucht, das jetzt juristisch wasserdicht zu machen, damit wir unseren Garten dauerhaft behalten können.«

Emilia liefen vor lauter Erleichterung schon wieder Tränen über die Wangen. Sie griff nach der Hand der alten Dame. »Ach, Vera, wie haben wir das nur alles geschafft?«

Vera lächelte ihr verschwörerisch zu. »Mit Hoffnung, Emilia. Mit wilder Hoffnung.«

Epilog

Und sie wollen wirklich beide mitkommen?« Lars küsste Emilia auf die Stirn und stieg aus dem Bett. Schnell schlüpfte er in Shorts und T-Shirt. Emilia lag noch nackt in seinen Laken und sah ihn verliebt an.

»Ja, Vera und Alexander fanden meine Idee, die eigentlich deine war, richtig gut.«

»Hm. Die habe ich dir gerne geschenkt. Ich freue mich darauf und fühle mich auch ein wenig geehrt, dabei sein zu dürfen.«

Emilia dachte an das Gespräch, das sie mit Vera geführt hatte. Sie hatte ihr vorgeschlagen, eine Rose im Garten zu pflanzen, für die kleine Teresa. Dann hätte Vera einen Ort jenseits des Friedhofs und ganz in ihrer Nähe, an dem sie sich ihrer kleinen Tochter verbunden fühlen konnte. Die alte Dame hatte erst verhalten reagiert und sich Bedenkzeit erbeten. Doch dann hatte sie zugestimmt.

Als Alexander von den Plänen hörte, weinte er. »Danke, Emilia«, hatte er nur gesagt, und in diesem Satz lagen Schmerz und Hoffnung dicht beieinander.

Dann hatte sie Vera erzählt, dass Lars und sie zusammenziehen würden, in seine Wohnung. Sie hatten beide gespürt, dass es an der Zeit war, einen weiteren Schritt zu gehen, und Emilia war gespannt auf das Leben mit ihm und der Gemeinschaft. Zu ihrer Überraschung hatte sich Vera jede abschätzige Bemerkung darüber verkniffen und sie angelächelt. »Es ist schön, dass du eine neue Liebe gefunden hast. Und wir sehen uns ja sowieso, spätestens in unserem Garten.« Sie hatte gezwinkert, und Emilia hatte erleichtert gelacht. Die neue Vera war immer noch gewöhnungsbedürftig, trotz allem, was sie miteinander durchgemacht hatten.

Lars zog ihr das Laken vom Körper. »Hey, du Träumerin! Was habt ihr miteinander besprochen? Wird sie dich gehen lassen?« Er zwinkerte ihr zu.

Sie zog ihn an sich und küsste ihn. »Vera freut sich sogar für uns.«

Die Zeremonie war traurig und wunderschön zugleich. Vera hatte sich für den Platz zwischen dem prächtigen Fliederbusch und dem Beet mit den Nachtblühern entschieden. Dort schien die Sonne an vielen Stunden des Tages, und Lars hatte eine kleine Bank gebaut, damit Vera länger verweilen konnte. Vera hatte darauf bestanden, die Duftrose, die sie für Teresa ausgesucht hatte, selbst einzupflanzen. Emilia hatte die Tränen gesehen, die ihr über die Wangen liefen, als sie auf dem Boden kniete und sich bemühte, die Erde rund um die Pflanze so sorgfältig und ordentlich wie möglich festzuklopfen. Teresas Lieblingsfarbe war Rosa gewesen. Die anmutig geformten Schalenblüten schimmerten in Korallenrosa im Sonnenlicht. Nachdem Vera die Rose angegossen hatte, setzte sie sich neben ihrem Sohn auf die Bank, und beide hingen ihren Gedanken nach. Lars hatte einen Bilderrahmen aus Holz gebaut und befestigte ihn neben der Pflanze. Das Foto zeigte Teresa mit ihren hellen, gelockten Haaren, in einem weißen Sommerkleid aus Spitze und rosa Sandalen.

Sie sieht wirklich aus wie ein Engel, dachte Emilia, und ihr Herz zog sich zusammen. Alexander legte einen Arm um seine Mutter, als Lars auf seiner Gitarre »Hallelujah« von Leonard Cohen spielte. Mit Tränen in den Augen stand Emilia hinter ihm, eine Hand auf seine Schulter gelegt und ihren Blick starr auf die Rosenblüten gerichtet. Sie wagte es nicht, Mutter und Sohn anzusehen, denn sie war sich sicher, bei ihrem Anblick sofort laut losheulen zu müssen. Stattdessen dachte sie daran, was ihre Oma ihr einmal gesagt hatte, als ein Nachbarskind bei einem Autounfall ums Leben gekommen war und die Stadt unter Schock stand: »Wenn die Eltern sterben, dann stirbt die Vergangenheit. Wenn ein Partner stirbt, stirbt die Gegenwart. Aber wenn ein Kind stirbt, dann stirbt die Zukunft.«

Damals hatte Emilia nicht sehr viel mit den Worten anfangen können, doch heute bekamen sie eine Bedeutung. Hoffentlich findet Vera ein neues Warum für ihr Leben, betete Emilia. Dann findet sich auch ein Wie. Sie dachte an ihre Träume, an ihre Zukunft. Vielleicht hätte Lars irgendwann Lust, mit ihr den Hof in Oldenburg zu übernehmen. Aber erst einmal würden sie zusammenwohnen, alles andere würde sich dann zeigen.

Lars hörte auf zu spielen, und sie gingen zu Vera und Alexander und umarmten sie stumm. Nachdem Emilia sich von Vera gelöst hatte, sah sie die alte Dame mit tränennassen Augen an. Sie lächelte.

»Emilia, so hart es im Leben auch kommen mag«, sagte sie, »eine Sache darfst du nie vergessen: Es ist die Hoffnung, die unsere Träume beschützt.«

DANKSAGUNG

Die aufregende Reise, auf die man sich als Schriftstellerin begibt, wenn man beginnt, dem Locken seiner Fantasie zu folgen, ist für mich naturgemäß eine einsame (wenn ich die Stimmen der Charaktere aus diesem Roman, die mal lauter und mal leiser drängen, einmal abziehe) und doch: Auf dieser Reise gab es unzählige Haltestellen und Verweilplätze, in und an denen ich liebe Menschen traf.

Mein Dank gilt meiner einfühlsamen, klugen und erfahrenen Agentin Sabine Langohr, die mir Türen öffnete, Wege bereitete und vor allen Dingen an mich glaubt.

Danke an Victoria Groß, die mir wie schicksalshaft die Verbindung zu meiner fantastischen Mentorin Tanja Steinlechner erschuf und damit meine Welt veränderte.

Ein riesiges Dankeschön an Julia Cremer für ihre engelsgleiche Geduld und die Möglichkeiten.

Einen Strauß aus bunten Tausendschön überreiche ich meiner ebenso genauen wie genialen Lektorin Nina Hübner.

In den Zeiten, an denen ich an der *Wilden Hoffnung* schrieb, durfte ich in heimatlichen Gefilden für viele Monate meine Zelte aufschlagen und wurde umsorgt: Danke an meine wundervollen Eltern M. und D. für euren Zuspruch, die gemeinsamen Spaziergänge mit meinem geliebten Hund Fränki und für eure Begeisterung!

Danke an meine über alles geliebten Geschwister Rebecca, Patricia und Christopher, die geduldig meine Abwesenheit ertrugen und mich aus der Ferne mit Liebe verwöhnten. Constanze, Stephan und Christopher G. euch danke ich für das Mitfiebern.

Emily, Robin, Steven und Nela, danke für eure köstlichen Mahlzeiten, die ihr mir in mein Schreibzimmer brachtet, euer Bestehen auf Partypausen, eure lieben Nachrichten und die üppig sprießende Pilea als auch die liebevoll gestalteten Autogrammkarten.

Danke an Laura, Christopher S. und Sören, die ihr euch immer nach meinem Schaffen erkundigt habt.

Mein geliebter B., mein Weggefährte, dir danke ich für deine Liebe, dein Trösten, dein Verstehen, deine Rücksicht und deine Inspiration. Danke für all die kleinen und großen Dinge, die du täglich für mich organisierst, wenn mein Kopf mal wieder in den Wolken hängt. Danke für tausend Tassen Kakao.

Danke an alle, die mit mir reisen.

Willkommen im zauberhaften Lütteby an der Nordsee

GABRIELLA ENGELMANN

Die Liebe tanzt barfuß am Strand

ROMAN

Lina Hansen wohnt mit ihrer Großmutter Henrijke in einem hyggeligen Giebelhäuschen am wunderschönen Marktplatz in Lütteby. Die Stadt an der Nordsee könnte ein wahr gewordenes Märchen sein – würde sie nicht in den roten Zahlen stecken. Außerdem gibt es eine historische Fehde mit dem Nachbarstädtchen Grotersum – man sagt, Liebende aus den beiden Orten könnten niemals zueinander finden. Doch was bedeutet das für Lina, deren attraktiver neuer Chef ausgerechnet von dort entsandt wurde?

»Gabriella Engelmann sorgt für eine Gefühls-Sturmflut an der Nordsee.« **BUNTE**

KNAUR

GABRIELLA ENGELMANN

Das Glück kommt in Wellen

ROMAN

In Lütteby stehen große Entscheidungen an: Soll Linas beste Freundin, Pastorin Sinje, endlich ihren Verlobten Gunnar heiraten und eine Familie gründen, obwohl sie sich nicht bereit fühlt? Auch bei Lina und ihrem Vorgesetzten Jonas Carstensen läuft nicht alles wie erhofft – Lina bekommt bei seinem Anblick Herzklopfen, und auch Jonas fühlt sich zu ihr hingezogen. Aber die Hinweise verdichten sich, dass er gemeinsame Sache mit Falk van Hove, dem skrupellosen Bürgermeister von Grotersum, macht. Schlaflose Nächte bescheren Lina auch die Nachforschungen, die sie anstellt, um endlich ihre Mutter Florence zu finden. Warum ist sie verschwunden und hat Lina als Säugling bei Oma Henrikje gelassen?

GABRIELLA ENGELMANN

Das Wunder küsst uns bei Nacht

ROMAN

Große Geheimnisse erschüttern Lütteby: Lina erfährt Dinge über ihre Mutter Florence, die sie mitten ins Herz treffen, weiß aber immer noch nicht, wer ihr Vater ist. Währenddessen findet ihre beste Freundin Sinje zwar endlich heraus, wer der geheimnisvolle L ist, dessen Liebesbriefe sie so sehr berührt haben, doch es scheint zu spät zu sein. Als wäre das nicht genug, hat es Linas große Liebe Jonas beruflich nach London verschlagen, und der Bürgermeister des verfeindeten Nachbarortes Grotersum spinnt weiter Intrigen. Wie können Lina und Sinje Lüttebys Zauber bewahren und gleichzeitig ihr Glück finden?